KB113873

Peter Handke

이상의 문학 06

진정한 느낌의 시간
우리가 서로 알지 못했던 시간

초판 1쇄 발행	2020년 1월 16일

지은이	페터 한트케
옮긴이	김원익
편집	김영미
표지디자인	정은경

펴낸곳	이상북스
펴낸이	송성호
출판등록	제313-2009-7호(2009년 1월 13일)
주소	경기도 고양시 덕양구 향기로 30. 106-1004.
전화번호	02-6082-2562
팩스	02-3144-2562
이메일	beditor@hanmail.net

ISBN 978-89-93690-69-9 (03850)

이 도서의 국립중앙도서관 출판예정도서목록(CIP)은 서지정보유통지원시스템 홈페이지
(http://seoji.nl.go.kr)와 국가자료공동목록시스템(http://www.nl.go.kr/kolisnet)에
서 이용하실 수 있습니다. (CIP제어번호: CIP2019052656)

이상의 문학

페터 한트케

진정한
느낌의
시간

우리가
서로
알지 못했던 시간

김원익 옮김

이상북스

차례

진정한
느낌의
시간

폭력과 어리석음은 결국 같은 것이 아닐까?

_막스 호르크하이머

1

    살인자가 되어 겉으로만 예전의 생활을 계속하는, 그런 꿈을 꾸어본 적 있는가? 여전히 계속되고 있던 그 당시에 그레고르 코위쉬니히는 몇 달 전부터 파리의 오스트리아 대사관에서 언론 담당관으로 근무하고 있었다. 그는 아내 그리고 네 살배기 딸 아그네스와 함께 파리 제16구의 어두운 아파트에 살고 있었다. 그 건물은 세기말에 프랑스 시민계급을 위해 지어졌는데, 2층에는 돌로 된 발코니가, 5층에는 주물로 만든 발코니가 있었고, 파리의 서쪽 출구 중 하나였던 포르트 두테이유 쪽으로 야간 경사져서 내려가는 조용한 대로변에 비슷한 건물들과 함께 서 있었다. 그 대로를 따라 뻗어 있는 선로 위로 하루에 오 분마다 기차가 지나갈 때면 아파트 주방 찬장에 있는 유리잔과 접시가 달그락거렸다. 그 기차는 여행객들을 파리 교외에서 도심의 생라자르 역으로 실어다주었다. 그러면 그들은 그곳에서 북서쪽인 대서양 해변으로, 가령 도빌이나 르아브르로 가는 기차로 갈아탈 수 있었다(수백 년 전에는 포도밭이었던 이 구역에 사는 어떤 노인들 역시 주말이면 이런 방식으로 개를 데리고 대서양 해변으로 갔다). 그러나 아홉 시 이후 기차가 더 이상 다니지 않는 밤이 되면, 대로변은 너무 조용한 나머지 여기서는 흔한 미풍이라도 불라치면 가끔 창문 앞에서 플라타너스 잎들이 사각거리는 소리가 들렸다. 그런 7월 말의 어느 날 밤 그레고르 코위쉬니히는 자신이 누군가를 살해하는 것으로 시작하는 긴 꿈을 꾸었다.

갑자기 그는 더 이상 예전의 자신이 아니었다. 그는 마치 직업을 구하는 이들이 변화를 모색하는 것처럼, 그렇게 변하려고 애썼다. 하지만 그는 발각당하지 않기 위해 지금까지와 똑같은 삶을 살아야 했으며 무엇보다 예전의 자신으로 남아 있어야 했다. 그래서 그가 예전처럼 다른 사람들과 식사를 하기 위해 자리에 앉았던 것도 일종의 가식적인 행위였으며, 그가 갑자기 자신에 대해, 자신의 예전 삶에 대해 많은 이야기를 한 것도 단지 자신으로부터 주의를 다른 곳으로 돌리기 위해서였을 뿐이다. 그는 노파를 살해해 그 시신을 나무상자에 아무렇게나 집어넣으면서 자신이 부모에게 얼마나 큰 치욕을 안겨줄 것인지를 생각했다. 우리 가족 중에 살인자라니! 하지만 그의 마음을 가장 많이 힘들게 한 것은 자신이 완전히 다른 사람이 되었는데도 여전히 예전처럼 살아야 한다는 것이었다. 그 꿈은 어느새 그의 집 앞으로 옮겨진 것으로 보이는 그 나무상자를 행인이 열어보는 것으로 끝을 맺었다.

코위쉬니히는 예전에는 무언가 견딜 수 없는 일이 생기면 보통 아무 데나 누워 잠을 자곤 했다. 오늘 밤은 그 정반대였다. 그는 그 꿈이 너무 참을 수 없어서 깨어 있었다. 하지만 깨어 있기는 잠자기처럼 불가능했고, 오히려 더 우스꽝스럽고 더 지루했다. 그것은 마치 끝을 알 수 없는 수형생활을 하는 것과 같았다. 이제 그가 더 이상 되돌릴 수 없는 무엇인가가 발생한 것이다. 그는 두 손을 머리 뒤에 대고 깍지를 끼었다. 하지만 이런 습관도 아무 효과를 발휘하지 못했다. 그의 침실 창문 앞은 바람 한 점 불지 않았는데, 한참 후 뜰에 있던 상록수 가지 하나가 흔들리자 그는 그것이 돌풍 때문이 아니라 가지 자체에 축적돼 있던 내적 긴장 때문이라는 생각이 들었다. 불현듯 자신이 사는 1층 집 위로 6층이 더 있다는 생각이 떠올랐다, 한층 위에 다른 층이 차곡차곡! 아마도 무거운 가구와 검게 채색된 찬장들로 꽉 채워진 채. 그는 머리 뒤에서 손을 빼지 않고 마치 자기방어라도 하는 것처럼 볼을 크게 부풀렸다. 그는 자신의 삶이 앞으로 어떻게 될지 상상해보았다. 하지만 지금까지의 모든 것이 무효가 되어버렸기 때문에 아무것도 상상할 수 없었다. 그는 몸을 둥글게 웅크리며 다시 잠을 자려고 애썼다. 하지만 예전과 달리 더 이상 잠들지 못했다. 그는 새벽 6시경 첫 기차와 함께 마침내 침실용 탁자 위에 있던 물 잔이 달그락거리자 무심코 일어났다.

코위쉬니히의 아파트는 크고 복잡했다. 그 안에서 식구들은 한참 서로 다른 쪽을 다니다가 갑자기 만날 수도 있었다. 아주 긴 복도는 벽을 만나 끝나는 듯하다가 한 번 꺾어진 다음에도 아직 같은 아파트에 있는지 의문이 들 정도로 계속 연장되어 뒷방까지 이어졌다. 그 뒷방에서 그의 아내는 시청각 프랑스어 코스를 들으며 숙제를 하다가, 그녀의 말대로라면 너무 피곤한 나머지 모퉁이 하나를 돌 정도로 긴 복도를 지날 일이 도저히 엄두가 나지 않아서, 잠을 자곤 했다. 아파트는 그 정도로 복잡해서 비록 그 안에서 아이가 사라질 수는 없었지만 그들은 자주 "아그네스, 너

어디 있니?” 하고 큰 소리로 아이를 불렀다. 아이 방은 복도, 그의 아내가 ‘공부방’이라고 부른 뒷방, 그리고 그들이 잘 알지 못하는 방문객들 앞에서만 그렇게 부른 ‘부모님 침실’, 이렇게 세 곳에서 동시에 들어갈 수 있었다. 그 앞에는 ‘하인방 입구’—그들은 하인이 없었다—와 하인 전용 화장실(이상하게도 빗장이 문 바깥에 있었다.)이 딸린 식당과 주방이 있었고, 대로 쪽에는 그의 아내가 ‘거실’이라고 부른 객실들이 있었는데, 그중 하나는 아마 벽감(壁龕) 때문인지 계약서에 ‘도서관’이라고 써 있었다. 대로로 바로 나갈 수 있는 자그마한 현관은 계약서에 ‘대기실’이라고 써 있었다. 아파트는 월세가 3천 프랑으로, 중년의 프랑스인 여주인이 그것을 받아 생활했는데, 그녀의 남편은 한때 인도차이나에 농장을 갖고 있었다. 월세의 3분의 2는 오스트리아 외무부가 부담했다.

코위쉬니히는 뒷방으로 통하는 반쯤 열린 문을 통해 잠자는 아내를 바라보았다. 만약 그녀가 깨어나 지금 무슨 생각을 하고 있냐고 물으면 그는 바로 “당신을 내 인생에서 내친 방법을 생각하고 있다”고 대답하고 싶었다. 갑자기 그는 그녀를 보고 싶지도, 그녀에 대해 아무 말도 듣고 싶지도 않았다. 그녀를 어디론가 멀리 보내버리고 싶었다. 그

녀는 눈을 감고 있었지만 가끔 주름진 눈꺼풀이 곧게 펴지
곤 했다. 그걸 보면서 그는 그녀가 점점 잠에서 깨어나고
있다는 사실을 알았다. 가끔 그녀의 배에서 꼬르륵 소리가
났다. 창문 앞에서 두 마리 참새가 재잘거리고 있었는데,
대답하는 참새의 소리가 항상 몇 음 더 높았다. 밤새 도시
의 소음이 웅얼거림에 불과했다면, 이제 소음들이 각각 정
체를 드러내고 있었다. 벌써 교통량이 많아져서 어디선가
브레이크 밟는 소리도 들렸으며, 경적을 울리는 소리도 들
렸다. 그의 아내는 아직도 이어폰을 끼고 있었고, 턴테이블
위에서는 어학코스용 레코드판이 돌아가고 있었다. 그는
턴테이블의 전원을 껐고, 바로 그때 그녀가 눈을 떴는데,
눈을 뜬 그녀는 더 젊어 보였다. 그녀의 이름은 슈테파니,
어제만 해도 그는 그녀 때문에 적어도 몇 번이나 가슴이 뭉
클했다. 그런데 그녀는 왜 그에게서 아무런 감정을 느끼지
못하는 걸까? "당신 벌써 옷을 입었네?" 그녀는 이렇게 말
하며 이어폰을 뺐다. 바로 이 순간 그는 털썩 무릎을 꿇고
그녀에게 모든 것을, 모든 것을 말할 수 있을 것이라는 생
각이 들었다. 그런데 어디서 시작하지? 예전에 그는 두세
번 그녀의 목을 엄지손가락으로 눌러본 적이 있었다. 그것
은 어디까지나 위협이 아니라 일종의 애무였다. 그는 이제
그녀가 죽어야만 비로소 다시 그녀에 대해 무엇인가를 느

진정한 느낌의 시간

낄 수 있을 것이라는 생각이 들었다. 그는 똑바로 서서 마치 범죄자 사진대장에 있는 사람처럼 한쪽으로 머리를 돌린 채 자주 말하던 것을 반복하듯 말했다. "당신은 이제 내게 아무 의미가 없어. 난 더 이상 당신과 함께 노년을 보내야 한다고 생각하고 싶지 않아. 나는 더 이상 당신에 대해 알고 싶지 않아." "각운이 맞네." 그녀가 말했다. 그는 자신이 말한 마지막 두 문장의 각운이 맞는다는 사실을 너무 늦게 알아차렸다. 그래서 그의 말이 진지하게 받아들여질 수 없었던 것이다. 그녀가 다시 눈을 감은 채 물었다. "오늘 날씨는 어때?" 그는 밖을 쳐다보지도 않고 대답했다. "구름이 아주 높이 떠 있어." 그녀는 미소를 지으며 다시 잠이 들었다. 그는 빈손으로 가야겠다고 생각했다. 모험 같다! 그는 이날 아침 자신이 했던 모든 것이 갑자기 모험적이라는 생각이 들었다.

아이 방에서 그는 자신이 마치 무엇인가와, 아이뿐 아니라 지금까지 그에게 합당한 것처럼 보였던 생활방식과도 작별을 고하는 것처럼 보였다. 이제 더 이상 그에게 맞는 생활방식이 없었다. 그는 방 안에 아무렇게나 흩어져 있는 장난감 사이에 서서는 갑자기 어찌할 바를 모르고 한쪽 무릎을 꿇었다. 그는 쪼그려 앉았다. 그는 자신이 무엇인가에 몰두해야 한다고 생각했다. 짧지만 아무 생각 없이 보내는 시간에 벌써 지칠 대로 지친 것 같았다. 그는 전날 밤 아이가 잠들기 전에 풀어둔 신발 끈을 다시 묶으며 마음을 가다듬었다. 아그네스는 머리카락이 완전히 얼굴을 뒤덮은 상태로 잠들어 있어서 그는 아이의 얼굴을 볼 수 없었다. 그는 숨을 쉬고 있는지 확인하기 위해 손을 아이의 등에 갖다 댔다. 아이는 아주 조용히 숨을 쉬며 따뜻한 냄새를 풍겨와, 그는 모든 것이 마치 넓은 돔 아래에 있는 것처럼 조화롭고 서로에게 속해 있던 시절을 회상했다. 가령 그때 그는 자신도 모르게 아내에게는 '아그네스'라고 불렀고 '아그네스'에게는 '슈테파니'라고 불렀었다. 그 시절은 이제 지나갔고, 그는 앞으로는 더 이상 그것을 회상할 수조차 없을 것 같았다. 일어섰을 때 코위쉬니히는 자신의 뇌가 점점 식어버리는 것 같은 느낌이 들었다. 그는 마치 식어버린 뇌를 다시 소생시키려는 듯 이마의 피부를 아래로 당기며 눈을 꽉 감았다. 그는 오늘부터 이중의 삶을 사는 것이라고 생각했다. 아니, 그것은 전혀 삶이 아니다. 익숙한 삶도 아니고 새로운 삶도 아니지 않은가. 익숙한 삶은 단지 사는 체해야 하고, 새로운 삶은 익숙한 삶을 사는 체하며 피폐해질 것이 분명하기 때문이다. 나는 이곳에서도 더 이상 편안함을 느끼지 못하고, 다른 곳에서도 절대 편안함을 느낄 수 없을 것이다. 나는 지금처럼 계속해서 사는 것도, 그러나 또 다른 사람이 살았거나 살고 있는 것처럼 계속해서 사는 것도 상상할 수 없다. 나는 수도승처럼, 개척자처럼, 박애주의자처럼, 절망한 사람처럼 사는 것이 역겹다기보다 그것을 상상할 수 없다. 나는 나에 관한 한 방법을 모르겠다, 적어도 '현재의 나처럼' 계속해서 살아가야 한다는 것에 대해 말이다. —이런 생각을 하자 코위시니히는 갑자기 숨이 막혀왔다. 다음 순간 그는 마치 자신의 피부가 터져 살덩이와 근육덩어리가 축축하고 둔중하게 카펫에 흩어져 있는 것 같았다. 그는 이런 생각으로 아이의 방을 더럽혔다고 생각한 듯 서둘러 밖으로 나갔다.

복도를 지나면서 '이쪽저쪽 기웃거리지 말자!'고 생각했다. "똑바로만 보자!" 그는 큰 소리로 말했다. 거실에 있는 붉은 소파 위를 보았다. 그 위에 아이의 책 하나가 펼쳐져 있었다. 너무 무질서했다. 낯선 것은 아무것도 없었다. 모든 게 거슬릴 뿐. 그는 그 책을 덮어 책상 위에 모서리와 평행이 되도록 올려놓았다. 그런 다음 카펫에서 보푸라기 하나를 뜯어 복도를 지나 부엌의 쓰레기통에 집어넣었다. 그는 이 모든 일을 하면서 완벽한 문장으로 생각하려고 무진 애를 썼다.

그는 멍한 표정으로 어두운 아파트에서 나와 거리로 들어섰다. 밖은 무자비할 만큼 밝았다! 그는 자신이 혹시 벌거벗고 있을지 모른다는 생각이 들었다. 그러나 곧바로 바지의 지퍼를 제대로 올렸는지 확인하려고 아래쪽을 보며 슬며시 지퍼를 만지작거렸다. 그는 남의 눈에 띄어서는 안 되었다. 그는 도대체 이는 닦았을까? 대로의 다른 쪽에 있는 배수로에서 졸졸졸 거리며 포르트 도테이유 쪽으로 내려가던 물소리가 들리자 한순간 그에게서 멍한 표정이 사라졌다. 배수로 밑에 깐 자갈들은 벌써 하얗게 표백되어 있었다. 코위쉬니히는 그렇게 걸어가면서 갑자기 자신의 고향 근처에 있던 푹 파인 오솔길을 떠올렸다. 그 길에는 얇고 물기에 젖은 검은 블루베리나무의 뿌리가 드러나 보였으며, 그는 어렸을 적 자주 그 길 양쪽 둔덕에서 진흙을 파내 구슬이나 놀이용 무기들을 만들었다. 그는 슈테파니와 이야기할 때 그런 각운이 튀어나온 것은 다행이라고 생각했다. 그렇지 않았으면 벌써 속내를 들켰으리라. 그는 양복 아래에 있는 셔츠의 소맷부리를 잡아당기며 이날 처음으로 약간 호기심이 생기기 시작했다. 코위쉬니히는 원래 호기심이 많은 사람이었다. 물론 그는 어떤 일에 직접 연루되는 것은 싫어했다. 그 결과 과연 그는 오늘 어떻게 될까? 보통

진정한 느낌의 시간

그는 포르트 도테이유 역에서 메트로를 타고 모트 피케 그르넬 역에서 갈아타서는 앵발리드 광장에서 가까운 라 투르모버그 역까지 갔다. 3층짜리 오스트리아 대사관저는 바로 그 광장의 파베르 거리에 있었다. 그러나 이 날 그는 약간 걷고 싶었다. 이런 자그마한 일탈을 감행하고 싶었다. 혹시 거기서 어떤 가능성이 생겨날지 몰랐다. 그는 미라보 다리를 걸어 센 강을 건너서 강둑을 따라 앵발리드 광장까지 가려고 했다. 길을 걷는 도중에 혹시 이러지도 저러지도 못하는 자신의 머리를 정리해줄 시스템이 생겨날지도 몰랐다. 그는 '필요한 건 바로 시스템!'이라고 생각하며 지나가면서 도테이유 거리의 한 빵집 거울에 비친 자신의 모습을 살펴보았다. 특별히 눈에 띄는 것은 없었다. 그는 잠시 호기심으로 긴장했다.

직업이 언론 담당관인지라 그는 미라보 거리의 모든 신문에서 마치 자신의 이름처럼 한눈에 '오스트리아'나 '오스트리아의'와 같은 단어들을 찾아냈는데, 곁눈으로 어떤 건물 벽에 '오스트리아의'라는 단어가 쓰인 명패가 붙어 있는 것을 보았다. 그것은 프랑스 레지스탕스 일원으로 나치와 대항해 싸우다가 30년 전 이 장소에서 독일군에게 총살당한 오스트리아 출신의 어떤 저항군을 위한 기념명패였다. 사람들은 7월 14일 프랑스 국경일을 앞두고 그 명패를 깨끗이 닦고 그 밑 인도에 전나무 가지를 담은 깡통을 놓았다. 그는 '이런 개 같은 경우가 다 있나'라고 생각하고 그 깡통을 발로 찼지만, 그러나 그것이 멀리 굴러가기 전에 다시 멈춰 세웠다. 그는 베르사유 거리를 가로질러 어떤 건축공사장 가설 울타리에서 "이사벨 아옌데가 우리에게 말합니다…"라는 현수막을 보았다. '우리에게!'라고 그는 생각했다. 그는 홱 돌아서서 침을 뱉었다. '날강도들 같으니!' 그는 조간신문으로는 유일하게 〈르피가로〉의 새벽 5시 판만 걸려 있던 신문가판대를 지나가면서 터키군이 사이프러스에 침공한 이후 이제 수도인 니코시아에 입성해 전쟁이 임박했다는 기사를 읽었다. 정말 성가신 일이 되겠다고 그는 생각했다. '내 삶에 얼마나 방해만 되겠는가!' 다리 위에서 어떤 커플이 팔짱을 낀 채 그를 향해 왔다. 여자가 마치 이런 전쟁이 일어나지 않을 것처럼 하얀 빵을 씹어 먹는 것을 보니 그의 마음이 진정되었다. '그런데 왜 저 남자는 저렇게 키가 크지?' 그 남자는 정말 구역질이 날 정도로 키가 컸다. 더욱이 그 남자가 자신의 엄청난 정액을 이 지루한 여자의 불쌍한 배 위에 쏟아놓을 것을 생각하면. 그는 다리 중앙에 서서 센 강을 내려다보았다. "미라보 다리 아래 센 강이 흐르고 우리의 사랑도"(Sous le pont Mirabeau coule

진정한 느낌의 시간

la Seine Et nos amours). 현수막 하나가 "미라보 다리에서 보는 파리는 한 편의 시입니다"라는 문구로 건너편 강변의 고층아파트를 선전하고 있었다. '시가 길을 잃었군!' 강물은 갈색이었으며, 늘 그런 것처럼 아침 햇살이 뫼동 근교를 더욱 가깝게 보이게 하는 서쪽 언덕들을 향해 흐르고 있었다. 하지만 코위쉬니히에게는 모든 것이 똑같이 멀리 떨어져 있었으며 아무래도 상관이 없었다. 왼쪽 강변의 모래더미, 뫼동의 언덕들, 생클루 공원, 그의 구두코 등 모두가. 그는 자신의 시선이 무엇을 보기 전에 마치 보이지 않는 어떤 미세한 층이 그것을 가리는 것 같았다. 그는 아무것도 시선에 넣을 수 없었으며, 또한 무엇인가를 시선에 넣을 마음도 느끼지 않았다. 그는 친숙한 것은 하나도 보지 못했으며, 단지 뭇매를 맞고 있는 사람처럼 그저 보고만 있다가, 얼른 자신이 멍하니 앞만 쳐다봐도 아무에게도 눈에 띄지 않을 지하철을 탈 생각만 했다. 그는 자벨 역에서 기차를 탔고, 전망을 잃고 여전히 기분이 좋지 않았지만, 7시가 조금 지나서 언제나 그런 것처럼 오스트리아 대사관에 들어섰다.

대사관에서 창문가로 밤나무가 보이는 2층에 코위쉬니히의 사무실이 있다. 그의 주 업무는 프랑스 신문과 잡지를 읽고 오스트리아 관련 기사나 단신을 체크해서 가능하면 날마다 대사에게 그것을 요약해 브리핑하고, 한 달에 두 번 빈의 외무부에 프랑스 대중매체에 묘사된 오스트리아의 이미지에 대해 보고서를 제출하는 것이다. 그는 이때 오스트리아의 새로운 국가 이미지를 제고하는 원칙들을 따라야 했으며, 프랑스 언론에 비친 그때그때의 오스트리아의 이미지는 그것에 입각해 평가되어야 했다. 이런 원칙들의 핵심은 바로 오스트리아는 명마(名馬) 리피자너나 스키의 나라만은 아니라는 것이다. 코위쉬니히는 프랑스 신문이나 TV에 오스트리아의 그런 전통적 이미지가 언급되면 그곳에 정정을 요구하는 편지를 써야 했다. 그는 그런 편지의 모델을 하나 책상 위에 붙여놓았다. 그런 노력의 결과였을까? 지난해 〈파이낸셜타임스〉는 오스트리아에 통계상 가장 훌륭한 수치를 보여주는 나라에게 주는 경제오스카상을 수여했다. 하지만 정정을 요구하는 코위쉬니히의 편지들은 답변받는 경우가 드물었으며, 외무부에 보내는 보고서는 더더욱 답변을 받지 못했다. 그는 가끔 미리 비용을 송금하고 기자들과 프랑스 정치인들과의 업무 오찬에 동석했다. 때때로 기자들을 집으로 초대했고, 거기에 든 비용의 명세서는 나중에 대사관에 제출했다. 그런 비용은 그의 업무 범위에 들어 있어서 환급을 받을 수 있었기 때문이다. '착석해서 하는 접대'는 식사 초대였고, '서서 하는 접대'는 음료 수만 마셨으며 기껏해야 찬 음식만 대접했다. 어쨌든 그런 일이 그의 업무였고, 그가 그 일을 지금까지 진지하게 수행해온 만큼 아무도 비웃지 않았다. 그는 조국에 대해 어떤 이미지도 갖고 있지 않았기에 따라야 할 원칙이 있다는 것이 만족스러웠다. 다만 가끔 자기 나라에 대해 무엇인가를 알고 싶어 하는 아이들로부터 편지가 오면 어떻게 답장해야 할지 몰랐을 뿐이다. 그러나 그 편지 속에 있는 질문들도 어쨌든 어른들이 받아쓰게 한 것들이었다.

이날 아침 마침내 쿠위쉬니히가 몇 달 전 샤요궁 박물관 극장에서 개최된 행사를 위해 빌려주었던 무성영화의 두루마리 필름들이 이삿짐 트럭에 실려 배달되었다. 그 필름들은 벌써 몇 번이나 반환을 요구한 터였다. 대사관 마당에서 그는 초조해하는 운전기사에 아랑곳하지 않고 빌려준 목록을 보며 필름들을 하나씩 꼼꼼하게 체크했다. 아무도 마당에서 무슨 일이 벌어지는지 알아차리지 못하는 것 같았다. 그렇지 않아도 대사관에는 사람들이 거의 없었다. 언제나 그렇듯이 그는 신문을 읽어야 했기 때문에 아침 일찍 출근하는 사람 중 하나였다. 그는 자신의 사무실에서 전날 밤 숙직한 사람이 문 앞에 놓아둔 소포를 개봉한 다음 붉은 글씨로 '오스트리아 대사관'이라고 쓰인 쪽지를 잘라냈다.
그는 사이프러스의 연합군에 오스트리아군도 있다는 사실
을 의식하고 우선 신문을 쭉 훑어보았다. '아직 전사자가
없나?' 그 후 그는 사인펜을 손에 들고서 제대로 읽기 시작
했다. 30분마다 그는 일어서서 계속해서 째깍거리는 텔렉
스에서 프랑스 통신사가 보내오는 보고서들을 찢어냈다.
그는 단파 수신기도 켜놨다. 이미 이른 아침에 사이프러스
에서의 임시 휴전에 관한 뉴스가 전해왔다. 그 후 그는 아
무것에도 방해받지 않고 혼자 있었다. 그의 손가락은 늘 그
런 것처럼 많은 신문을 보느라 검게 물들었다. 그는 신문을
읽을 때면 단 한 번도 자세를 바꾸지 않고, 아무리 가려워
도 얼굴에 손을 대지 않고 읽기만 하다가, 올려다보거나 망
설이지 않고 소위 '핵심 문장'에 밑줄을 쳤다. 그 원칙이 요
구하는 대외에 "선전할 만한" 사실은 어떤 것이지? 콩피에
뉴 농업박람회에서는 오스트리아에서 만들어진 재조림(再
造林) 기계가 전시되었다. 리용의 현미경 전시회장에서는
오스트리아산 연구용 현미경이 소개되었다. 〈르몽드〉는 티
롤에서 이루어진 환경개선을 높게 평가했다. 〈로로르〉는,
그가 원칙에 맞게 이미 정정을 요구하는 편지를 보냈는데
도 다시 오스트리아의 인종차별에 대해 언급했다. 그에 비
해 어떤 소비자 잡지는 오스트리아의 스키 바인딩에 최고

진정한 느낌의 시간

등급을 주었다. 〈르파리지엥리베레〉는 브루크너를 오스트리아가 아닌 독일 작곡가로 표시했다. ―9시경에 코위쉬니히는 한참 동안 손을 씻은 다음 이날 약간 일찍 출근한 대사에게 갔다. 대사는 그에게 사이프러스에서 벌어진 전쟁에 대해 어떻게 생각하는지 물었다가 다행히 스스로 대답해서, 코위쉬니히는 단지 중간중간 "그럴 수도 있지요" 또는 "그것도 배제할 수는 없지요"라고만 하면 되었다. 그 스스로도 자주 주장한 것처럼 상관으로서 사람에 대한 안목이 있었던 대사조차 코위쉬니히에게서 아무것도 알아차리지 못하는 것 같았다. (그렇지 않다면 대사가 그에게 어제 프랑스 백작과 함께한 저녁식사에서 먹은 음식목록을 나열했겠는가?) 코위쉬니히는 안심을 했지만 이상하게 실망스럽기도 했다.

그는 라 투르모버그 대로의 카페에서 늘 하던 대로 차를 한 잔 마셨다. 길거리를 쳐다보면서 자신이 아무에게도 무슨 말을 할 수 없었음을 떠올렸다. 그는 사람들이 '만약 내가 할 말이 있다면…' 하고 말하는 걸 자주 들었다. 이번에는 그가 생각했다. '만약 내가 할 말이 있다면, 나는 모두 지워버릴 것이다.' 길 위에 있는 쓰레기 보관 컨테이너 위에 거름종이와 함께 커피 찌꺼기가 널려 있었다. 코위쉬니히는 그걸 보면서 막 인분이 뿌려져 여린 잔디 틈새 여기저기에 화장지가 널려 있던 잔디밭을 연상했다. 그는 화장실로 가서 우울한 마음으로 소변기 구멍에 대고 오줌을 갈겼다. 소변 냄새 때문에 정신이 바짝 들었다. 그는 내일 그리고 모레를 생각했고, 그 순간 구역질이 나서 손가락을 길게 뻗으며 입을 열었다. 그와 동시에 아무도 자신을 쳐다보고 있지 않은데도 그는 주변을 둘러보았다.

대사관으로 돌아오는 길에 코위쉬니히는 갑자기 이빨을 드러내 보이고 싶은 욕구를 느꼈다. 그는 미래에 대한 아무 전망도 없이 안전한 카페의 의자에서 일어서지 않았는가. 그는 입술을 꽉 다문 채 자신을 향해 다가오던 동료에게 인사를 했다. 그는 벌써 오래전부터 토시를 착용한 사람을 보지 못했지만 그 동료를 보자 갑자기 토시가 생각났다. 왜 다른 사람들은 그를 무시하는 걸까? 왜 그 동료는 감히 그를 향해 다가왔을까? 며칠 전 끓인 우유에 황갈색 부유물이 떠 있었다. 그는 아직 살아 있었고 자유롭게 돌아다니기도 했다. 하지만 곧 끝장날 것만 같았다. 그는 누구든 실컷 두들겨 패주고 싶었다! 모든 것이, 아까 차를 마실 때 첫 모금에서 느꼈던 상쾌한 기분도 단지 매우 한시적일 뿐이다. 코위쉬니히는 살짝 기분을 전환하려는 듯, 이제 자신의 삶의 동아줄이 끊어져버렸다고 생각했다. 어떤 집 현관에 유모차가 플라스틱판으로 덮인 채 서 있었다. 그것을 보고 그는 놀라움과 공포에 휩싸였다. 그것은 지난밤 채 마무리되지 않고 끝나버린 악몽의 완결판 같았다. 그는 서둘러 그 옆을 지나갔다. 그러나 곧 다시 돌아와 그 유모차를 자세히 살펴보지 않을 수 없었다.

그는 앞에 두 명의 흑인이 지나가는 것을 보았다. 그들은 손을 바지 주머니에 깊게 집어넣고 있어서 외투 앞쪽이 벌어졌고 엉덩이가 도드라져 보였다. 그들은 외투 앞쪽이 벌어진 것이나 엉덩이 모양이 똑같았다! 어떤 여자가 양쪽이 서로 다른 신발을 신고 있었다. 한쪽 신발의 굽이 다른 쪽보다 훨씬 높았다. 다른 여자는 팔에 코커스패니얼을 끼고 울고 있었다. 그 개는 마치 디즈니랜드의 죄수처럼 보였다.

그는 인도에 분필로 "오, 아름다운 삶이여!"라고 씌어 있는 것을 보았다. 그 밑에는 "저도 당신과 같은 생각입니다"라는 말이, 그 옆에는 조그맣게 전화번호가 씌어 있었다. 그는 '아름다운 삶'이란 말을 썼던 사람은 몸을 구부렸을 것이라고 생각하며 전화번호를 메모했다.

사무실에서 그는 막 도착한 신문들을 읽었다. 그는 신문 한 면에 "점점 더 많은…"이라는 표제어가 매우 여러 번 쓰였다는 것을 알아차렸다. "점점 더 많은 아기들이 과잉으로 영양을 공급받다" "점점 더 많아지는 유아 자살." 그는 〈타임〉을 읽으면서 "저는 제 삶을 아주 좋아합니다"라는 문장을 보았다. 어떤 농구 스타가 "저는 제 삶을 아주 좋아합니다"라고 말했다. 어떤 참전 용사는 "우리는 행복한 가족입니다"라고 말했다. 어떤 컨트리 음악 가수는 "저는 매우 즐겁습니다"라고 말했다. 틀니를 고정하기 위해 새로운 접착제를 쓴 한 남자는 "이제 저는 제 삶을 아주 좋아합니다"라고 했다. 코위쉬니히는 대사관 건물 전체에 들릴 만큼 고래고래 고함을 지르고 싶었다. 그런 다음 그는 마치 자신의 속내를 들킨 것처럼 조심스럽게 천장을 바라보았다.

그는 길에서 얻은 전화번호를 앞에 두고 처음엔 계속 다른 전화번호만 돌렸다. 그는 가능하면 앞으로는 혼자 있고 싶지 않아서 계속해서 자신이 만날 수 있는 친구들을 찾았다. 통화를 하면서 잘못 말하거나 갑자기 말을 잇지 못할까 봐 불안해 그는 전화를 하기 전에 말하고 싶은 내용을 미리 자세히 적어두었다. 마침내 그의 다이어리는 월말까지 매일 저녁 약속들로 꽉 차게 되었다. 그는 자신의 일에 더욱 몰두해야겠다고 생각했다. 그런 다음 길에서 얻은 전화번호를 보고 다이얼을 돌렸다. 어떤 여자가 전화를 받았다. 그녀는 길 위에 자신이 무엇을 썼는지 기억하지 못하며 아마 그 당시에 취해 있었던 것 같다고 말했다. 그는 그녀에게 욕을 해주려다가 말했다. "당신은 취했을 리가 없어요. 내일 저녁 9시에 오페라 극장 옆 카페 드 라 페에 있겠습니다. 오시겠어요?" 그녀는 "아마도요"라고 한 다음 말했다. "네, 갈게요. 하지만 서로 알아볼 수 있는 표식을 약속하지는 말아요. 난 우리가 그냥 시로 알아보았으면 해요. 그때 봐요."

그는 생 도미니크 거리를 지나 언제나 그런 것처럼 몽마르트르의 여자친구에게 가기 위해 68번 버스 정류장까지 갔다. 골목길을 가다가 그는 바지 뒤에 '시카고 시티'라고 씌어 있는 한 소녀를 따라갔다. 그는 소녀의 얼굴을 보고 싶었다. 그 후 그는 소녀를 잊어버렸다는 사실을 알아차렸다. 그는 버스에서 승객이 자기 혼자라는 것을 알아차리고서는 한동안 뛸 듯이 기뻤다. 짜릿한 전율이 그의 온몸을 덮쳐오며, 어떤 특정한 사람을 향한 것은 아니지만 권력에의 의지를 느꼈다. 다음 역에서 그가 고개를 들었을 때 버스 앞자리에 몇 사람의 뒤통수가 보였다.

그가 버스 창밖을 쳐다보았을 때 창에 마치 투명한 마맛자국처럼 벌레들이 우글거리는 것 같았다. 눈을 감았다가 다시 뜨자 그것들은 더 많아졌다. 버스에서 내린 후 그는 우선 멈춰 서서 차분하게, 예를 들면 하늘을 한 번 쳐다보려 했다. 그러나 그는 그냥 무심코 서 있었다. 지나가던 누군가가 우연히 "그건 정상이지요"라고 말했다. 그래, 모든 것이 '끔찍하게도'* 정상이었다. 갑자기 그는 오스트리아 시골에 있는 성지 마리아 엘렌트가 떠올랐다.

그는 가능하면 자연스럽게 행동했다. 그는 처음으로 여자친구를 위해 꽃을 샀다. 그가 이 꽃가게에 들어올 때 아무도 그를 눈여겨보지 않았을 것이다. 일상적인 일로 바쁘다가 편하게 꽃을 사러 온 많은 사람들 중 하나로 보였을 터이기 때문이다. 그는 꽃을 예쁘게 포장해달라고 해야겠다고 마음먹었다. 그는 서늘한 꽃 가게에서 글라디올러스를 포장하는 여점원을 너무 편하게 느낀 나머지 꽃다발에

* 독일어로 '엘렌트'(elend)이다. 그래서 음이 같은 마리아 '엘렌트' 성지가 생각난 것이다.

진정한 느낌의 시간

나비매듭 묶는 것을 도와주려 했다. 꽃집 주변, 물 냄새, 여기저기 고여 있는 물들도 그의 마음을 편안하게 했다. 글라디올러스를 종이 위에 가지런히 올려놓고 오랫동안 정성스레 싸는 여점원의 모습이 얼마나 아름다웠던지! 예전 같으면 꽃을 선물 포장할지 물었을 때 그냥 간단히 싸서 주면 된다고 했을 것이다. 오늘은 여점원이 포장지를 핀으로 고정하는 것을 유심히 살펴보았다. 그녀가 꽃줄기를 자르고 시든 꽃잎을 제거해서 꽃다발을 그에게 건네주는 전 과정을 마무리하기까지 불필요한 동작을 하지 않는 것도 좋았다. 그는 이 가게에서 보호를 받고 있다고 느꼈다. 그는 입술이 약간 경직되었지만 그녀에게 미소를 지어 보였다. 그녀도 미소를 지어 보였다. 그는 화초 전문가인 그녀가 자신에게 친절함을 베푸는 것을 보고 인간적인 대우를 받고 있다고 느꼈다. 가슴이 뭉클했다.

그는 여느 사람처럼 꽃다발을 들고 몽마르트르 언덕을 올라갔다. 르픽 거리의 시장 가판대를 하나씩 지나칠 때마다 달라지는 냄새를 맡으며 그는 묘한 기분이 들었다. 생선 냄새, 치즈 냄새, 그다음 햇볕에 걸려 있는 옷에서 나는 플란넬 옷감 냄새⋯ 그리고 갑자기 빵집의 열린 문을 통해 풍겨오는 흰 빵 냄새가 그를 기억 속으로, 자신의 기억은 아니지만 새롭고 넓고 좋은 기억 속으로 끌고 들어가서는 그 앞에 펼쳐진 평면을 공간으로 바꾸어놓았다. 여기에 있는 그 누구도 주저하는 사람은 하나도 없는 듯했다. 모두들 자신의 일에 열중하고 있었다. 그는 아마도 아무도 알지 못하는 이 사람들 틈에서 편안함을 느꼈다. 그는 여자친구 집 앞에서 구두를 아주 꼼꼼하게 닦으며 음흉한 미소를 지었다. '내가 누구를 위해 이러는 거지?' 그러나 그는 집 안쪽에서 걸음 소리가 들려오자 그들의 만남이 예전과 똑같은 만남이 될 것이고, 파렴치하게도, 서로 알아보며 반갑게 미소를 지을 것이라는 생각에 갑자기 당황스러웠다. 그러나 아직 너무 늦지 않았다. 그는 한층 더 계단을 올라갔다. 걸음 소리가 계속 들리고 언제나 그렇듯이 문이 열릴 때까지 그는 거기에 그대로 서 있었다. 그는 그저 우스워 죽을 지경이었다.

코위쉬니히는 특별히 눈에 띄게 행동하지는 않았다. 처음에 그는 베아트리체가 자신을 금방 알아보는 걸 보고 당황했다. 갑자기 그는 다음에는 자신이 그녀를 알아보지 못할까 봐 걱정되었다. 그래서 그녀의 얼굴 모양새나 특징을 마음속에 각인시켜놓으려고 애썼다. 베아트리체는 파리 제15번구에 있는 유네스코에서 번역가로 일했다. 그녀의 남편은 오토바이를 타고 가다 견인차에 깔려 사망했다. 그녀는 두 명의 자식들과 함께 살았는데 그들은 지금 집에 없었다. 그는 그녀를 대사관 환영파티에서 처음 보았다. 그녀는 카페에서 그에게 다가와 이렇게 물었다. "자, 이제 우리 뭘 하죠?" 코위쉬니히는 그녀를 자주 찾아갔다. 그는 그녀가 집안일을 할 때 구경하는 것을 좋아했다. 그녀는 이야기를 많이 했다. 그는 그녀가 하는 말을 경청할 때면 조용하지만 강렬한 기쁨을 느꼈다. 그녀는 말했다. "당신이 날 보고 있을 때 실수할 걸 걱정하진 않아." 그들은 함께 있을 때 대단한 무언가를 전혀 생각하지 않았다. 베아트리체는 말했다. "함께 있을 때 대단한 걸 전혀 생각하지 않는다는 건 아마 좋은 징조일 거야." 그녀는 부딪치는 모든 것에서 징조를 읽어냈다. 나쁜 일을 암시하는 걸 보아도 그녀는 모든 것이 곧 다시 좋아질 거라고 확신했다. 그녀는 불쾌한 것을 몹시 싫어했으며, 그것도 또한 다른 좋은 것을 암시하는 징조라고 해석했다. 그래서 그녀는 낙관적으로 살아갔다. 코위쉬니히는 그녀와 함께 있는, 아무것도 더 이상 생각하지 않는 그 순간이 적어도 가끔은 영원할 것처럼 느껴졌다.

그러나 지금은 아무 경고도 없이 그에게 보이는 모든 것이 죽음에 대한 징조가 되어버렸다. 그는 아무 곳도 쳐다보고 싶지 않았다. 그는 눈을 뜨고서도 기댈 수 있는 어떤 것도 인식할 수 없었기에 심장의 고통이 옥죄며 목구멍까지 올라오는 것을 느꼈다. 그는 어느 집 현관에 있던, 플라스틱판으로 덮고 모르타르 조각을 그 위에 눌러놓은 유모차가 생각났다. 그는 베아트리체가 여느 때처럼 재킷을 벗으려는 것을 도와주려 했을 때 언짢아하며 몸을 홱 돌렸다. 그는 이제 갑자기 자신이 말실수를 하거나 엉뚱한 짓을 할까 봐 불안했다. 그럼에도 불구하고 갑자기, 가령 고기를 자르거나, 포옹을 하거나, 숨을 쉴 때조차 무엇인가 생각해야 했다. 그는 아주 자연스럽게 했던 일들, 와인 병에서 코르크를 따거나 무릎 위에 냅킨을 올려놓는 일 등을 이제 의례적인 일로 생각하며, 자신이 맡은 역할에 충실하기 위해 애썼다. 그는 너무 불안한 나머지 갑자기 집에 전화해서 물었다. "모두 무탈하지?" 그는 자신의 불안을 감추기 위해 '무탈'이라는 딱딱한 단어를 사용했다. 식탁으로 돌아와서 그는 모든 것을 혼자서 하려 했다. 예전에 그는 식사 후 베아트리체가 사과 깎아주는 것을 좋아했었다.

그는 자신의 옷도 그녀가 벗겨주도록 맡기지 않았다. 그녀가 자신의 몸에 손을 대면 주먹으로 바닥에 내칠 심산이었다. 그는 바지를 벗어 의자 위에 올려놓고, 침대에 그녀와 나란히 누운 다음, 자신의 페니스를 그녀의 음부에 집어넣었다. 그녀의 손톱이 자신의 페니스를 가볍게 스치자 그녀가 혐오스러운 피부병을 자신에게 전염시키고 있다는 생각이 들었다. 그 사이 그녀의 배가 자신의 페니스를 스치자 그는 다시 보호받고 있다고 느꼈다. 그 후 오르가슴이 일어나자 뜨거운 전율이 아니라 차가운 전율이 일더니 곧바로 그의 온몸으로 퍼졌다. 그는 얼른 몸을 씻고 옷을 입은 다음 그녀 맞은편에 약간의 거리를 두고 앉고 싶었다. 그녀가 쳐다보자 그는 자신을 보지 못하도록 엄지손가락으로 그녀의 눈꺼풀을 가볍게 쓸어내렸다. 그녀는 금세 다시 눈을 떴다. 그녀의 열린 눈이 그를 보고 웃는 것 같았다. 그는 그녀의 눈을 억지로 자신의 손으로 가렸다. 베아트리체는 그의 손을 머리에서 뿌리치더니 불안해하기는커녕 오히려 즐거운 듯 그를 쳐다보았다. 그는 눈을 감았다. 자신이 안전하다고 느낄 때까지 그렇게 두 눈을 감고 있었다. 그 후 그는 아무것도 보이지 않는다는 사실이 견딜 수 없어 눈을 떴는데, 이상하게도 눈에서 갈라지는 소리가 났다. 두 눈의 눈꺼풀이 딱 달라붙어서 그것을 하나씩 떼내는 데 힘이 필요했던 것이다. 베아트리체는 계속해서 그를 쳐다보고 있었다. 정확히 표현하면 그녀는 그에게 무슨 일이 있는지 유심히 관찰하고 있었다. 그녀는 비록 입술을 닫고 있었지만 입언저리가 약간 벌어져 송곳니 하나가 밖으로 희미하게 내비쳤다. 그는 그때 죽은 돼지를 생각했는데, 그것은 순전히 그녀에게 눌리고 있다고 느끼지 않기 위해서였다. 그들이 점점 더 서로 오랫동안 쳐다보면 볼수록 그녀는 점점 더 관심이 생겨났지만 그는 점점 더 흥미를 잃어갔다. 그는 아무 생각을 할 수 없게 되자 얼굴을 찌푸렸다. 아니 얼굴 근육을 움직이지 않았는데도 저절로 얼굴이 찌푸려졌다. 그는 다시 잠시 눈을 감기 위해 억지로 하품을 했다. 그 후 그는 마치 베아트리체가 혀를 그의 앞에 내밀고 있기라도 한 것처럼 그녀의 머리칼을 잡아 자신의 배 쪽으로 억지로 잡아당겼다. 그녀는 그의 페니스를 입에 넣고 혀로 빨았다. 그는 열정에 휩싸이며 자신과 베아트리체가 잠시 하나가 된 것 같은 느낌이 들었고, 그가 지금 말할 수만 있다면, 그녀의 모든 것을 이해할 수 있다고 말할 수 있을 것 같았다.

부엌 식탁에서 그들은 커피를 마셨다. 그는 그녀가 아이들이 귀가했을 때 너무 차갑지 않도록 냉장고에서 캐러멜 커스터드를 꺼내는 것을 쳐다보았다. 그녀는 또한 그가 바라던 대로 정말 손이 닿지 않을 만큼 떨어진 그의 맞은편에 앉아 뭉툭해진 연필을, 큰 아이를 위해서는 글씨 쓰는

연필을, 아직 유치원에 다니는 작은 아이를 위해서는 색연
필을 정성스레 깎았다. 그는 그녀를 쳐다보면서 점차 그 광
경에 깊숙이 빠져들었다. 그는 조용한 길가 열린 창문 앞
배수로에서 물이 흘러가는 소리를 들었다. 물은 배수로 바
닥에 튀어나온 돌들 위를 졸졸졸 흘러갔다. 그가 그 소리에
점점 더 오랫동안 귀를 기울이면 기울일수록 주변 환경은
점점 더 넓게 퍼져나가서, 흘러가던 물은 시내가 되고, 굽
이치는 시냇물결은 거의 잊혀진 이야기들을 풀어내는 듯했
다. 베아트리체가 계속해서 연필깎이에 넣고 돌리던 연필
이 사각거렸다. 코위쉬니히는 갑자기 자신의 이름이 생각
나지 않았다. 아직 식탁 위에 해야 할 일이 아주 많이 남아
있는 한 그는 위험하지 않았다. 식탁, 그것은 이제 의미가
있는 단어이자 안전한 물건이었다. 그는 식탁에서 일어나
언제든 다시 그곳으로 돌아올 수 있었다. 바닥에 붉은 타일
이 깔려 있는 그곳으로, 베아트리체가 조심스럽게 연필을
돌리다가, 마치 머릿속의 단순한 상상이 구체적인 소망이
된 것처럼, 추상적인 생각이 구체적인 현실이 된 것처럼,
오래전부터 잔존해 있던 기억이 생생한 감정이 된 것처럼,
갑자기 연필을 고정시킨 채 반대로 연필깎이를 돌리는 그
곳으로! 그는 지금 앉아 있는 이 집도 일 층처럼 느꼈는데,
고층처럼 볕도 잘 들고 바람도 잘 통하는 것 같았다. 무아

지경에 빠진 코위쉬니히는 울지 않으려고, 그러나 또한 눈물을 더 잘 만끽하려고 눈을 감았다.

그는 모든 것을 마지막인 것처럼 보았다. 베아트리체를 보면서도 이미 그녀를 보지 않았다. 그는 더 이상 그녀의 것이 아니었다. 그렇게 행동할 수밖에 없었다. 아니, 그렇게 행동'해야 했다.' 그의 내부에서 삐거덕거리는 소리가 나더니, 모든 것이 산산이 무너져 내렸다. 그는 그것을 혼란스러운 영혼의 붕괴라고 생각했다. 그때 몇몇 감정의 편린이 그의 살가죽을 뚫고 빠져나왔고, 그 후 그는 영영 경직되고 말았다. 사람들이 육체에 대해서는 '지독한 고뇌'라는 말을 쓸 수 없지 않을까? 육체에는 지독한 '상처'가, 영혼에는 지독한 '고뇌'가 있는 법이다. 육체적인 상처는 아물어서 흉터가 생기면 정말 보기 흉하지만, 종종 보기 괜찮을 때도 있다. 그러나 영혼에는 단지 한 종류의 '지독한' 고뇌만이 있을 뿐이다. "너무 많이 먹은 것 같아." 그는 자신을 가끔은 애정을 갖고 바라보기도 하지만 아주 냉담하게 보고 있던 베아트리체에게 말했다. 창문 앞을 둥그런 꽃씨 하나가 바람에 날리며 지나갔다. 이런 일이 있나! 그는 갑자기 자신의 창자 속 변에 뭔가 이상이 생긴 것 같은 느낌이 들었다. 그 자리에서 금방이라도 크게 방귀를 뀔 것만 같았다.

베아트리체는 한순간 그에게서 시선을 돌렸다가 금세 다시 그를 쳐다보았다. 그는 그녀가 자신을 배려하기 위해 그렇게 행동했다고 생각하니 화가 잔뜩 나서 하마터면 그녀의 얼굴을 주먹으로 칠 뻔했다. 식탁 위에 올려놓은 그의 팔이 벌써 바짝 긴장하고 있었다. 그는 팔을 눈에 띄지 않게 슬며시 뒤로 뺐다. 그녀는 연필깎이 구멍에 들어 있던 연필밥을 입으로 불어내고 있었다. 제발 특별취급만은 받지 말자! 그는 슬쩍 식탁 밑 그의 발 자세가 예전과 똑같은지 살펴보았다. 하나는 뻗어 있고 다른 하니는 구부리고 있었다. 예전 그대로였다. 코위쉬니히가 현재 가장 두려운 것은 누군가 자신에게 이해심을 보이거나 정말로 자신을 이해한다고 할 때이다. 누군가가 "그런 날이 있지요. 나도 그런 날을 알아요"라고 말하며 아는 체하면 그는 구역질이 났다. 그러나 또 누군가 자신을 말없이 이해하는 것 같으면 모욕감을 느꼈다. 그런데 베아트리체는 마치 그의 마음을 꿰뚫어 보려고 하지 않는 것처럼 그에게서 시선을 돌렸다… 혹시 그녀는 그를 꿰뚫이 보고 싶은 욕구가 전혀 없는 것일까? 그렇다. 그녀는 정말 그런 욕구가 전혀 없었다. 그리고 그것은 그녀가 다행히도 그를 진지하게 생각하지 않는다는 것을 의미했다. 그는 기분이 좋아져서 일어나서 식탁 위로 그녀 쪽으로 몸을 숙여 손으로 그녀를 만졌다. 그녀는 귀까지 닿을 정도로 어깨를 으쓱했다. 그의 행동의 의미를 도통 모르겠지만, 그는 원래 그런 사람이니 양해한다는 뜻 같았다. 코위쉬니히는 앞으로는 자신의 삶이 예전과 똑같아서는 안 된다고 생각했다. 그는 그렇게 되는 것을 더 이상 원하지 않았다. 정말 절대로 그렇게 되어서는 안 되었다! 지금까지의 자신의 삶은 얼마나 숨이 막혔는지 모른다. 또한 얼마나… 그는 그것을 말로 제대로 표현할 수조차 없었다. 그는 두 번째로 호기심이 일어났다. "당신 눈이 갑자기 작아졌어." 베아트리체가 말했다. "당신, 혹시 모험을 생각해?" "당신은 어때?" "늘 그렇지." 베아트리체가 대답했다. "난 가장 황홀한 순간에 바로 진정한 삶이 비로소 내 앞에 와 있다고 생각해."

그들은 함께 아파트를 나왔다. 그녀는 엘리베이터를 탔고, 그는 계단을 내려갔다. 그들은 길에서 다시 만났다가 곧바로 헤어졌다. 베아트리체는 진지하지만 아무 걱정 없는 표정이었으며, 마치 앞으로 할 일이 다 정리가 된 것처럼 아무 말이 없었다. "잘 가, 내일 봐." 그런데 오늘 그의 일정은? 그는 다시 일하러 가서 6시에는 엘리제궁에서 개

최되는 새 정부의 정책에 관한 기자회견에 참석할 것이다. 9시에는 자기 집에서 지금 파리에 살고 있는 오스트리아 작가와 저녁식사를 할 것이다(대사관 예산에 들어 있는, 착석해서 하는 접대). 그리고 그 후에는 아마 꿈을 꾸지 않고도 잠을 잘 만큼 녹초가 되어 있을 것이다. 그는 꽉 찬 일정이라서 감사하다고 생각했다. 쉴 틈이 전혀 없고 자정 무렵 침실용 전등을 끌 때까지 모든 일이 예정되어 있었다. 적어도 오늘은 소화해야 할 일정으로 일분일초가 꽉 차 있었다. 위험하고 불필요한 움직임을 할 필요가 전혀 없다. 꽉 찬 일정의 희열. 이것을 생각하자 정말 희열에 휩싸이는 것 같았다. 그는 아무 걱정 없이 눈을 들 수 있있고, 세상은 마치 지금까지 그를 기다린 것처럼 그 앞에 펼쳐져 있었다.

공기가 아주 맑아 사람들은 그 언덕에서 벌써 다시 초록으로 물든 파리 교외를 넘어 사방을 조망할 수 있었다. 그것은 혼란이라고는 전혀 생각할 수 없는 전경이었다. 아무리 붉거져 보이는 개개의 사물이라도 모두 전체의 인상에 종속되어 있었다. 그는 그것이 좋았다. 어떤 것을 보고 무엇인가를 회상하고 싶지 않있기 때문이나. 첫눈에는 득별히 눈에 띄는 것이 없었던 이런 전경을 보면서, 그는 비로소 마음속에 부담이 되는 것이 모두 사라질 때까지 밖으로 숨을 내쉴 수 있었다. 그는 문득 자기 옆에 군복 재킷을 입고 상의 호주머니에 칫솔을 꽂고 있는 여행객이 있는 것을 알아차렸다. 그는 원래 이 칫솔을 제대로 보기 전에, 갑자기 마치 자신이 이중인간이 된 것처럼, 어젯밤 꿈속에서도 그런 칫솔이 나왔다고 회상하고 있었다. 이 칫솔은 그가 한때 살인자였던 때와 관련이 있었다. 그와 동시에 그는 사람들이 말하는 것처럼, 지금까지 여기 위에서 꿈을 원래 있는 그대로, 다시 말해 그냥 꿈으로 볼 수 있었다. 그런데 지금은 어떤가? 이렇게 위에서 파노라마를 보다가 사물의 차원이 올바로 고쳐질 수 있다니 얼마나 우스꽝스러운가? 그렇다면 도대체 올바른 차원은 무엇일까? 그것은 바로 그 꿈은 진실이었다는 사실이다. 그런데 그는 자신이 이 언덕에서 잠시 맛본 균형감각 때문에 그 꿈을 배반했다고 생각했다. 그는 행글라이더의 시선으로 파노라마를 보면서 겁쟁이가 되어버렸던 것이다! '그 꿈은 아마 오래전부터 내 삶의 최초의 징조였을 것이다. 나는 그 꿈을 경고로 받아들여야만 했다. 그 꿈은 마치 내가 오랫동안 잘못된 편에 서 있었다는 듯이 내 삶의 방향을 돌리려 했다. 나는 깨어 있는 상태를 위해 그 몽유병 같은 확실성을 잊고 싶었다. 꿈을 잊는 것은 항상 쉬웠다. 그러나 확실성을 잃는 것은 힘들 것이다. 나는 날마다 다른 사람들이 나에 앞서 꿈꾸었을 이런 확실성을 만날 것이기 때문이다. 가령 내가 여기 이 높은 곳에서 혼잡한 군상을 내려다보면서 느낀 확실성은 다른 사람들의 일생의 꿈을 안전하게 해줄 수 있다. 내 일생의 꿈은 뭐지? 하고 코위쉬니히는 생각했다. '나는 내 일생의 꿈을 생각하다가 확실성을 잊어버릴지도 모른다. 지난밤 꿈이 내 일생의 꿈이었다고 생각하자.' 코위쉬니히는 배수로에서 아래로 흘러 들어가다가 곧 다른 물로 합쳐지는 그 물을 따라 파리 시내 전체를 순회하고 싶었다.

이날 그는 가끔 기분이 좋았지만 그 즐거움은 매번 금세 사라져버렸다. 심호흡을 하는 중에 그는 숨이 막혀와 모든 것이 불가능하게 되었다. 그는 즐거운 순간조차도 도대체 앞으로 상황이 어떻게 되어갈지 생각하는 것을 멈출 수 없었다. 계속해서 미래만을 생각해야 하는데, 다른 편으로는 어떤 미래도 상상할 수 없다는 것이 그의 절망감을 배가시켰다. 지금까지 그는 지금처럼 즐거운 적도 없었지만, 마찬가지로 그만큼 절망적인 적도 없었다. 그래서 그는 기분이 좋을 때마다 더 이상 자신의 느낌에 대해 믿지를 못했다. 즐거움은 그에게 현실감이 없었으며, 아무것도, 일생의 꿈에 대한 생각마저도 그에게는 현실감이 없었다. 그는 마치 호색한처럼, 비록 그것이 여자의 구멍이 아니라 상상할 수 없는 그 무엇이었지만, 단지 하나만 생각했다. 도대체 왜 아무도 자신의 음란한 얼굴을 보지 못했을까? 그는 왜 아무도 자신에게 첫 번째 시선을 던진 뒤 두 번째로 특별한 시선을 던지지 않는지, 왜 여자가 그를 쳐다볼 때 시선을 돌리지 않는지 이해하지 못했다. 천만에, 한 여자는 시선을 돌리고 역겨워서 얼굴을 돌렸었다. 그는 많은 사람들이 자신을 쳐다보도록 공원 풀숲 옆에라도 서 있어야 할까?

　그는 입안에서 피 냄새를 느꼈다. 역겨운 것은 그가 밤새 완전히 다른 사람이 되었다는 것이 아니라, 다른 것들은 영원히 똑같은 것처럼 보였다는 것이다. 또한 역겨운 것은 그가 그렇게 보였다는 것이 아니라, 사람들은 그렇게 보이지 않았다는 것이다. 그는 자신이 몇 살인지 헤아려보았다. 그는 햇수만 헤아린 것이 아니라 자신이 몽마르트르 언덕에 서 있던 순간까지 살아온 달과 날도 헤아려보았다. 그는 벌써 너무 많은 시간을 써버렸다! 그런데 그는 수많은 시간 중 마지막 시간만이 정말 힘들게 지나갔던 것을 생각하면서, 왜 자신이 그 전에는 숨이 막히지 않는지 이해하지 못했다. 그러나 어떻게든 시간은 지나갔음이 틀림없다. 그렇다, 어떻게든 시간은 지나갔고, 어떻게든 시간은 지나갔으며, 어떻게든 시간은 지나갈 것이다. 그것이 바로 가장 역겨운 것이었다. 그는 자신보다 더 나이든 사람들을 보면 바로 그들이 한물간 사람들처럼 보였다. 그는 그들이 벌써 오래전에 사라지지 않은 것을 이해하지 못했다. 그들이 살아남아서 계속 삶을 이어간다는 것을 도저히 이해할 수 없었다. 거기엔 뭔가 속임수가 있음이 틀림없었다. 그것이 통상적인 일로 받아들여지지 않았다. 그는 그들을 약간은 존경했지만, 그들 대부분은 그를 역겹게 만들었다. 그는 그들의 속임수를 알아내고 싶지는 않았다. 저기 코펜하겐 번호판을 달고 있는 자동차에 타고 있는 덴마크인은 도중에 계곡으로 추락하지도 않고 전 유럽을 거쳐 지칠 줄 모르고 여기까지 왔으니 감탄받을 만하다. 그러나 그가, 예를 들면 독일 아우토반에서 정말로 자동차를 몰고 적시에 다리 난간을 뚫고 아래로 떨어졌더라면 더 존경을 받지 않았을까? 그의 덴마크적인 기질은 여기서 웃음거리만 되고 말았다. 도대체가 이 세상에 합리적인 것이라곤 아무것도 없다. 단지 합리적인 척할 뿐이다. 그것도 너무 합리적인 척할 뿐이라고 코위쉬니히는 생각했다. 카페에 앉아 있던 어느 커플이 카페를 떠날 때에도 여전히 커플이어야 한다는 것은 아주 합리적인 생각이다. 하지만 그는 두 사람이 자리에서 일어나서도 마치 아무 일도 없었던 것처럼 여전히 서로 이야기하며, 심지어 서로 다정하게 구는 것을 이해하지 못했다. 그러나 지난 밤 이후에야 비로소 그가 자신과 다른 사람들을 이런 식으로 보고 있다는 것 또한 옳지 않았다. 그는 예전에도 모든 것이 그대로 흘러가거나 혹은 그대로 머물러 있는 것을 자신이 이해하지 못했다는 것을 점점 기억해냈다. 언젠가 그는 지하철 9호선을 타고, 단지 와인 회사 듀보네가 역과 역 사이의 어두운 터널 벽에 일정한 간격을 두고 그림을 그려 보여주고 있는 광고의 내용이 무엇인지 알아내기 위해 파리 전체를 관통한 적이 있었다. 그러나 기차가 너무 빨리 달리는 바람에 그는 항상 광고판 전체를 보지 못하고 계속해서 일부분만을, 그것도 같은 부분만을 보았기 때문에 그 내용이 무엇인지 알 수 없었다. 그는 원래 시내에서 내리려고 했지만, 기차가 철로 보수 현장을 지나느라 예전보다 천천히 달렸던 파리의 남동쪽 교외에 있는 포르트 드 샤랑통 역까지 갔다. 그래서 마침내 그곳에서 도무지 무엇인지 알 수 없었던 점들은 알록달록한 구름들이고, 그 앞에 있는 구(球)는 전 세계에서 듀보네 와인을 마시고 있는 나라들을 색깔로 표시한 일종의 태양이라는 것을 알았다… 예전에는 모든 것이 너무 빨리 지나갔고, 그도 그것을 제대로 인식하려고 했기 때문에 같이 달렸다. 그러나 지난밤부터 모든 것이 정지해버렸다. 그는 인식

진정한 느낌의 시간

할 수 없는 것이 있으면 이제 그것을 외면할 수 있었다. 헌신하는 것은 우스운 것이 되어버렸고, 다시 받아들인다는 것은 상상할 수 없었으며, 어디에 속한다는 것은 지상의 지옥이 되었다. 그는 이 세상만큼이나 커다란 솥에서 밥이 타서 눌러붙어 있는 것을 보았다. 그 순간 현기증이 일어났고, 그는 환각상태에서 깨어났다.

코위쉬니히는 언덕을 한 걸음 한 걸음 천천히 내려갔다. 얼마나 걱정 없는 체하는 걸음걸이인가? 얼마나 적대적이면서도 태평한 얼굴들인가? 그는 그것을 모방하고 싶은 욕구보다는 흉내 내고 싶은 충동을 느꼈다. 그들의 표정은 모두 여름철답게 기분이 좋아 보여서 그들의 낯짝을 참아내는 유일한 방법은 그것을 흉내 내는 것뿐이었다. 그것은 사람들이 카페에서, 물론 대개 무의식적이긴 하지만, 어색하게 총총걸음으로 지나가며 자신의 예쁜 모습을 잃을까 두려워 왼쪽 또는 오른쪽도 보지 못하는 여자들의 표정을 흉내 내거나, 가끔 술 취한 사람들이 갑자기 맞은편에서 오고 있는 사람들과 똑같은 표정으로 빤히 쳐다볼 때와 같았다.

어떤 여자가 길에서 그와 마주치자 미소를 지으며 몇

발자국 뛰어갔다. 그는 깜짝 놀랐다. '저 여자가 미쳤나?'
그뒤 그는 누군가 멀리서 그녀를 향해 오고 있는 것을 보
았다. 그런데 그도 미소를 짓고 있었다! 그들은 계속 미소
를 지으며 서로를 향해 다가왔는데, 먼 거리와 모든 장애물
을 극복하고, 남자는 도중에 빈 상자에 걸려 넘어지고 여자
는 누군가와 부딪쳤는데도 불구하고 미소는 그대로 유지했
다. 코위쉬니히는 그것을 더 이상 참지 못하고 소변을 보고
싶은 욕구를 느끼며 계속 갔다. 그는 이제 그들이 원숭이처
럼 서로 팔을 껴안고, 애처로운 눈을 쳐다보며, 초라한 뺨
의 왼쪽과 오른쪽에 키스를 퍼부을 것이라고 생각했다. 그
런 다음 그들은 아무 일 없다는 듯이 계속 원래 가던 길을
갈 것이다. 끔찍했다! 그는 입에 고인 침을 다 뱉으려면 아
래턱을 좀 내려야겠다고 생각했다. 그는 어떤 아이가 생각
에 빠져 서 있는 것을 보았다. 그 아이의 입에서 거품 주머
니가 부풀어 오르더니 터졌다. 그 후 그는 작은 검은색 서
류가방을 손에 든 남자와 마주쳤다. 그는 즉시 그 남자가
창피하게 생각하지 않는다는 걸 알았다. 그는 그런 사람을
보면 굴욕감을 느꼈다. 그도 그때 그와 비슷한 가방을 손
에 들고 있었다. 하지만 그는 그것을 가장 가까운 쓰레기통
에 던져버리지 않고 영웅처럼 용감하게 계속 갖고 다녔다.
그는 곳곳에 일상의 영웅들 천지라고 생각했다. 그는 자신

진정한 느낌의 시간

이 전에 흉내 낸 적이 있는 바보 같은 미소를 거두지 못했다. 그는 얼굴이 가려웠다. 그는 손으로 긁지 않고 얼굴을 더욱 찌푸리면서 가려움증을 가라앉혔다. 그에게는 파라솔 아래 있던 젖먹이들조차, 그들은 뺨이 당근죽처럼 갈색이었는데, 가식적으로 보였다. 그는 그들마저도 마치 원래 그런 것처럼 행동한다고 생각했다. 사실 그들도 지루한 젖먹이의 현실에 터져버릴 정도로 구역질을 느끼고 있다! 그는 자신이 어떤 동물을 쳐다볼 때, 바로 그 순간 녀석이 볼일을 보지 않는 것에 놀랐다. 언젠가 그는 생각했다. 이제 누군가 내게 말을 걸면 그의 두개골을 쳐서 쪼개버릴 것이다. 누군가 그를 보기만 하면 되었다. 그는 속으로 그 사람에게 말했다. 천벌을 받아라! (그럼에도 불구하고 그는 아무도 그에게 말을 걸지 않는 것을 이해하지 못했다. 시골에서 온 한 프랑스인이 로리앙 거리로 가는 길을 물었을 때, 그는 자신이 정보를 줄 수 있다는 사실에 기뻐하며 재빨리 그냥 그곳을 지나갔다.)

그는 마주치는 모든 것들에게 말하려고 했다. '내 눈앞에 더 이상 나타나지 마라!' 그런데 그것은 즉시 다시 그의 눈앞에 나타났다. 다른 모습으로, 그러나 똑같은 괴물로. 그가 아무것도 감지하지 못했지만, 그의 눈앞에 나타났다. 그는 자신의 무자비한 성격이 드러나지 않도록 하기 위해 아주 빨리 걸었다. 하지만 젖가슴이 약간 불룩한 한 여자가 그를 향해 다가오자 그녀의 젖꼭지를 훔쳐볼 수 있지 않을까 하여 망설이지 않고 그녀를 쳐다보았다. 세상 모든 것이 충분해 보였다. 마치 자리뺏기 놀이에서 마지막 사람까지 자리를 차지해 아무도 더 이상 서 있을 필요가 없는 것 같았다. 그는 그것이 무척 지루하다는 생각이 들었다. 아주 쓸쓸하다는 생각이 들었다!

예전에는 베아트리체와 헤어지고 나서도 그의 온몸에 한참 동안 남아 있던 친밀하고도 달콤한 여운의 감정이 재빨리 그를 떠났다. 그는 땅바닥만 쳐다보았다. 막 버려진 복숭아씨 하나가 축축한 채 인도에 놓여 있었다. 그것을 보고 그는 갑자기 지금이 여름이라는 사실을 깨달았고, 이제 그것이 이상하게도 중요하게 느껴졌다. 그는 좋은 징조라고 생각하고 조금 천천히 걸을 수 있었다. 혹시 그런 징조가 조금 더 있을까? 여름 동안 문을 닫은 어떤 카페의 유리창들이 안쪽에서 하얗게 칠해져 있었다··· 자동차 한 대가 지붕 위에 바퀴가 번쩍거리며 돌고 있는 자전거를 매달고 지나갔다. 그는 잠시 문을 닫은 시장 생선가게에서 풍겨오는 해산물 냄새를 기분 좋게 깊이 들이마셨다.

진정한 느낌의 시간

그는 언덕 아래에서 블랑슈 광장으로 들어서면서 공간이 너무 넓어지자 갑자기 그 자리에 멈춰 섰다. "샌디에이고!" 그가 그 말을 들었을까, 혹은 그 말이 갑자기 떠오른 것일까? 어쨌든 샌디에이고라는 말이 머리에 떠오르자마자 그는 주먹을 불끈 쥐며 생각했다. '도대체 누가 이 세상은 이미 발견되었다고 말했더라?'

다음 순간 그는 움직이지 않고 블랑슈 광장에 서 있는 동안, 즉시 파리를 떠나고 싶었다. 그러나 그는 바로 예전이라면 여행이 혹시 어떤 것을 변화시켰을지 모르지만 이제는 더 이상 아니라는 것을 깨달았다. 그가 자신에게 밀어닥친 일을 피할 가능성은 없었다. 그것은 자신에게 밀어닥친 것이 아니라, 도착한 것이었다. 그는 이미 오래전에 그 차례가 되었던 것이다. 샌디에이고라는 말과 자신이 주먹을 불끈 쥔 것은 그가 여기에 머무르며 아무것도 포기하지 않으리라는 것을 의미했다. '나는 그것을 너희들에게 보여줄 테다!' 그는 생각했다. 그런데도 그는 그 후 여행사에서 들려오는 타자기 소리를 듣고 동경 어린 부러움을 느꼈다. 누군가 몹시 어려운 외국의 도시 이름을 알파벳 하니씩 미뭇머뭇 타자로 치고 있었다. 그다음 계산기가 찰칵거리는 소리가 들려왔다. 마치 그 옆에 서서 기다리는 고객에게 항

53

공권과 그 도시의 체류비용 명세서를 만들어주는 것 같았다.

어떤 커플이 길 위에 서 있었다. 둘 다 늙어서 비틀거렸다. 남자가 흔들리는 머리를 여자의 어깨에 올려놓았는데, 그것은 일시적인 몸짓이 아니라 그도 더 이상 머리를 어떻게 할 수 없었기 때문이었다. 여자는 손으로 그의 머리를 자신의 어깨 쪽으로 누르고 있었다. 그렇게 그들은 천천히 서로 떨어지지 않은 채 광장을 가로질러 갔다. 코위쉬니히는 그들이 부부 같다고 생각하며 경멸하는 마음이 들었다. 하지만 이내 다른 예감에 사로잡혀 마음이 잠시 진정되었다. "너는 세상이 아니야." 그는 혼잣말을 하며 그 두 사람에 대해 이상한 자부심을 느꼈다. 그러나 그 후 그가 택시를 탔을 때 조수석에 앉아 있던 어디서나 흔히 볼 수 있는 개가 마치 택시에 올라타는 것을 막으려는 듯이 그를 보고 짖어댔다. 그리고 아주 익숙한 디젤엔진 소리를 듣자 그는 살인적인 분노를 느꼈다. 아니, 그는 이제 세상이었다. 바로 그때 그런 생각을 감추려는 자신의 어리석은 시도가 비유로 떠올랐다. 그는 언젠가 흠집이 있는 사과를 그 부분이 보이지 않게 해서 광주리의 다른 사과 속에 섞어놓았다. 하지만 매번 그 사과가 옆으로 굴러서 흠집이 겉으로 드러

진정한 느낌의 시간

났다. 운전기사는 벌써 손잡이를 돌려 창문을 내리고 창밖에다 "에이, 시발" 하고 외쳤다. 그는 벌써 어깨너머로 코위쉬니히에게도 마치 동료에게 대하듯 말을 걸었다. 코위쉬니히는 다시는 누구에게도 대답하지 않을 거라고 생각했다. 옆에만 대고 이야기하고, 옆에만 대고 훌쩍일 것이다. 그는 갑자기 혀를 옆으로 늘어뜨리고 있는 개에게 동질감을 느꼈다. 이런 극도의 메스꺼움을 완화시켜줄 방향제는 없었다. 그는 '1분만 침묵하자!'고 생각했다. 이런 불합리한 일이 계속 벌어지는 상황에서는 제발 1분만 침묵하자! 거리 모퉁이에서 무엇인가 큰소리로 외치기 시작했다. 그러자 그의 눈앞에 보이는 모든 것이 혼란스럽게 큰 소리로 외쳤다. 끝이 보이지 않았다. 그의 머릿속은 그 끝 이외에는 아무것도 생각나지 않았다.

자동차 실내 거울로 그는 뜻밖의 자신의 얼굴을 보았다. 처음엔 그 얼굴을 알아보지 못했다. 그것은 그만큼 일그러져 있었다. 무엇과 비교하려고 생각하지도 않았는데 즉시 몇몇 동물이 떠올랐다. 이런 얼굴의 사람이라면 자신의 생각이나 감정을 표현할 수도 없을 정도였다. 그는 다시 한 번 자신을 쳐다보았지만, 이제는 아침에 빵집 앞 거울에서처럼 그것에 대비를 했기 때문에, 그 얼굴을 다시 찾지 못했다. 그는 얼굴을 찡그리며 찾았지만 역시 마찬가지였다. 그러나 그것은 분명한 사실이다. 그는 대비하지 않고 무심코 던진 한 번의 시선으로 자신의 얼굴에 대한 정체성을 잃어버렸던 것이다. 베아트리체는 그것을 어떻게 견뎌낼 수 있었을까! 사람들이 말하는 것처럼 여자들은 남자들보다 구역질을 덜 느끼는 것일까? 어쨌든 이런 얼굴을 가진 사람이라면 침묵하는 것이 좋다. 이런 상판을 하고서는 혼잣말을 하는 것조차 오만한 생각이다. 자기 자신에게 친절하게 '어이, 친구' 하고 말을 건네는 것도 생각할 수 없다. 다른 한편으로 ─그는 이런 생각을 하면서 몸을 똑바로 곧추세웠다─ 그는 이런 얼굴을 하고서야 지금까지 꿈에서만 나타났던 감정들도 수용할 수 있었다! 그는 바로 언젠가 꿈속에서 어떤 여자에게 매우 낯선 쾌감을 느끼며 오줌을 갈겼던 것을 회상했다. 그 당시 그는 깨어나서 난처해했다. 그는 즉시 그건 자신이 아니었다고 생각했다. 그러나 새로 발견한 그의 얼굴에는 그런 쾌감이 어울렸다. 그것은 그에게 낯선 것이 아니었다. 그는 바로 그런 사람이었던 것이다. 그래서 드러난 얼굴로는 더 이상 아무것도, 더이상 아무것도 그에게 낯설어서는 안 된다는 것이 분명해졌다. 결국 이제 낯설다는 변명은 아무 소용이 없어져버렸다. 어떤 후회도 아낄 수 있게 되었다. 이런 천박한 얼굴을

진정한 느낌의 시간

하고서는 어떤 핑계도 필요 없었다. 코위쉬니히는 모든 것을, 치정살인조차도 믿었다. 결국 그는 자신에게 꿈속에서 노파를 살해한 것은 치정살인이었다고 고백했다. 갑자기 택시기사의 개가 그를 보고 으르렁거리기 시작했다. 코위쉬니히는 자신이 두려웠다. 그는 얼른 일하러 가야겠다고 생각했다. 편하고 쾌적한 사무실로.

오후가 길게 지속되었다. 마치 더 이상 제대로 기능을 하지 못할 때에야 비로소 그 사실을 알아차리는 인체의 기관처럼, 이제 시간이 절실한 문제로 부각되었다. 갑자기 시간이 많아져서 더 이상 예전처럼 흘러가지 않고 자기 자신만의 실존을 갖게 되었다. 그것은 모든 사람과 관계된 문제였다. 사람들은 더 이상 어떤 일에 몰두하며 시간으로부터 도피할 수 없었다. 코위쉬니히는 그것은 결국 자신만의 문제는 아니라고 생각하니 약간 마음이 가벼워졌다. 예전에는 보편적인 단체에 소속되어 있던 기관이 이제 독립을 했다. 즉 시간이 그냥 흘러가는 것을 멈추자, 아무것도 제 역할을 하지 못했다. 낮이 너무 길어지자, 시간은 적대적 본성을 드리네며 꾸벅꾸벅 졸고 있는 문명사회를 와밀시키겠다고 위협했다. 일상의 시간이 효력을 잃은 것처럼 보였다. 마치 누군가 빠지라고 함정을 파놓는 것처럼, 적대적인 시간도 사람에게만 영향력이 있어 동물은 그것을 감지하지 못하는 것처럼 보였다. 시간이 갑자기 비인간적인 시스템의 지배를 받는 것처럼 건물들 사이를 지나갔다. 그것은 도로가 뻗어나가고, 선창의 흉벽이 앞으로 나아가며, 크레인이 흔들릴 때와는 다른 의미로 움직였고, 비둘기 깃털들이 천장에서 회전하며 떨어질 때, 꽃씨가 자동차 사이를 날아다닐 때와도 사뭇 달랐다. 코위쉬니히는 이런 무자비하고 광포한 시간 아래에서 세상이 영혼을 잃은 것처럼 보였다. 세상은 아주 높고 빛나는 하늘 아래에서 힘들어 허우적댔다. 사람들은 그 아래로 등장할 때마다 의미 없는 막간극이 되어버렸다. 몇몇 아이들이 오래전에 끝난 축제를 위해 임시로 만들어놓은 무도장에서 깡충깡충 뛰어다녔고, 이젠 아무에게도 더 이상 환영받지 못하는 쓸모없는 몇 장의 전단들만 이리저리 휘날렸다. 하늘은 그런 풍경의 전면에 우뚝 솟아 있는 문명의 상징인 고층빌딩에게도 이미 다른 시스템에 속해 있는 것처럼 너무 높기만 했다. 이에 비해 인간은 협소하고 칙칙한 장소를 배경으로 펼쳐진 대목장의 싸구려 물건으로 전락하고 말았다. 이런 풍경의 주연은 너무 많아진 시간이 그것을 수단으로 이 세상을 짓눌렀던 짙은 하늘색이었고, 조연은 그가(그를 포함한 모든 사람이!) 삶이나 죽음에 대한 불안으로 인해 그 안에서 뭔가 털끝만큼이라도 의미를 찾아보려고 한, 저 아래 제멋대로 흩어져 있는 전단들이었다. 코위쉬니히는 하늘이 콩코드 광장 위에서 이상한 모습을 한 채 광장 아래로 가장자리를 적대적으로 늘어뜨리고 궁륭(穹窿)을 이루고 있는 것을 보았다. 앵발리드 다리 위의 가로등도, 그가 하늘을 오랫동안 쳐다본 탓인지, 그의 눈에는 끝나버린 축제를 회상하듯 어슴푸레하게 빛났다. 이제 넓고 탁 트인 광장은 보지 말자! 그는 앵발리드 광장에 도착하기 전에 택시에서 내려 안전지대를 향해 뛰었다. 도중에 갑자기 맑으면서도 어두운 하늘에서 그의 손등 위로 따뜻한 빗방울이 떨어졌다… 코위쉬니히는 파베르 거리에서 '오스트리아 대사관'이라는 동판을 보자 비로소 다시 미소를 지을 수 있었다. 사무실에서 진지하게 업무를 시작하면서, 타자기의 검은 롤러에서 하얀 백지가 나오자마자, 그에게는 모든 일이 원래의 자리를 찾은 것처럼 보였다… 그 후 그는 딱 한 번 몸을 웅크리고 귀를 막아보았다. 그러자 그의 몸 깊은 곳에서, 마치 밖에서, 보호벽 밖에서, 최상의 대비를 하고 있는 대사관도 어쩔 수 없는 무엇인가가 광란을 부리고 있는 것처럼 심장이 뛰었다. 그는 자신들 중 지금 무방비상태로 있는 사람들은 고통스러우리라 생각하면서도, 동시에 이런 상태가 계속되기를 희망했다. 그는 지금과 같은 파국적인 분위기에서는 자기 자신에 대해 개인적으로는 더 이상 아무것도 느끼지 못하거나, 어쨌든 거의 느끼지 못해서, 자신이 다른 모든 사람들과 똑같다고 믿을 수 있었기 때문이다. 만약 그가 오해하고 있는 것이라면? 코위쉬니히는 그렇다면 그것은 비록 밖의 상태가 단지 자기 자신의 상태에 불과할지라도 어떤 가능성의 종말이 되리라고 생각했다.

진정한 느낌의 시간

2

코위쉬니히는 며칠 전부터 외무부에 보낼 보고서를 작성하고 있었다. 주제는 '프랑스 TV 속 오스트리아의 모습', 부제는 '오스트리아, 실험영화'였다. 그가 이런 아이디어를 얻게 된 것은 아르투어 슈니츨러의 산문을 토대로 만들어진 몇 개의 TV 영화들 덕분이었다. 이 영화들의 인물들은 휑한 실내 공간에서 등장했다. 바깥이라곤 기껏해야 마차 안이었다. 코위쉬니히는 이 영화들에서 엿볼 수 있는 오스트리아의 특성은 바로 무대장치라고 서술했다. 그렇다고 무대장치가 오스트리아에만 특유한 것들로 장식되었다는 의미는 아니다. 휑한 실내 공간 자체가 오스트리아의 특성이라서 등장인물들은 어디나 있을 수 있는 무대에서 움직였다. 그 영화들에 의하면, 역사의식이 없는 사람들의 나라, 역사가 없는, 누구의 나라도 아닌 나라, 그것이 바로 오스트리아의 특성인 것처럼 보였다. 누군가가 흥분해서 등장을 해도, 그는 자신을 흥분시킨 것을 특정한 나라가 아니라 대기실에서 체험했다. 코위쉬니히는, 오스트리아 영화들은 국가가 전혀 역할을 하지 않고, 또한 경치에 곁눈질하여 역사를 전혀 활용하지 않음으로써, 등장인물들은 자신의 체험을 (아마 그들이 대기실에서 이것들을 암기─포옹하는 법도 암기하고, 두 사람이 서로의 눈을 바라보는 법도 암기하고, 서로의 입술을 포개는 법도 암기하고─한 이후에) 단지 음송하는 것처럼 보인다는 사실을 증명하려고 했다. 그래서 오스트리아 영화는… (그는 도대체 무슨 말을 하려고 했을까?), 오스트리아 영화의 등장인물들은… (그도 문장들을 암기할 수 있었을까?)… 진짜 사는 것이 아니라(이게 무슨 의미였지?)… 그럴듯하게 사는 법을 단지 암기했을 뿐이다. 코위쉬니히는, 그것은 이미 말한 것처럼 그 특성이 휑한 무대 장치일 수밖에 없는 나라에서는 사람들은 더 이상 아무것도 체험할 수 없기 때문이라고 썼다. 그래서 오스트리아 영화는 오스트리아를 단지 천편일률적인 연재물만 이야기할 수 있는 나라로, 그것도 마치 그것이 자신의 삶인 것처럼 이야기할 수 있는 나라로 묘사했다! (그러나 사람들이 연속

극에 불과한 것을 자신의 체험처럼 이야기하지 않는 나라나 시스템이 있을까?) 그러니까 오스트리아 영화는…

코위쉬니히는 갑자기 자신이 더 이상 무엇을 증명해야 할지 몰랐고 거기에 대해 기뻐했다. 그는 보고서를 찢어버린 다음 더 찢을 수 있는 것들을 찾았다. 그는 한참 동안 서류를 구기고 찢어서 쓰레기통에 던지는 것에 재미를 느꼈다. 그는 마치 무엇인가에 복수를 하는 것 같았다! 그는 사무실 전체에서 버릴 수 있는 것들을 모아 자기 앞에 정렬해 놓고 그것이 비록 편지봉투임에도 불구하고 하나하나 팔을 뻗어 쓰레기통에 던졌다. 그는 지금 휴가 중인 대사관 직원들이 보내준 그림엽서들도 찢어서 던졌다. 그는 사실 자신이 오스트리아 영화에서 그 반대의 경우도 증명할 수 있다고 생각했다. 어제까지만 해도 그는 한 구절 한 구절 논리적인 문장으로 자신의 주장을 증명해 보이려고 했었다. 이제 그는 오히려 편안한 오후를 보내기 위해 신문을 계속 읽었다. 별자리도 읽었다. 그리고 자신이 점점 사람들 눈에 띄지 않게 되었다는 사실을 감지했다. 그는 사무실에 그렇게 혼자서 편안하지만 바른 자세로 앉아 있었다. 기껏해야 한 번, 초록색 나뭇잎 사이로 그것보다 훨씬 밝은 초록색의 가시 달린 밤들이 보이는 창 앞 밤나무에 시선을 던졌을 뿐이다. 오늘 신문들은 아주 좋았다. 논조가 분명해서 정말 높이 평가할 만했다! 그는 그 기자들이 '자신들을 생각하지 않는다!'고 생각했다. 그는 뒤통수를 한 대 맞은 기분이었다. 그는 모든 문장에 밑줄을 긋고 싶었다. "…의 슬픈 운명"이라는 기사를 읽고서 그는 그 기자의 객관적인 태도를 따라야겠다는 강한 욕구를 느꼈다. 그 기자는 분명 슬펐을 자기 자신의 운명을 초월한 것처럼 보였기 때문이다. 특히 위트가 그에게 울림을 주었다. 사람들이 위트를 생각해내려면 얼마나 끈기가 필요한가! 마주치는 모든 일에서 위트를 찾으려면 얼마나 허영심을 버려야 하는가! 모든 일에는 분명 위트가 있기 때문이다! "누군가가 살인자가 된 꿈을 꾸었다는 이야기를 들은 적이 있니?" "응, 근데 거기에 무슨 위트가 있는데?" 그런데 위트가 해결책일까? 어쨌든 코위쉬니히는 편안하게 아무도 눈에 띄지 않는 곳에서 신문을 읽으면서 누구나 느끼는 죽음을 두려워하지 않는 사람들에게 질투를 느꼈다.

코위쉬니히는 얼마 전부터 자신이 신문 읽는 것을 그만두고 앞에 있는 책상만 쳐다보고 있다는 사실을 알아차렸다. 타자기, 모두 가지런히 정돈되어 있는 연필들, 뚜껑을 열어 손에 들고 있는 만년필. 그는 자신이 너무 가식적으로 물건들을 이곳에 정돈해두고 있다고 생각했다. '나는 그렇게 하면서 있지도 않은 안전을 염두에 두었겠지. 마치 그런 작업 도구들을 준비해두면 모든 것이 제대로 돌아가, 앞으로 돌발적인 사건은 절대 일어나지 않으리라 착각했겠지.' 그는 자신이 그 물건들을 도구로 쓰기 위해 정돈하면서, 마치 그것들의 담당자나 되는 것처럼 그 뒤에 참호를 파고 숨어서 얼마나 자신을 속이고 살았는지 생각했다. 단파수신기는, 도대체 그가 그것을 사용한다고 해서 자신의 미래를 보장받을 수 있을까? '반출'이라는 딱지가 붙은 사무실 문 옆 바구니는 대사관 사환이 외부로 보내는 보고서나 편지들을 제때 거기서 찾을 것이라는 사실에 대한 보증서가 될까? —바깥 광장에서 자동차가 요란하게 급브레이크를 밟았다. 동시에 코위쉬니히가 전에 한 번 녀석의 앞발을 밟은 적이 있는 유기견이 깨갱거리는 소리가 들렸다. 모든 것이 다시 일 초, 일 초마다 불안한 상태에 있었다. 그는 결국 자신에 대해 생각해야 했다. 하지만 어떻게 시작하지? 그는 …로서 태어났다. 나의 아버지는 …였고, 나의 어머니는 …을 갖고 있었다. 나는 벌써 어렸을 때 …을 느꼈다. 자신에 대해 생각할 수 있는 다른 방법이 있을까? '내가 만약 지금 죽으면', 갑자기 코위쉬니히는 생각했다, '나는 유산으로 혼란만을 남기겠지!' 그는 벌써 손에 들고 있는 만년필로 유서를 쓰기 시작했다. 그는 동시에 모든 글자를 심지어 숫자마저도 자신이 편안함을 느끼며 쓰는 시간을 길게 끌기 위해 아라비아 숫자가 아닌 알파벳으로 써 나갔다. 만년필의 펜이 종이에 스치는 소리를 내는 동안 죽음은 그로부터 저 멀리 달아난 것처럼 보였다. 그는 유서를 봉투에 집어넣고 이렇게 썼다. "내가 이 세상을 떠나고 난 다음 개봉할 것." 그는 '죽음'이라는 단어를 피하고 싶었다.

그는 앵발리드 광장을 내다보았다. 특별한 것은 아무것도 없었다. 그에게 특별한 것은 아무것도 없었다. 그는 심장이 뛰는 것을 진정시키기 위해 억지로 무엇인가를 관찰하려고 애썼다. 가령 두 개의 지하철 노선을 연결하면서 인부들을 위해 세운 가건물들이 있었다. 그것들은 너무 작아서 인부들은 허리를 숙이고 들어갔다가 뒷걸음쳐서 나왔다. '아하, 그렇구나'라고 그는 생각했다. 큰 광장에 서 있는 활엽수의 많은 잎이 벌써 노란색이었고 벌레를 먹었다. '아하 그렇구나.' '동쪽 하늘엔 희미한 달이 떠 있을까? 왜 그렇지 않겠어.' 언제나처럼 광장 다른 쪽 끝자락에서 좀 떨어진 곳에 있던 에어프랑스 버스정류장의 창문 하나가 오늘은 어제보다 약간 빨리 그의 방 안을 비췄다. '좋아' 코위쉬니히는 생각했다. 그는 지금까지 본 모든 것을 인지하기 위해 한 자 한 자 중얼거려보았다.

그 후 그는 자신과 같은 층에서 몇 사무실 떨어져 있는 국기게양대 뒤에 누군가가 서 있는 것을 알아차렸다. 그가 전혀 모르는 젊은 여자였는데, 며칠 전부터 휴가 간 사람을 대신해 문서부에서 근무하고 있었다. 그녀는 특별히 그를 인식하지 못한 채 작은 커피잔으로 제라늄 화분에 물을 주고 있었다. 잠시 후 그녀는 창가에서 사라졌다가 다시 물을 채운 컵을 들고 돌아왔다. 그는 그녀가 그 컵을 꽃 위로 높이 들고 매우 조심스럽게 물줄기를 조절하고 있는 것을 보았다. 그녀의 입술은 벌어져 있었고 얼굴은 이상하게 늙어 보였다. 그는 갑자기 자신이 뭔가 금지된 것을 관찰하고 있다는 느낌이 들었다. 그는 몸이 뜨거워지면서 어지러웠지만 더 이상 다른 곳을 볼 수도 없었다. 그녀가 다시 창가에서 떠나자 그는 그녀가 다시 오기를 바랐다. 그녀는 그가 기대했던 것보다 빨리 나타났는데, 진짜 뛰어왔고 흥분한 것처럼 보였다. 그녀는 곁눈질로 재빨리 그를 한 번 쳐다본 다음, 좀 전보다 훨씬 조심스럽게 물을 부었으며, 마치 극복해야 할 마음의 갈등이 있는 듯 컵을 엎어 물을 다 쏟아붓는 것을 망설였다. 그러다 그녀는 갑자기 그를 다시 한 번 쳐다보았다. 이번에는 얼굴색 하나 변하지 않았는데, 그녀의 시선은 끊어지지 않고 오랫동안 지속되었으며, 화난 듯하면서도 노회하고 정염으로 가득 차 있었다. 순간 그의 페니스가 뻣뻣해져서 깜짝 놀란 그는 뒤로 물러섰다. 그는 모든 것을 잊고 얼른 복도를 지나 그녀에게 건너갔다. 그녀도 사무실 안에서 그를 향해 다가왔다. 그는 문을 잠갔다. 두서너 동작 끝에 그들은 방바닥에 누워 서로 엉켰으며, 다시 두서너 동작 끝에 그녀가 눈을 떴고, 그가 그 눈을 감겼다. 한참 후 그들은 동시에 격렬하게 웃기 시작했다.

코위쉬니히는 그녀에게서 어떤 특별한 여자와 함께 있다는 감정을 느끼지는 못했지만 서로에게 끌리는 힘과 자유분방함을 느꼈다. 그들은 서로를 일으켜주었고, 두 개의 의자에, 그녀는 책상 뒤에 그는 그 앞에, 마주 앉아 공모라도 하듯 서로를 쳐다보았다. 그녀는 그를 쳐다보는 동안 진지했으며, 그저 한 번 입술을 다물고 미소를 지었을 뿐 곧바로 다시 진지해졌다. 그도 당연하다는 듯이, 아무 스트레스도 없고 자신이 속마음을 드러낼지 모른다는 걱정도 없이 그녀를 쳐다보았다. 하지만 그의 시선은 그녀에게서 붙잡을 만한 것을, 그가 그녀를 다시 알아볼 수 있을 세세하고 특별한 것을 찾지 못했다. 그는 그녀를 포괄적으로만 보았고, 그녀에게서 그의 눈에 띄는 것이라고는 아무것도 없었다. 만약 이 순간에 그가 그녀에게 사랑한다고 말했다면, 적어도 눈 깜박할 시간이지만, 그가 무슨 뜻으로 그 말을 했는지 알 것 같았다. 지금이 바로 그런 시간이었고, 더 이상 말할 게 아무것도 없었다. 그녀 앞에서는 숨바꼭질 놀이가 필요하지 않았다. 더 이상 전혀 필요하지 않았다. 아무 걱정 없이 그는 그녀에게 깊이 빠져들었다. 그들은 서로에게 숨길 비밀이 없었지만, 다른 사람들에게 숨길 공동의 비밀은 있었다. 짧은 순간이지만 그들은 모든 것을 함께했다. 그들은 건물에서 전화벨이 울리는 것도, 엘리베이터가 윙윙거리며 작동하는 것도, 마당 정문이 철커덕거리는 것도, 방 안에서 파리 한 마리가 날아다니는 것도 그대로 내버려두었다. 조용한 무아상태에서 아무것도 그들의 주의를 딴 데로 돌리지 못했다. 그는 "역경을 딛고 서류를 향하여"(*per aspera ad acta*)*라고 벽에 손으로 쓴 문구를 보고도 우습다는 생각이 들지 않았다. 맞은편 집 담의 담쟁이덩굴에 둥지를 튼 비둘기 한 쌍이 구구구 거리는 소리도 전혀 신경에 거슬리지 않았다. 설령 누군가 이들을 관찰하고 있었더라도 그는 아무렇지도 않았을 것이다. '볼 테면 보라지!' 그들은 비밀이 필요 없었는데, 아마도 그 사실

---

* '역경을 헤치고 별을 향하여'라는 뜻의 라틴어 격언 '*Per aspera ad astra*'에서 '*astra*'를 '*acta*'로 바꾼 것

이 오히려 그런 생각을 하도록 부추겼을 것이다. 그는 그녀를 똑바로 쳐다보며 갑자기 자신에게 '이제 동맹자가 생겼다!'고 생각했다. 그러자 그녀는 아무 말 없이 고개를 끄덕인 다음 손가락을 입에 댔다가 마치 그 의미를 강조하려는 듯 아랫입술로 가져갔다. 그들은 놀랍고 우쭐한 생각에 다시 웃었다. 이어 그들은 서로 이야기를 나누었고, 그녀가 "내가 어떤 남자와 함께 있었을 때… 사람들이 내 여기를 만지면…"이라고 할 때조차 전혀 그의 기분을 거슬리게 하지 않았다. 오히려 그는 그녀에게 언제나 대체 가능한 존재라는 사실이 기뻤다. 그는 방을 나서면서 그녀의 손에 키스했다. 하지만 그는 자신의 방에서 그녀를 생각하자 그녀와 잤다는 생각이 더 이상 전혀 나지 않아 호흡곤란을 느꼈다. 그에게는 특별한 것이 아무것도 없었다. 그가 의지할 수 있는 따뜻한 감정이나 부드러운 감정도 없었고 관용의 감정도 없었다. 그는 그것이 약간 부끄러웠다.

코위쉬니히가 6시경 엘리제궁의 기자회견에 가기 위해 광장으로 나왔을 때, 그는 갑자기 멈추어 서서 양손으로 허리를 받쳤다. 그는 온 세상에 적개심을 느꼈다. 그는 "나는 이제 네게 보여주겠다!"라고 말했다. "난 이제 너와 전쟁을 치를 것이다." 그는 주먹을 불끈 쥐고 앵발리드 다리로 달

진정한 느낌의 시간

려가서 아무 거리낌 없이 자동차들을 피해 오르세 강변을
건넜다. 그는 당장 저항을 시작해 어떤 것에라도 자신이 옳
다는 사실을 입증해 보이고 싶었다. 그는 이제 자신이 해
야 할 무언가가 있다는 것을 확신했다. '그런데 그게 어디
있지?' 그가 뛰자 주머니 안에서 동전이 쨍그랑거렸다. 그
는 더욱 더 빨리 뛰다가 추격전을 펼치듯 달렸다. 그는 짧
은 시간이었지만 적어도 전지전능한 능력을 얻어 세상을
내려다볼 수 있다는 느낌을 받았다. 이제 세상이 그의 것
이 되어 그는 이제 그에게서 떨어져간 것들을 다시 그에게
돌아오게 하기 위해 세상 속으로 뛰어들었다. "센 강아, 네
가 여기 있구나!" 그는 다리를 뛰어서 건너며 거만하게 말
했다. "아무 말 없이 그렇게 흘러만 가라. 내가 곧 너의 비
밀을 캐내리라!" ─그 후 그는 자신이 어떤 것을 체험하고
있다고 생각하며 기쁜 나머지 조금 천천히 걸어갔다. 아그
네스는 자주 그에게 말했었다. "아빠는 아무 얘기하지 마!"
이제 그는 아이에게 이야기할 게 생겼다. 자신이 세상에 대
고 '조용히 해!'라고 말했는데 적어도 몇 분 동안 세상이 그
의 말에 복종했다고. 그는 몇 가지 자잘한 이야기도 함께
보탤 것이다. 가파른 길들이 갑자기 평평해졌으며, 모든 집
들이 한 층씩 낮아졌다고. 그것은 아이에게 이야깃거리가
될 것이다. 아이는 세상을 아직 용적(容積)으로 평가했기

때문이다. 그 후 말할 게 더 이상 없어서 아이에게 아무 말도 하지 못한다면? 그래도 그는 적어도 자신을 위해서는 자기 앞에 필연적으로 놓여 있는 것을 처리하고, 그런 기억을 통해서 더 잘 회상할 수 있는 무언가를 갖게 될 것이다. 그는 놀라서 자신이 기뻐할 수 있다고 생각했다. '나도 기뻐할 수 있는 사람이다. 그것은 또한 내가 오늘에야 비로소 주목하고 있는 것이기도 하다.' 그는 갑자기 뭔가를 그리고 싶은 욕구를 느끼고는 손가락으로 공중에, 자신이 지금 프랭클린 루스벨트 거리를 거쳐 지나가고 있는 그랑팔레의 첨탑이 있는 헬멧 모양의 지붕을 그렸다.

파리에서 사람들은 보통 고개를 들지 않아도 하늘을 볼 수 있다. 게다가 똑바로 보아도 하늘은 많은 도로의 끝에서 나타난다. 그래서 코위쉬니히는 하늘에 구름들이 떠 있다는 것을 알아차렸다. 매우 하얗고 움직이지 않는 띠구름들이 위쪽에 높이 떠 있었고, 그 아래 띠구름들 밑으로 상당히 깊고 비스듬하게, 가까워서 약간 어둡게 보이는 구름들이 떠 있었는데, 그것들은 건물들의 지붕 위를 아주 가깝게 매우 빨리 지나가면서 그가 알아차리기도 전에 그 모양이 변했다. '왜 이제야 하늘이 내 눈에 띄었지?' 하고 그는 생각했다. 사실 하늘이 그의 눈에 띈 것이 아니라, 그가 단지 관심을 두고, 그리고 특별히 다른 생각을 하지 않고 하늘을 본 것뿐이었다. 몇 걸음 걸어가는 동안 그는 하늘에 몰두했다. 그것도 전적으로 몰두해서. 그는 나중에 생각했다. '나는 다른 아무것도 특별히 관찰하지 않고 또한 내게서 아무것도 빠져나가지 않는, 이런 사심이 없고 충만한 순간을 더 오랫동안 유지하고 싶다.' 그런데도 그는 곧바로 구름을 다시 보자 벌써 싫증이 났다. 그는 더 이상 아무것도 보고 싶지 않았다. '꺼져버려, 모두!' 그는 다시 인도 한가운데서 양손으로 허리를 받치고 걸으며 누군가를 모욕하고 싶은 욕구를 느꼈다. '저리 비켜, 너희 똑똑한 자들아!' 그는 어떤 여자에게 딱 한마디만 해주고 싶었다. 그러면 그녀는 평생 그 말을 생각해야 할 것이다. 우선 누구도 대답하지 못할 말을 찾자!

샹젤리제 위쪽 끝자락에 우리의 눈길을 끄는 개선문이 서 있었다. 사람들이 그 아래 원형교차로에서 개선문을 관통해 보면 넓은 도로 표면에 반사된 서쪽 하늘 외에는 아무것도 보이지 않았다. '만약 그 도로를 계속 올라가면, 그 너머로 라데팡스 교외에 새로운 건물들을 계속해서 올리고 있는 크레인들이 보일 것입니다.' 코위쉬니히는 이것을 마치 다른 사람들을 위해 인지하고 있는 것처럼 생각했다!

그러나 짧은 기분전환거리였다.

　그 후 그는 인도에서 마티뇽 거리의 드러그스토어로 꺾어 들어가면서 갑자기, 적어도 잠시 동안은 구원을 받았다고 느꼈다. '꺾어 들어간다는 것'은 ―답답한 직진에서 벗어난다는 것인데― 잠시 쉬어가는 것과 같았다. 그래서 그는 드러그스토어로 들어가 수많은 다른 사람들에 섞여 전진할 때, 자신의 의지와는 상관없이 리드미컬하게 멈추고 비켜주고 계속 가면서 단지 드러그스토어의 동작을 수행하며 함께했을 때, 그의 모든 문제가 없어져버리면서 드러그스토어 감정에 따라 자유롭게, 완전히 다른 삶을 영위하고 있다고 생각할 수 있었다. "그래, 난 새로운 삶을 시작할 거야!" 그는 마치 그게 가장 시급한 문제인 것처럼 큰소리로 말했다. 그에게 추억 하나가 떠올랐다. 체육복을 입은 학생들이 줄지어 서 있었다. 그중 두 명의 주장이 줄지어 서 있는 학생들 중 자신의 팀에 필요한 친구를 번갈아가며 호명했다. 호명을 받은 학생들은 줄 밖으로 나왔다. 실력이 좋은 친구들은 빨리 호명을 받았다. 실력이 좋지 않은 친구들만 당황한 채 줄에 서 있었다. 제발 내 이름을 불러줘! 하지만 마지막에서 두 번째 친구가 호명되어 줄에서 나갔다. 그때 마지막 사람이 되어 혼자 서 있지 말아야 한다… 그에 비해 케첩으로 더럽혀진 접시에 구겨진 냅킨들이 놓여 있고, 그 앞에 젊은 여자들이 따로 혼자 앉아서 열린 핸드백 위에 연애편지를 올려두고 다시 읽고 있는 이런 혼란 속에서는 누군가가 마지막 사람이 되어야 하는 경기는 더 이상 효력을 발휘하지 못했다. 코위쉬니히는 도서 진열대에서 레스토랑 안내서를 세 권 샀다. 그것을 처음부터 끝까지 읽을 작정이었다. 그는 그 책들이 가이드로 삼을 만하다고 생각했다.

그는 다시 거리로 나갔다… 드러그스토어는 아주 지저분했다. 바다에는 감자튀김이 발에 밟혀 으깨져 있었고, 잡지 네 귀퉁이는 사람들이 하도 만져서 접혀 있었다! 교차로에 서 있는 동안 하늘을 보니 구름이 껴 있었다. 그는 조금 전 꺾어 들어가면서 느꼈던 새로운 감정을 기억해내려고 애썼다. 그때, 꺾어 들어갔을 때 어떤 감정이었더라? 그는 갑자기 아무 기억이 나지 않았다. 다른 것도 더 이상 아무 기억이 나지 않았다. 그는 '사실'은 갖고 있었지만 '감정'은 갖고 있지 않았다. 몇 년 전 신생아실 간호사가 창문을 통해 처음 아이를 보여주었을 때, 그는 이이 스스로가 생채기를 낸 얼굴을 보고 마음속에서 무엇인가 뭉클했던가? 그는 그때 행복감을 느꼈다. 그건 분명하다. 그러나 그것

75

이 정말 어땠더라? 그는 그때의 느낌이 아니라 자신이 행복했다는 사실만을 기억했다. 그 사실이 물론 그의 마음을 아프게 했다. 그러나 눈을 감고 아무리 생각해봐도 그는 그때의 상황을 똑같이 느낄 수 없었다. 숨을 들이마시면서 한 번 더 시도해보자… 그러나 들이마신 숨이 다른 곳으로 들어가는 바람에 그는 사레가 들렸다. 텅 빈 버스가 지나가는 것을 보았다. 낮게 드리운 해가 버스 옆을 비추자 창문마다 촘촘하게 찍힌 콧자국들이 드러났다. 아무 기억이 없다니, 코위쉬니히는 자신이 동물이나 마찬가지라고 생각했다. 그는 앞으로 나아가기 위해 자기 자신을 속이는 것처럼 하나… 둘… 셋… 하고 걸음걸이 전에 숫자를 세면서 계속 걸어갈 수밖에 없었다.

지금이 7월 말이라 그런지 텅 빈 마리니 광장 옆 어린이 놀이터를 지나갈 때, 하늘은 구름으로 완전히 덮여 있었다. 찬바람이 세차게 불어왔고 밤나무들이 심하게 흔들리는 바람에 샹젤리제 거리를 달리는 자동차 소리가 들리지 않았다. 썩은 나뭇가지들이 땅바닥으로 떨어졌다. 어린이용 회전목마의 목마들은 여름 내내 보자기와 비닐에 싸인 채 두꺼운 끈으로 묶여 있었다. 날이 상당히 어두워졌다. 마리니 광장에는 코위쉬니히 혼자뿐이었다. 그의 콧속으로

진정한 느낌의 시간

먼지가 날아 들어왔다. 바람이 이제 아주 심하게 불자 갑자기 그는 극심한 불안에 사로잡혀 마음을 진정할 수 없었다. 그는 가브리엘 거리 버스정류장에 있는 공중전화기로 달려가 전화를 걸었다. 아그네스는 집에 있었다. 전화를 바로 아그네스가 받았다. 아이는 뭔가 기분이 좋은 듯 봉봉 캔디를 빨고 있었다.

그는 다시 계속 걸어가면서 조금 전 불안에 사로잡혔던 사실을 떠올렸다. 감정, 그것이 어땠더라? 너는 바로 그것을 기억하라. 온몸의 근육과 힘줄이 갑자기 굳어져서 마치 제2의 골격처럼 자신의 조직을 만들어냈다. 그렇다, 그는 그렇게 불안을 느꼈었다. 그는 자신이 모든 감정을 새로 발견해야 한다고 생각했다.

3

엘리제궁이 위치한 마리니 거리는 파리 중심가를 관통하고 있지만 사람들은 어떤 가게도, 사람이 사는 집의 어떤 창문도 보지 못한 채 항상 밤나무나 공원의 높은 담벼락만 지나칠 수 있다. 포브르 생토노레 거리로 접어드는 어귀에만 그 앞에 신문 가판대가 있는 레스토랑이 딱 하나 있을 뿐이었다. 마리니 거리는 차가 진입하기에 그리 길지도 않고 넓지도 않았지만 직선이었고 한눈에 전경을 볼 수 있었다. 그 주변에는 자동차가 하나도 주차되어 있지 않았다. 인도에조차 주차된 자동차는 없었다. 콘크리트 말뚝이 따닥따닥 박혀 있었기 때문이다. 인도엔 사람도 거의 없었고, 경찰들만 높은 담벼락 앞에서 뒷짐을 지고 왔다 갔다

하고 있었다. 그 길로 접어들자 코위쉬니히는 갑자기 그곳이 신분증이 없으면 다닐 수 없는 곳이라도 되는 듯 본능적으로 여권을 만지작거렸다. 경찰관 하나가 모퉁이의 초소에 서서 긴 줄에 매달린 호루라기를 손가락으로 돌리고 있었다. 바로 그때 다행스럽게도 코위쉬니히가 재채기를 했다. 그것은 그가 무해하다는 것을 입증해주는 것 아닐까? 그러나 그는 이날 자신의 얼굴을 본 사람이라면 자신을 절대로 잊을 수 없을 것이라고 생각했다. 아무리 자신이 자연스럽게 보이려고 애써도 더욱 눈에 띄게 될 것이라고 생각했다. 그는 그 경찰의 목에서 모기에 물린 상처 하나를 보았다. 그와 동시에 머릿속에서 꿈속 장면이 하나 떠올랐다. 그때 그의 상체는 모기에 물린 상처로 반점투성이였다. 그는 또한 꿈에서 자주 그런 것처럼 자신이 나체 상태였다는 사실도 생각났다. 그러나 이 꿈에서는 다른 때와 달리 스스로 나체이기를 원했다. 그는 그때 처음으로 자신의 나체를 보여주고 싶은, 그것도 누군가 한 사람이 아닌 모든 사람에게 보여주고 싶은 욕망을 느꼈다. 그래서 사람들 옆을 스쳐 달려가지 않고 사람들 앞에 나체로 서 있었다.

그는 '얼마나 많은 밤나무 잎들이 바람에 날려 배수로로 날아들어 갔을까!' 하고 생각했다. 그는 그 문장을 한 단어 한 단어 떠올리며 생각했다. 그렇게 단어와 함께 생각하면 마치 자신이 보호받을 수 있을 것만 같았다. 다른 두 명의 경찰이, 가죽장갑은 허리에 두른 하얀 벨트 위에 꽂고, 바지 끝은 아래쪽 끈으로 죄는 긴 군화 속에 넣은 채, 그를 향해 다가왔다. 그의 눈에는 경찰이 둘이라는 사실이 그들을 느슨하게 하기도 했고 결속시키기도 했다. 그는 단지 제삼자에 불과했다. 그러나 그가 다른 사람 혹은 많은 사람들과 함께 있었더라도, 대질신문을 하면 사람들은 즉시 그를 가리키며 "저 사람이 바로 그 사람입니다!"라고 했을 것이다. 그는 경찰들의 얼굴이 부러웠다. 자기 확신에 찬 그들이 정말 멋져 보였다. 그들은 숨길 게 아무것도 없었기 때문에도 멋졌다. 위급상황이 발생하면 그들은 모두 최우선으로 무엇을 하고 그다음에는 무엇을 해야 할지 알고 있었다. 그들은 모든 것을 시험해보았고, 아무것도 그들에게 타격을 줄 수 없었다. 그들은 모든 것에 대비해 미리 매뉴얼을 갖고 있었기 때문이다. 그들은 모든 가능성을 점검해보았으며, 모든 돌발 사고에 준비되어 있었다. 그들은 그에게, 그러니까 그랜드 래피즈 출신의 미국인들과 같은 개척자처럼 보였다. 그런 사람들만이 불멸의 인간으로 불릴 수 있었다.

진정한 느낌의 시간

코위쉬니히는 자신에게도 매뉴얼이 필요하다고 생각했다. —그러나 그가 매뉴얼을 만들기 위해서는 우선 시스템이 필요했다. —그러나 그에게는 더 이상 시스템이 없었다. —그러나 그렇다면 그는 도대체 무슨 목적으로 매뉴얼이 필요할까? —자신에게는 더 이상 시스템이 없다는 것을 숨기기 위해서. —그는 자기에게 소용없는 아이디어만 떠오른다고 생각했다.

그가 지나친 다음 경찰관은 혼자였다. 그러나 그는 혼자여도 평정을 잃지 않았다. 그를 그렇게 만든 것은 아마 유니폼일 것이라고 코위쉬니히는 생각했다. 그 후 그는 민간인 복장을 한 어떤 남자를 만났는데, 그의 얼굴 또한 균형을 잃지 않았다. 자신과 비교했을 때 모든 사람들이 얼마나 인간적으로 보이는가? 바람이 불어 주차금지 안내판이 넘어졌다. 그는 다시 죽음의 징조를 보기 시작했다. 그는 이미 그 안내판을 지나쳤지만 돌아가서 마치 그것으로 무엇인가를 무력화시키는 것처럼 그것을 세워놓았다. 그런 다음 그는 공원 담벼락에 난 구멍을 통해 언뜻 자갈길에 많은 빈 초소들이 줄지어 서 있는 것을 보았다. 그는 구멍으로 가까이 다가가서 그 초소들이 단지 사람이 만든 것에 불과하다는 사실을 확인하기 위해 그것을 아주 자세히 살펴보았다. 초소는 양쪽에 채광창이 나 있었고 뒷벽에 중앙난방시설이 설치되어 있었다. 그는 심지어 난방시설에 볼록 튀어나온 뼈대가 몇 개인지까지 세어보았다. 뼈대는 총 여섯 개였는데, 그것은 아무 의미가 없는 것일까? 그다음 징조는 모퉁이에 있는 레스토랑이었다. 그는 그 레스토랑이 자신이 구입한 안내 책자 중 하나에 추천되어 있으면 아무 일도 일어나지 않을 것이라고 생각했다. 그렇지 않다면, ― 그런데 그 레스토랑은 세 개의 안내 책자 어디에도 언급되지 않았다! 경찰차 한 대가 청색 불빛을 반짝이며 사이렌을 울리면서 다가와서는 다른 길로 꺾어 들어갔다. 그는 적어도, 금방이라도 올 것 같은 비에 대비해 미리 신문 위에 비닐 덮개를 씌워놓은, 지금 막 지나친 신문 가판대에서 신문 파는 사람에게만은 한순간 무해한 사람으로 보일 수 있었다. 그들은 짧지만 무엇인가 동질감을 느꼈다. 신문지를 눌러둔 널빤지 위에 반쯤 찬 맥주잔이 삐딱하게 놓여 있었다! 그는 그렇게 그 공간으로 점점 더 깊숙이 들어가면서 산책용 단장을 휘두르고 싶었다. 마치 …처럼.

빌려온 삶의 감정들, 이날 그의 몸의 모든 기관이 즉시 밀쳐냈던 것은 바로 그것이었다. 원래 우리 몸의 기관들은 역겨운 것을 밀쳐내며 자신의 존재를 입증하는 법이다. 그가 만약 그렇게 인위적인 감정을 모두 축출해냈다면, 자기 자신에게서 느낄 수 있는 것은 더 이상 아무것도 남지 않았다. 세상 전체와 불화를 이루는 과중하고 시체처럼 무거운 비실재성밖에 남아 있지 않다. 그래서 그의 몸의 모든 기관이 밀쳐낸 행위는 외부에서 들어오는 모든 인공호흡에 대한, 돌팔이 의료행위나 진배없는, 국제적으로 인증된 체험 형식에 대한 혐오감의 표시였다. 물론 그는 지금 도시 전체에서 험프리 보가트가 주연으로 출연하는 영화를 볼 수 있을 것이다. 지금은 여름철이어서 재방영 시즌이다. 이번 주에는 〈키라고〉가 방영되고 있을 것이다. 하지만 그는 그 영화를 본 다음 보가트와 그의 붉어하게 젖은 아랫입술을 생각하며 조금 위안을 느끼면서 극장 지하계단을 오르겠지만, 그러나 몇 미터 가지 않아 거리로 들어서면, 동료도 하나 없고 아무것도 가진 것 없이 혼자가 되어 자신이 도대체 왜, 그리고 어디로 가고 있는지 스스로에게 물어야 하리라는 사실을 알았다. 그는 자신을 속이고 싶지 않았다. 그에게 이제 영화 재방영 시즌은 끝나버린 것이다. 그가 자신의 새로운 상태에 대처하기 위해 돈을 내고서라도 상황에 따라 사용할 수 있는 것도 없었고, 어떤 연구나 시스템도 뭔가 생산할 만큼 성숙할 때까지 필요한 것을 얻게 해주지도 못할 것이기 때문이다. 그렇다면 그는 지금 무엇이 필요할까? 그는 무엇을 찾고 있을까? 아무것도 없었다. 그는 자신이 아무것도 찾고 있지 않다고 대답했다. 그는 그렇게 생각하면서 갑자기 자신이 옳다고 느끼며 모든 사람에 대항해 이런 정당성을 변호하고 싶었다. 그는 왜 항상 자신의 본모습을 숨겨왔을까? 그는 정말 사람들에게 위험한 존재였을까? 지금까지 거의 온종일 그 여자(그는 그녀가 자세히 생각나지도 않았다.)와 있었던 단 한 번의 일을 제외하고는 정말 아무것도 하지 않고, 무엇인가를 하고 싶은 욕망만 가졌다. 그는 고래고래 소리를 지르고 싶었고, 벌거숭이가 되어 이빨을 드러내고 싶었다. 그는 자신이 겁쟁이라고 생각했다. 동시에 그런 자신의 정체를 드러낼까 봐 두려워했다.

그는 엘리제궁 정문 초소에서 어깨에 소총을 올리고 지키고 있는 군인을 한번 자세히 살펴보고 싶었다. 이번에는 반드시 해보리라 생각했다! 그는 소총의 끝이 이리저리 움직이는 것을 조용히 관찰했다. 그러나 그 군인이 갑자기 자신을 똑바로 바라보자 얼른 시선을 돌려 자신의 손목시계를 쳐다보았다. 시계 속에서 초침이 아주 차분하게 움직이고 있었다. 시간은 마치 그의 마음을 위로하며 흘러가는 듯했다. 코위쉬니히는 계속해서 마치 무엇을 하는 것처럼 행

진정한 느낌의 시간

동했다. 가령 그는 마치 무엇을 하는 것처럼 주위를 둘러보았다. 마치 아까부터 여기서 기다리고 있었던 것처럼 자연스럽게 인사를 나눌 수 있는 지인은 아무도 없었다. 최소한 이곳 환경미화원에게는 군인을 쳐다보는 것이 허용되지 않았을까? 그러나 이 지역에서는 환경미화원조차 군인을 보지 않으려고 자신의 일에 전념하는 것처럼 보였다. 이곳에서 군인을 쳐다보는 사람은 무해한 보행객일 수 없었다.

그는 다른 사람들과 함께 엘리제궁 정문을 통과했을 것이다. 그런데 그가 마지막 사람이어서 더 이상 아무도 오지 않았던 것일까? 아까 몇 시였더라? (그는 이전에 시간을 알기에 충분할 정도로 자신의 손목시계를 보았다!) 그가 도대체 제대로 온 것일까? 어쨌든 프랑스 TV 방송국의 중계차가 궁전 마당에 서 있었다. 코위쉬니히는 여권을 보여주고 정문으로 들어가라는 신호를 받았다. 엘리제궁의 맨 위에서 미닫이 창문 하나가 쾅 하는 소리를 내며 닫혔다. 다른 창가로 하얀 두건을 쓴 웨이트리스 하나가 지나갔다. 옆쪽 출입구 앞에 있던 검은색 시트로엥 리무진 옆에서는 운전기사가 뿌연 하늘을 쳐다보며 안테니를 접이시 밀어넣고 있었고, 뒤쪽 공원 담벼락에 나 있는 작은 문으로는 누군가가 막 오토바이를 타고 사라졌다. 이런 광경을 보니 이제 그 건물이 그에게 거의 집처럼 느껴졌다. 그래서 사물들을 관찰하기가 견딜 만했다. —한 관리가 그의 몸을 수색했고, 다른 관리는 그의 가방을 검사했다. 치켜세운 양팔 사이로 다른 관리가 조심스럽게 가방 뚜껑을 다시 닫는 것을 바라보며 코위쉬니히는 생각했다. '나 없이도 드디어 어떤 일이, 내가 아무 관여를 하지 않고 그냥 구경만 할 수 있는 어떤 일이 일어나고 있구나. 정말 자유로운 1초였어!' 그는 그것에 대해 아무에게라도 감사하고 싶었다… 바로 그때 그는 놀랍게도 다른 관리가 조사하는 과정에서 손으로 그의 어깨를 툭툭 치며 사무적으로 몸에 손을 대자, 그것을 아주 고무적인 것으로 체험했고, 그다음 자유로운 1초 사이에, 그 관리가 아주 전문가답게 겨우 몇 동작만으로 그의 가슴 부위를 가볍게 터치하며 아래로 훑어내려가자 갑자기 길고 불쾌했던 이 날의 고통이 편안하고 연민 어린 슬픔으로 용해되었다. 코위쉬니히는 이제 다시는 모든 것을 금방 잊지 말자고 다짐했다. '나는, 오늘 저녁 6시에, 이렇게 관리가 완전히 객관적인 의도로 내 몸을 손으로 터치하면서 조사한 것을 애정으로 느꼈다!'

그는 몸이 떨렸다. 그와 동시에 초조하게 자신을 제어하느라 표정이 멍해졌다. 그는 지금 자기 얼굴이 파시스트

진정한 느낌의 시간

처럼 무표정하고 지나치게 엄숙할 것이라고 생각했다. 관리가 놀라서 그를 쳐다보더니 멍한 얼굴을 보고는 동료와 함께 짧게 웃었다.

코위쉬니히는 이런 상황에서 누군가 뛰어가는 것을 상상할 수 없었다. 그런데 바로 자기가 나무 화분을 세워놓은 마당을 가로질러 중앙 출입구를 향해 뛰어가고 있었다. 누가 호루라기를 불지도 않았고, 정지하라고 외치지도 않았다. 검은 양복을 입은 한 무리의 남자들이 맞은편에서 그를 향해 다가오자 그는 즉시 다시 천천히 걸었다. 그는 어렸을 때 뛰어가다가 맞은편에서 사람들이 다가오면 그들을 지나칠 때까지는 멈추어 섰다가 비로소 계속 달렸던 것을 회상했다. 그는 이제 그들을 지나쳤다. 그런데 왜 다시 뛰지 않았을까? 갑자기 그에게 사람들 때문에 뛰다가 멈추었던 아주 많은 상황과 장소가 ―아주 많은 다른 사람들도― 떠올라 회상을 하면서는 천천히 걸어갈 수밖에 없었기 때문이다. 그리고 또 다른 것도 그를 놀라게 했다. 아까 뛰고 있을 때는 온통 소실점들만 향하고 있어서 그에게 등을 돌리고 있는 것처럼 보였던 ― 동시에 그에게 전혀 시선을 주지 않았던― 주변 환경이 갑자기 그를 보호하듯 감쌌기 때문이다. 그래서 그는 전에는 단지 사물의 뒷부분만 스쳐지나갔다면, 이제는 사물이 마치 자신을 위해 있는 것처럼 그 것의 모든 면을 자세히 보았다. 코위쉬니히는 다시 뛰어가면서 새로 물을 준 나무 화분뿐 아니라 포장용 돌 사이에서 반짝이는 자그마한 물웅덩이들도 보았는데, 바로 그 순간 자신이 바로 이 세상에 소속되어 있다는 꿈같은 감정을 느꼈다. 그는 중앙 출입구 앞에서 이전의 짜증에 저항이라도 하려는 듯 머리를 흔들었다. 그는 이제 자유롭게 사방을 살펴볼 수 있었다. 그래서 기자회견장으로 들어서기 전 다시한 번 마치 아무것도 간과하지 않겠다는 듯이 어깨너머를 탐욕스럽게 살펴보았다. 이전과 비교했을 때 주변 환경이 얼마나 커졌는가! 그는 자유로운 눈으로 그것을 실컷 호의 적으로 바라보았다. 깊게 구름이 드리워진 하늘도 이제 자신에게 무언가를 나누어주는 것처럼 보였다. 코위쉬니히는 이를 부드득 갈았다. 그가 계단을 뛰어올라갔을 때 그는 놀랍게도 그가 꾼 어떤 꿈속의 달리기를 재연하고 있었다. 이 달리기에서 그는 꿈속에서는 처음으로 진짜 앞으로 나아갔다.

코위쉬니히는 새 정부의 프로그램에 대한 기자회견의 참석자로서 우선 전혀 걱정할 게 없었다. 여기서 죽음의 징조는 상상할 수 없는 것처럼 보였다. 그는 자신의 미래도

진정한 느낌의 시간

더 이상 생각할 필요가 없었다. 더 이상 놀랄 걱정도 할 필요가 없었다. 단지 앉아서, 물론 다른 많은 사람들과 함께 미친 듯이 기사를 받아쓰는 것, 그것은 평화로운 일이었다. 공화국 대통령은 앞쪽 멀리에서 프로그램을 설명하고 있고, 그의 말을 들으며 코위쉬니히는 단순하게도 모든 것이 점점 더 잘될 것이라고 확신하게 되었다. 한 기자가 어떤 특정한 프로그램이 의미 없는 것은 아닌가 질문하자 대통령이 대답했다. "저는 제가 하는 일을 의미 없는 것으로 치부하는 것을 결코 받아들일 수 없습니다." 코위쉬니히는 이 대답이 마음에 들어서 적어두었다. 여기에서는 적어놓을 필요가 없는 말은 전혀 히지 않았다. 그것이 빌써 그에게 위안이 되었다! 코위쉬니히는 몇 달 전 선거가 끝난 후 선거용 벽보 대신 친숙하고 마음에 드는 광고용 벽보가 나타났을 때 자신이 왜 그렇게 안심이 되었는지 이해하지 못했다. 선거 벽보는 앞으로 어떤 일이 일어날 것이라고 위협해서였을까? 그는 왜 그 당시 선거를 한낱 유령에 불과하다고 생각했을까? 이제 그는 정치가 자신을 위해 존재한다는 사실에 이상하게도 안도감을 느꼈다. 다른 사람의 표현으로 자신에 대해 심사숙고한다는 것은 유쾌한 일이었다. 그가 받아썼던 프로그램은 그가 누구인지, 그에게 무엇이 필요한지 말해주었는데, 심지어 순서대로 말해주었다.

프로그램이 그에 대해 정의하지 않은 것은 무시할 수 있었다. 그것은 자신이 책임지겠다고 하고 아직 극복하지 못한 사춘기 시절의 행동양식이었기 때문이다. 그는 자신이 '규정되었다!'고 생각했다. 그 사실이 그를 고무시켰다. 규정됨으로써 그는 사람들 눈에 띄지 않게 되었다. 자기 자신에게도 눈에 띄지 않게 되었다. 어떻게 한낱 꿈에 불과한 것에 말문이 막혀버릴 수 있단 말인가! 자신만 아는 성스러운 시간에만 삶의 의미를 발견하는 그는 도대체 누구란 말인가? 극도로 개인적인 변덕은 이제 그만 부리자! 그는 다른 사람들이라면 감당할 수 없는 생각의 유희에 너무 많은 가치를 부여했다. —그런데 다시 위험해진다면, 오늘처럼? 그렇다면 그가 만약 어른처럼 모든 것을 본래의 모습대로 보는 한, 그는 정말 확실한 시스템을 갖게 될 것이고, 그는 그 시스템에 따라 새롭게 정의될 수 있을 것이다. 그리고 그렇게만 한다면, 코위쉬니히는 만족스럽게 생각했다. '내가 정말 누구인지 절대 밖으로 드러나지 않을 것이다!' —대통령의 확신에 찬 얼굴… 그는 아주 길고 복잡한 문장으로 확실한 결론을 내릴 줄 알았다. 그는 아무리 돌발적인 질문이라도 바로 대답을 한 다음, 마치 이제 할 말을 모두 했다는 듯이 입을 다물었다. 코위쉬니히는 그걸 보면서 잘 보호받고 있다고 느꼈다. 그는 연속되는 질문과 대답, TV

진정한 느낌의 시간

카메라가 윙윙거리는 소리, 즉석카메라가 찰칵거리는 소리, 특히 자신을 위해 틀었다고 해도 과언이 아닌 실용음악 연주를 들었다. 그런데 카메라 플래시 전구 하나가 터졌다. 이어서 새 한 마리가 밖에서 궁전의 높고 좁은 창문에 부딪혀 푸드덕거리며 날아가더니 다른 창문에 다시 부딪혔다. 코위쉬니히는 자신이 얼마나 안전한 체했는지를 생각하며 갑자기 공황상태에 빠졌다. 기분을 전환할 시간은 없었다! 이것은 정말 삶과 죽음의 문제였다. ―바람이 잦아들었고, 정적 속에서 지붕에서 한 무리의 비둘기가 공중으로 날아오르자 그에게는 그것이 허리케인을 알리는 첫 번째 돌풍으로 들렸다. TV에 출연하기 위해 분장까지 한 대통령은, 항상 주제에서 벗어나지 않는데, 입술을 삐죽 앞으로 내밀었다. 그는 모든 것을 미리 생각해두었는데, 바로 그것이 그의 매력의 핵심이었다. 이제 코위쉬니히는 무엇이 자신을 거북하게 하는지 알았다. 그것은 바로 그 프로그램이 자신만을 위해서가 아니라 모든 사람들을 위해 계획되었다는 사실이었다. 그는 대학 강의시간에 그랬던 것처럼 창 쪽으로 시선을 돌려 그 상황을 모면했다. 창문에는 하얀 커튼이 젖혀 있었다. '그런데 이 잘잘기리는 소리는 어디서 나는 거지? 아하, 비가 오는구나.' 그는 기뻤다. 곧 무거운 짐을 실은 화물차가 움직일 때처럼 큰 소리를 내며

비가 오기 시작했다. 이어서 엘리제궁 위 높은 곳에서 천둥이 쳤고, 그는 안전하다고 느꼈다.

대통령은 안경을 벗고 말했다. "저는 변화를 사랑합니다." 잠깐의 정적이 흘렀다. 코위쉬니히는 기자들이 더 이상 질문할 게 없을까 봐 걱정되었다. 그는 수첩을 뒤적거렸다. 그러자 아까 비둘기가 날아오를 때와 같은 소음이 일어났다. 그는 사안에 대한 적당한 질문이 하나도 떠오르지 않았다. '대통령님, 피를 보길 원하십니까?' TV 방송국 조명등이 꺼졌다. 그가 마지막 유대감을 최대한 활용해 다른 기자들처럼 피로감에 손을 눈에 대고 누르고 나자마자 대통령이 사라졌다. (몇 번째 공화국 대통령이었더라? 코위쉬니히는 생각했다. 수를 세는 것은 확실히 도움이 되었다. 그는 자신이 같이 셈해진다고 느끼면 적어도 자신도 동시대인이라는 자신감이 생겼다.)

그는 아직 집으로 가고 싶지 않았다. 너무 일찍 집에 가면 슈테파니가 그를 대비하지 못할 것이라고 상상했다. (그는 또 오늘에야 비로소 아내와 아이를 다시 보는 것을 연습해야 했다.) 그가 혹시 너무 일찍 현관문을 열면 어떤 비밀스러운 일을 하고 있는 그녀를 방해하는 것은 아닐까? 그래서

진정한 느낌의 시간

그는 마리니 거리의 키오스크에서(그는 그곳이 친구 집이라고 생각했다.) 신문을 사서 그것을 머리 위로 올려 비를 막으며, 답답함을 느끼지 않을 만큼 될 수 있는 한 천천히 제8구의 거리를 지나는 많은 우회로를 통해 집으로 돌아갔다.

빵이 거의 팔린 빵집 안에 여자 판매원이 앉아서 눈을 크게 뜨고 앞쪽을 보고 있었다. 코위쉬니히는 그곳에서 타원형 흰 빵을 하나 샀는데, 그녀는 성의 없이 응대했다. 잔돈을 내주고는 곧바로 손톱을 손질했다. 그것을 보자 그의 마음이 한결 가벼워졌다. 그는 오래전에 폐업한 로또 판매대를 지나갔다. 그 안에는 털실로 짠 조끼 하나가 옷걸이에 걸려 있었다. 세탁소에는 핼쑥한 얼굴을 한 여자들이 손을 무릎 위에 올려놓고 앉아서는 간간이 웃었다. 레스토랑의 식탁은 모두 차려졌지만 아직 손님들은 오지 않았다. 구석에서 지배인과 종업원이 두 팔꿈치를 넓게 벌려 식탁에 받친 채 식사를 하면서 상표가 없는 병에서 적포도주를 따르고 있었다. 도로에서는 버스가 손잡이들을 흔들거리며, 내부에 비 맞은 승객들의 옷으로부터 생긴 수증기를 품고, 마치 그에게서 무엇인가를 가져가듯이 그를 스쳐지나갔다. '나는 무엇이든 철저히 생각할 것이다!' 코위쉬니히는 생각했다. 버스 문 옆에는 '보통'이라고 씌어 있었다.

　　그는 쇼핑카트를 밀고 미로메닐 거리를 지나가던 여자
를 뒤따라가면서 계속 그녀를 추적하면 무슨 일이 벌어질
지 호기심이 생겼다. 거리가 너무 조용해서 그는 갑자기 자
신이 숨을 얼마나 깊게 들이쉬고 내쉬는지를 알아차렸다.
그는 한숨을 쉬었다. 그 여자가 걸을 때 하이힐이 땅바닥에
긁히는 소리, 출입문 자동개폐기의 징징거리는 소리, 거의
동시에 열리는 두 문짝의 덜커덩거리는 소리, 사과 하나가
구멍가게 좌판의 피라미드에서 거리로 굴러나오는 소리 등
거리에서 들리는 몇 안 되는 소리도 그 고요함을 확인해주
는 것처럼 보였다… 코위쉬니히는 여자의 얼굴을 결국 보
지 못했기 때문에 더욱 기대가 되었다. 그는 정육점 앞에서
여자를 기다렸다. 여자는 쇼핑카트를 밖에 세워두었는데,
파슬리 다발이 삐져나와 있었다. 긴 하루가 지난 터라 굳
어 뭉쳐진 정육점 타일바닥에 깔린 톱밥에 시선을 빼앗겼
던 그가 마침내 고개를 들었을 때, 여자는 막 다시 시끄러
운 다른 길로 접어들고 있었다. 그는 여자를 샹젤리제까지
추격해 여자의 뒤를 따라 프리쥐닉 매장에 들어갔다. '라디
오 프리쥐닉'의 음악과 광고 멘트를 들으며 계단을 오르내
리다보니 그의 마음이 한결 편해졌다. 그와 동시에 그는 자

진정한 느낌의 시간

신의 삶을 잃어버렸다. ―그 여자가 동물사료 매장에서 몇 캔의 고양이용 생선 파스타를 갈색 종이봉투에 넣어달라고 하다가 갑자기 몸을 돌렸을 때, 그는 여자에 대해 더 이상 호기심을 느끼지 않게 되었다. 여자는 마치 원래 그에게 아무것도 기대하지 않았다는 듯이 얼굴을 찌푸렸다. 여자는 그를 보지 않고, 그와 같은 누군가를 보았다. 조금 전까지만 해도 코위쉬니히는 이 여자가 금세 자신의 인생에서 영원히 사라질 것이라 상상하고 마음이 아프다고 생각했다. 그런데 지금은 아무것도 소홀히하지 않았다는 즐거운 느낌에 젖었다. ―그는 홀가분한 마음으로 즉석 자동사진기 안에 들어가 사진을 찍었다. 그것은 컬러사진이었기 때문에 섬광이 아주 강해서 그는 그 온기를 얼굴로 느꼈다. 그것은 마치 기분 좋은 객관적인 신체접촉과 같았다. ―프리쥐닉이 문을 닫아서 그는 다시 거리로 나와야 했다.

그는 마리니 광장의 어린이 놀이터 옆 벤치에 앉아 마침내 자기 자신에 대해 깊이 생각할 기회를 가져다줄 우연이 일어나길 바랐다. 의도적으로 깊이 생각하려고 시도하는 순간 더 이상 그는 자신의 생각을 믿지 못했기 때문이다. 그렇게 해서 만들어진 생각은 자신의 생각이 아니었다. 파리에서는 늘 그렇듯이 비는 곧 그쳤고, 석양빛에 모래 속 물웅덩이들이 반짝거렸다. 비둘기들도 나무 속으로 날아들어갔다. 그는 신문을 펼치고 그 위에 앉아서 특별한 것을 감지하지 않기 위해 똑바로 앞을 보았다. 땅바닥의 모든 것들이 손에 잡힐 듯 가까웠다. 앞쪽으로는 밤나무 가로수길의 어두운 나뭇잎들만이, 그 뒤로는 그랑팔레 지붕의 첨탑이, 계속해서 오른쪽으로는 에펠탑 꼭대기가 보였다. 그것들은 그의 마음을 갑갑하게 하지 않았다. 해가 졌다. 바로 그다음 순간 사물들이 마치 자체 발광하는 것처럼 빛나기 시작했다. 그와 동시에 사물들 사이의 허공은 어두워졌다. 사물들은 한참 동안 그렇게 내부의 자체 에너지로 발광하는 것처럼 강하게 빛났다. 빛나는 황혼 속에서 사물들의 세부사항들은 더 이상 보이지 않았다. 예전과는 다른 시스템이 하강한 것이다. 그 후 빛은 사라졌지만 사물들은 여전히 밝은 상태를 유지했다. 다만 아무것도 더 이상 발광은 하지 않았고, 사물들 사이의 황혼이 다시 일광이 되었을 뿐이다. ─일광은 이제 사그라지려고 하지 않았다. 아울러 아무것도 더 이상 사그라지려고 하지 않았다. 지옥 같은 일상세계가 영원히 있을 것처럼 다시 자리를 잡은 것이다. 황량하고 영원한 빛 속에서도 변함없이 살랑거리는 나무들이 그의 머리를 아프게 했다. 사물들은 그렇게 요지부동이어서 그것만 바라보다가는 뇌진탕이 일어날 것만 같았다. 그

진정한 느낌의 시간

는 마치 날아오는 일격을 피할 때처럼 사물들이 두려워 몸을 돌렸다. 그가 만약 아이들 그네를 움직일 생각으로 힘차게 달려가 그것을 발로 찼다면 그는 튕겨나갈 수밖에 없었을 것이다. 그것들은 다른 모든 것과 마찬가지로 자물쇠가 채워진 채 고정되어 나사로 죄어져 있었기 때문이다. 그네에는 사용료를 넣어야 비로소 움직이기 시작하는 조그만 모래시계가 부착되어 있었다. 오늘은 이제 그만하기로 하자. 코위쉬니히는 마치 자신을 유령처럼 보이게 하는 이런 죽은 빛을 저주했다. 그는 구역질이 나서 손사래를 쳤다. 그는 이제 다시 아주 황량하고, 쓸모없고, 눅눅하고, 비좁은 세상에 대해 하소연하려 했다. 그는 쿵쾅거리는 머리로 제발 밤이 되었으면 하고 생각했다…

어떤 여자가 무거운 쇼핑백을 들고 목적지만을 염두에 둔 듯 마리니 광장을 가로질러 가고 있었다. 코위쉬니히는 '날 좀 봐봐!'라고 생각했다. 아무도 나를 보려고 하지 않아… 그녀는 곧 집에 도착해 허름한 주방에 선뜻 들어서는 예열한 프라이팬에 역겨울 정도로 황금색으로 빛나는 기름을 부을 것이다. 이어서 괴상한 모양의 고기 한 덩이를 그 프라이팬에 넣으면 귀에 손을 대고 막을 정도로 끔찍한 지글거리는 소리가 날 것이다… 그리고 그다음에는 열린 창문을 통해 마치 기도 속 아멘처럼 정말 친숙하면서도 절망적인 연기를 아무 죄 없는 행인들에게 뿜어댈 것이다! 코위쉬니히는 그녀가 꽃무늬가 있는 부엌용 장갑을 하릴없이 손에 끼고, 이미 반주용 잔을 들고 거실(혹은 서재)에서 어쩔 수 없이 그녀를 기다리고 있는 자신의 동료에게 가서 식사가 준비됐다고 상투적으로 알릴 것을 상상했다. (그녀는 또 아마 서재 문을 두 번은 짧게, 두 번은 길게 두드릴 것이다…) 그러면 남편은 없어서는 안 될 코르크 마개 따개를 가져올 것이다… 코위쉬니히는 이 모든 것에도 불구하고 그녀가 파렴치할 정도로 너무 자의식이 강하다고 생각했다. 그렇게 온통 불가피하게 하는 일투성이인데도 당장 땅속으로 꺼져버리지 않다니! 그는 갑자기 파리의 다양한 구역에서 동시에 벌어지고 있을 많은 일들을 상상했다. 생제르맹데프레의 여행자 구역에서는 피자 판 위에서 피자들이 길게 늘여졌고, 몇몇 레스토랑 앞에서는 배고픈 여행객들이 아직 결정을 내리지 못한 채 메뉴판을 읽고 있었다. 메닐몽탕의 노동자 구역에서는 퇴근한 노동자들이 '운전기사의 랑데부'라는, 요즘에는 지식인들도 꽤 찾아오는 정통 노동자 술집에서 맥주를 마셨다. 외국인 구역 벨빌에서는 흑인들이, 몇몇은 두건 달린 외투를 입고 있었는데, 그룹을 지어 손에 맥주 캔을 들고 인도에 서 있었다. 부유층 구역 오뙤이에서는 종업원들이 영국식으로 실내장식을 한 펍에서 상류층 출신의 청년들에게 프랑스 맥주를 마실지 외국 맥주를 마실지 물었다. 그리고 시내 여기저기에서 사용하지 않는 핀볼 머신들은 조용히 반짝거리기만 했지만, 사용하는 머신들은 딸그락거리며 구슬이 굴러가는 소리를 냈다. 대로의 플라타너스와 밤나무들은 바람에 살랑거렸고, 지하철이 달리는 동안 전동차와 전동차 사이에서는 검은 연결 파이프가 좌우로 움직였으며, 사랑하는 커플들은 서로의 눈을 쳐다보았으며, 아직도 영업을 하고 있는 스낵 바 윔피에서는 햄버거에 질척거리는 양파 링들이 끼워 있었다. 코위쉬니히는 불타는 누으로 항상 변함없는 붉빛을 응시하며 이 모든 것을 생각했다. 언제나 똑같은 불가피성, 똑같은 예측 가능성, 똑같은 치명적 지루함, 그리고 가령 개인적으로는 온순한 이 여자가 애피타이저로 늘 비네그레트 소스를 곁들인 아보카도를 준비하는 살인적 배타성을.

그는 어디에도 가고 싶지 않았고, 더 이상 아무것도 원하지 않았다. 모든 것을 그만두자! 그는 아무것도 염두에 두지 않고 "나는 신을 믿지 않는다"고 그냥 말했다. (예전에도 그는 이 말을 혼자 자주 했다.)

날이 어두워졌다. 코위쉬니히는 마침내 혼자가 되었다. 그는 다리를 쭉 뻗고 두 팔을 벤치 등받이에 올려놓고 생각했다. '혼자 있으니 얼마나 좋은가!' 그는 정말 이빨을 내보였다. 그는 또 생각했다. '그것이 꼭 필요해서 그런 것만은 아니야. 이제 나는 또 서로 함께 모든 것을 보고도 싫어.' 바람이 갑자기 더 심하게 불었다. 코위쉬니히는 사색에 잠겼다…

얼마 후 그는 자신의 머릿속이 이날 처음으로 아주 조용하다는 걸 알아차렸다. 그는 말하자면 하루 종일 숨 돌릴 틈도 없이 말을 해야 했다. 이제 그는 그저 귀를 기울이기만 했다. 놀이터 가장자리에서 고개를 숙인 풀이… 그는 귀를 기울였다. 바람이 잦아들었다. 바람이 다시 불고 나무들이 살랑거렸을 때 코위쉬니히는 낯설지만 조용한 삶의 감정을 느꼈다. 풀이 고개를 세우고 떨고 있었다. 자동차들이 샹젤리제의 나무들 뒤에서 끊임없이 달리고 있었다. 가끔 경적이 울렸고, 오토바이가 자동차들을 추월할 때면 따따따 하고 요란한 엔진소리도 들렸다. 그는 자신이 멀리 가 있다고 생각했는데 여전히 거기에 있었다.

그 후 그는 아주 소중한 체험을 했다. 그는 그 체험을 받아들이는 중에도 그것을 절대로 잊지 않기를 바랐다. 그는 발아래 모래 속에서 밤나무 잎사귀, 주머니거울 조각, 어린이용 머리핀 등 세 개의 사물을 보았다. 그 사물들은 내내 그렇게 놓여 있다가, 갑자기 거리를 좁혀 놀라운 사물들로 변신했다. ―"도대체 누가 세상은 이미 발견되었다고 말하는가?" 세상은 사람들이 다른 사람의 공격에 대해 자신의 확신을 방어하기 위해 만들어낸 비밀에 한해서만 발견되었다. 그런데 이제 어쨌든 그가 협박을 받을 수 있는 인위적인 비밀은 더 이상 없었다. 성찬식의 비밀도 없고, 우주의 비밀도 없었다. 모든 위대한 비밀들은, 흑거미의 비밀이나 중국산 스카프의 비밀과 다를 바 없이 무언가를 통제하기 위해 인위적으로 만들어졌다. 그는 발뒤꿈치로 땅바닥을 긁으며 웃었다… 그는 생각했다. '나는 이 사물들에서 나에게만 유용한 비밀을 발견한 것이 아니라 모든 사람에게 유용한 비밀의 이념을 발견했다.' "이름이 '개념'으로서는 할 수 없는 것을 '이념'으로서는 해낼 수 있다." 그가 이것을 어디서 읽었더라? 그는 비밀이 아니라, 그것에 대한 이념이 필요했다. 그가 비밀의 이념을 갖고 있다면 모든 날조된 비밀 뒤로 죽음에 대한 공포를 숨길 필요가 없었다! 이런 생각을 하자 그는 갑자기 해방감을 느낀 나머지 더 이상 혼자 있을 수 없었다. 그는 누군가에게 가서 말하고 싶었다. "너는 내게 비밀을 가질 필요가 없다!" 모래

속에서 세 개의 놀라운 사물들을 보고 고양된 그는 모든 사람에 대한 무한한 애정을 느꼈고, 그 애정이 이성적인 것으로 여겨졌기 때문에 거기서 벗어나고 싶지 않았다. '내게는 미래가 있다!' 그는 승리감을 느끼며 생각했다. 밤나무 잎사귀, 주머니거울 조각, 어린이용 머리핀은 서로 더욱 가까워진 것처럼 보였다. 그것들에게로 다른 것들도 합류하다가… 이제 더 이상 아무것도 합류하지 않았다. 사물들 사이에 정말 마법적인 친근감이 조성된 것이다! "나는 변할 수 있다." 그는 큰 소리로 말했다. 그는 발을 굴러보았지만 유령은 없었다. 주위를 둘러보았지만 더 이상 자신의 적수를 보지 못했다. 그는 세 개의 사물로부터 더 이상 아무것도 바랄 게 없었기 때문에 발로 모래를 긁어서 그 위에 덮었다. 그는 밤나무 잎을 가져가려고 했다. 기억하기 위해? 그러나 기억한다는 것도 불필요했다. 그는 그 잎을 버렸다. 그런 다음 흰 빵을 한 입 베어 물었다. '나는 이제 감히 배고플 자격이 있다.' 그는 그곳을 떠나며 생각했다. '나는 마침내 이념을 갖게 되었기 때문이다.' 그는 다시 전능한 힘을 느꼈다. 그러나 이제 다른 사람들보다 더 힘이 세지는 않았다.

오늘은 얼마나 모험 같은 날이었던가! 그는 그냥 걸어

진정한 느낌의 시간

갈 수가 없어서 다시 뛰었다. 아홉 시에는 집에 도착해야 했다. 택시를 타야 오스트리아 작가가 집에 오기 전에 제때 도착할 것이다. 그러나 그 후 그는 자신이 또 다른 체험을 해야 한다고 생각했다. 한 줄기 밝은 하늘을 배경으로 서 있어서 아주 마음에 드는 어떤 밤나무 앞에 그는 갑자기 멈추어 섰다. 코위쉬니히는 자신이 이제 그것을 바라볼 만한 자격이 있다고 생각하고 오랫동안 흔들거리는 나뭇가지를 관찰했다. 그는 택시보다는 버스에서 더 많은 것을 체험할 것 같았다. 그래서 가브리엘 거리에서, 오페라 극장을 출발해 포르트 도테이유까지 운행하는 52번 버스를 탔다.

버스 안에서 그는 생각했다. '나는 체험이 무엇인지 미리 알고 준비를 했기 때문에, 어쨌든 지난밤까지 아마 오랫동안 무엇인가를 체험하지 못한 것처럼 보인다. 내게는 여행 안내서처럼 단순하게 체험 대상이 미리 정해져 있었던 것이다. 여행 안내서에 따르면, 사람들은 "캠프파이어를 체험할 것이다." 내게 문제가 되는 체험들은 배수로에서 흘러가는 물, 새로 개봉한 구두약의 반질반질 빛나는 표면, 새로 시트를 간 침대, 아직도 여전히 호기심 강한 노인의 시선 등이다.' 그는 더 이상 이런 체험보험에 의지하지 말아야겠다고 생각했다.

버스에는 코위쉬니히와 북아프리카 노동자 단 둘만 타고 있었다. 그 노동자는 술에 취해 있었다. 버스는 아주 빨리 달렸다. 정류장에 아무도 기다리고 있지 않았기 때문이다. 버스가 속력을 줄이지 않고 프리드랜드 거리로 꺾었을 때, 그 남자가 중앙 복도에 먹은 것을 게웠다. 기사는 도로 가장자리로 달리더니 말없이 하차 문을 열었다. 취객은 자기 나라 말로 큰 소리로 떠들었지만, 기사 쪽으로 몸을 돌리지는 않았다. 코위쉬니히는 창 쪽을 보는 체했다. 버스 안의 세 사람 중 누구도 다른 사람을 쳐다보지 않았다. 북아프리카 노동자가 비명을 지르기 시작하자 기사는 엔진을 껐다. 코위쉬니히는 무슨 말을 하기에는 이제 너무 늦었다고 생각했다. 그런데 갑자기 취객이 자신을 쳐다보며 말을 하고 있는 것을 알아차렸다. 그는 아무 일도 아니라는 눈짓으로 그를 쳐다보았다. 그러자 북아프리카 노동자는 조용히 내렸고, 버스는 계속 달렸다. 기사는 아무 말도 하지 않았다. 그는 변명할 필요가 없다고 생각하는 것 같았다. 코위쉬니히는 눈이 부시도록 하얀 버스 천장 조명등에 비친 바닥의 토사물과 그 주변에 튄 자국을 보며 자신의 것처럼 느꼈다. 그는 오퇴이유 정거장 전인 다음 정거장에서 내렸다. 하차하면서 기사에게 "당신, 정말 불친절하네요!"라고

진정한 느낌의 시간

했는데 말이 제대로 나오지 않았다.

그는 그 취객을 다시 보지 못했다. 아까는 취객이 부담스러웠는데 이제는 미안함을 느꼈다. 만약 그 취객이 욕만하지 않았더라도 도와주었을 것이라고 그는 생각했다. 하지만 저항을 하고 화를 냈기 때문에 그는 취객에 대한 관심을 놓쳤다. '이런 모순은 어디서 생겨났을까? 나의 동정심은, 그렇게 모욕당하는 사람을 보면서 아무 저항도 못하고 모욕을 당한 아이를 회상하는, 단지 과거의 나에 대한 동정심에 불과했단 말인가?' 그는 모욕의 증인이었다. 그런데 그 증인이 그런 모욕의 현장에서 현행범으로 체포당한 기분이었다. 코위쉬니히는 도망쳤다. 가장 가까운 지하철 계단으로 뛰어 내려가 트로카데로 역에서 재빨리 갈아탔으며, 오퇴이유로 가는 지하철 9호선의 친숙한 객차 안에서다시 방해받고 있지 않다고 느꼈다.

그것을 분명하게 알 수는 없지만 그는 각각의 지하철역사이의 서로 다른 거리를 온몸으로 느꼈다. 늘 그런 것처럼루 드 라 퐁프 역과 라 뮈테 역 시이 간격은 너무 길어서 그는 라 뮈테 역에서 늘 아직 한 역밖에 지나지 않은 것에 놀라곤 했다. 그리고 재스민 역과 미셸앙주 오퇴이유 역 사이에서는 지하철이 곡선을 달리기 때문에 천천히 달렸음에도 불구하고 늘 그랬듯이 오늘도 자기도 모르게 내리려고 너무 일찍 문 앞에 서 있었다. 마침내 청색 바탕에 하얀색 글씨로 '미셸앙주 오퇴이유'라는 지하철 현판이 나타났을 때, 그는 그것을 길고 힘들었던 여행의 목적지로 느꼈다. 많은 것들이 예전과 똑같았다. 그러나 그는 더 이상 그렇게 생각하지 않고 다만 사소한 것을 감지하는 의식 속에서만 그렇게 느꼈다. 그는 또 마치 거기에 중요한 문제가 달린 것처럼, 이미 사용한 지하철 표를 쓰레기통에 정확히 던져 넣으려고 했다. 그러나 표는 쓰레기통 옆으로 떨어졌… 그는 벌써 개찰구에 와 있었지만 다시 돌아가 표를 주운 다음 그것이 정확하게 통에 들어갈 때까지 계속 던졌다.

그는 집에 거의 도착했다. 그는 일주일에 사흘 장터가 개설되는 장 로랑 광장을 통하는 우회도로를 또 한 번 걸었다. 광장은 비어 있었다. 광장 중앙에 있는 작은 분수에서 물줄기가 조용히 수조로 흘러들어갔다. 물줄기는 아주 둥글고 맑게 떨어져서 코위쉬니히는 그것을 흐트러뜨리려고 그 안에 손을 집어넣었다. 플라타너스 잎들이 아스팔트 위에 쌓여 있었다. 그 나뭇잎들 주변 바닥은 다른 때 같으면 건조했을 텐데 아직도 축축했다. 날이 어두워졌다. 평소

시장 천막의 기둥을 꽂았던 구멍 속 기름이 떠 있는 물속에 아직 약간 빛이 보이는 하늘이 반사되었다. 자전거를 탄 사람이 윙윙 소리가 나는 발전기를 가동하면서 옆길로 꺾어 들어갔다. 코위쉬니히는 어떤 레스토랑 창문의 커튼에 코트 그림자들이 매우 확대되어 비치는 것을 보았다. 배수로의 빗물도 모두 흘러갔다. 참새들이 여기저기에 남아 있는 조그만 물웅덩이에서 물을 마시고 있었다. 코위쉬니히는 갑자기 전에 지하철 역사 안에서 이리저리 날아다니던 새 한 마리가 생각났다. 그는 머리를 들어 개선문의 서치라이트가 그 사이 어두워진 하늘 저 멀리로 빛을 발산하는 것을 보았다. 그런 다음 그는 시선을 아래로 향한 채 건물이 주춧돌을 따라갔다. 그 주춧돌은 관리인들이 아무리 박박 문질러 하얗게 만들어놓아도 개들이 오줌을 갈겨놓곤 했다.

　코위쉬니히는 집 앞에 섰다. 그는 어떻게, 어떤 순서로 행동해야 할지 몰라 속이 메스꺼워졌다. 그는 어떻게 날마다 자신이 집으로 왔는지, 집으로 오다가 왜 중간에 사라져버리지 않았는지 이해하지 못했다. 그는 왜 지하철에서 지레 걱정하며 현관 열쇠를 손에 들고 있었을까? 그는 자신이 이제 무엇을 해야 할지 우선 머릿속으로 시험해봐야 한다고 생각했다. 그는 어쨌든 먼저 서류가방을 드레스룸에 가져다둬야 할 것이다. 그 후엔 맨 먼저 아이가 그에게 달려와 다른 사람에 대해 방패 역할을 할 수 있기를 (동화에서처럼 두려워하는 대신에) 희망할 수 있었다. 만약 아이가 나오지 않는다면(벌써 잠을 잘 수도 있으니까), 그는 가능한 한 빨리 드레스룸에서 적당한 표정을 짓고 불필요한 행동을 하지 않으며(꽃집의 그 여점원처럼) 사람들 앞에 나설 것이다. 그는 아무것도 기대하지 않았고, 아무도 즐거운 마음으로 기다리지 않았다. 그가 사람들에게 가까이 다가가면 갈수록 그들과 더욱 더 적게 동질감을 느꼈다. 그가 열쇠를 돌리는 동안, 처음에는 일부러 반대 방향으로 돌리면서 헛기침을 하는 동안, 그는 자신이 아주 오래전에 돌에 새겨져서 도저히 읽을 수 없는 상형문자를 향해 가고 있는 것 같은 느낌이 들었다. 그는 곧 "어떻게 지내셨어요?"라는 질문을 들을 것이며, 제대로 대답을 할 수조차 없을 것이다. 그는 턱을 이리저리 밀며 긴장을 풀었다. 이어서 최소한 겉으로라도 평소의 자기 자신과 비슷하게 보이기 위해 미리 미소를 지어 보였다.

아파트의 공간과 공간 사이가 너무 멀어서 그는 이동 중에 벌써 역할에서 벗어났다. 그는 얼굴이 멍해져 미소도 다시 띠어야 했다. 그가 작가의 여자친구에게 악수를 청하려고 했을 때에는 어긋나는 바람에 그녀의 새끼손가락 하나만을 잡고 흔들어야 했다. 프랑스 여자들에게서 배워 처음에는 왼쪽 다음에는 오른쪽 뺨을 내밀던 자신의 아내와도 박자가 맞지 않았다. '그녀는 왜 또 똑같은 옷감으로 만든 넥타이가 달린 블라우스를 입었을까? 그녀는 왜 양쪽이 터진 치마를 입었을까?' 동시에 그는 물었다. "아그네스는 어디 있어?" "당신을 기다리려고 했지." 슈테파니는 말했다. "근데 기다리다 지쳐서…" "알았어." 코위쉬니히는 그녀가 자신이 미루어 알고 있는 것을 끝까지 말하는 것을 참기 힘들었다. 그가 자기도 모르게 손에 든 흰 빵을 돌리자 한 입 베어 문 부분이 보였다. 작가는 수첩을 꺼내 무엇인가를 적으며 교활하게 웃었다. '슈테파니는 왜 한 손은 뺨을 기대고, 그 손의 팔꿈치는 다른 손의 바닥에 받치면서 안주인의 자세로 앉아 있는 걸까?' "혹시 아그네스가 깨 있는지 한번 살펴보고 올게." 코위쉬니히는 속내가 뻔히 드러나 보이는 얼굴을 작가로부터 돌리기 위해 말했다. "깨우면 안 돼. 만약 아그네스가…" 그는 마치 블라우스에서 무엇이라도 발견한 것처럼 그쪽으로 몸을 숙이면서 그녀의 말을 중단시켰다. '왜 그녀는 불필요하게 말을 많이 하지?'

아이는 방 안에서 아직 노래를 흥얼거리고 있었다. 그

는 아그네스가 알아차리지 못하게 방 안으로 들어갔다. '내가 여기서 무얼 하지?' 그는 무심코 생각했다. 그는 아이에게 가면서 더 이상 어울리지 않는 무엇인가를 생각했다. '나는 아이에 대해 무언가를 다시 느끼기 위해 아이에 대해 심사숙고해야 한다.' 아그네스는 점점 더 크게 노래를 부르다가 거의 비명을 질러댔다. 그런 다음 조용해지더니 입술로 여러 가지 소리를 내면서 놀았다. 코위쉬니히가 웅크리고 앉자 침대로부터 어두운 방안에 정적이 퍼져 나갔다. 아이는 아직 발을 꼼지락거렸다… 마침내 아이는 잠이 들었다. 그러나 깊은 한숨을 한 번 쉬고 나서야 깊은 잠을 자기 시작했다. 그는 한 번도 느껴보지 못한 슬픔을 느끼고 그것에 겨워 일어났다. 그 슬픔으로 그는 밖에 있는 사람들에 대한 불안을 잊었다. 그는 다시 그들과 함께하는 것이 두렵지 않았다. 정신만 바짝 차린다면 그는 거기에 앉아서 그들의 얼굴을 바라볼 수 있을 것이다. "아이가 푹 자고 있는 게 분명 아침까지 그대로 잘 것 같아." 그는 자신 또한 불필요한 말을 하는 것에 아주 만족하며 말했다. 그것은 마치 싸움이 중재로 끝난 뒤 당사자들이 자신만 아는 이야기를 함으로써 상대에게 이제 다시 말을 하겠다는 뜻을 비치는 것과 같았다. "오늘 바람이 불었어." 그는 자신 있게 말했다. 이 말에 작가의 여자친구가 "바람 때문에 제 머리가

진정한 느낌의 시간

엉망이 되었어요" 하고 대답했을 때 보통의 신뢰관계가 회복된 것처럼 보였다. 그는 아무 거리낌 없이 냅킨을 무릎 위에 펼쳤고, 슈테파니가 "먼저 한잔 마실까요?" 하고 물었을 때는 약간 감동했다. 모든 것에 "나도"라고 말을 할 수 있다는 것, 그것은 조화였다. 작가는 그 와중에도 계속해서 메모를 했다. "혹시 형사 출신이세요?" 코위쉬니히가 물었다.

작가는 매우 뚱뚱했고 코위쉬니히보다 약간 나이가 들어 보였다. 그는 물건을 다루는 데 서툴지는 않았지만 손대는 모든 것을 동시에 못 쓰게 만드는 것 같았다. 가령 그는 성냥을 켜다가 성냥갑을 찌그러트렸다… 그는 수첩을 한쪽으로 치워놓은 다음 마치 그에 대한 보상이라도 받으려는 듯 자신에 대해서만 이야기했다. "나는 특별히 이야기할 게 없습니다." 그는 말했다. "난 누구에게도 더 이상 호기심이 생기지 않아요. 물론 누군가가 '작가시군요, 저에 대해 글 좀 써주세요!'라고 말하면 '왜 안 써드리겠어요' 하고 생각하던 호기심이 많았던 시절이 있었습니다. 하지만 이제는 누군가가 '우리 엄마는 피아노를 연주할 줄 아셨어요…' 하고 시작하면 구역질이 납니다. 내가 다른 사람들과 얼마나 많은 것을 공유하고 있는지 더 많이 깨달으면 깨달

을수록 나는 그 어떤 누군가와 더욱 더 적게 연대감을 느
낍니다. 나는 '배움의 목표: 연대감'이라는 말을 들으면 목
에 손가락을 집어넣습니다. 어떤 부인이 화장실로 가는 계
단에서 제게 자신에 대해 얘기했습니다. 난 그 여자에게 물
어보려고 했습니다. 당신처럼 그렇게 작은 얼굴을 가진 사
람이 어떻게 '나'라고 이야기할 권리가 있지요? 길거리에
서 나를 향해 다가오는 사람들을 보면서 생각합니다. '이들
은 얼마나 다른 운명들인가… 그런데 모두들 하나같이 지
루하니.' 나는 가끔 신문 파는 여인네에게 그동안 살아온
과정을 물어보고 싶어요. 그저 경멸감에서죠. 카페에서 어
떤 여자가 계산대에 서서 상당히 큰 소리로 전화를 걸고 있
었어요. 그래서 난 손으로 귀를 막았지요. 그녀의 이야기
에 동감하고 싶지 않았기 때문입니다. 또 한때는 우리를 즐
겁게 해주었던 이웃 테이블의 이야기도 그렇습니다. 나는
이제 남의 이야기를 엿듣는 것에 진저리가 납니다! 자동차
행렬을 보면서 생각합니다. '나는 이 사람들에게 전혀 흥미
가 없다.' 어제 뇌이에 있는 어떤 제조업자의 집에 갔었어
요. 그의 아내가 '저는 사람들 관찰하는 걸 좋아해요. 특히
손을요'라고 하면서 한참을 계속 이야기했습니다. '오늘 포
르투갈 출신의 우리 가정부께서 감히 기분이 나쁘시더라
고요. 하지만 저는 제 주변의 화합을 원해요. 결국 저는 제

진정한 느낌의 시간

기분이 어떤지 속내를 보이지 않았지요.' 그때 나는 엄청난 구역질을 느끼며 생각했습니다. '오오, 이 여자는 지금 자신의 속내를 드러내기 시작했구나.' 오늘 아침 전혀 알지 못하는 사람의 부고를 보고는 곧바로 생각했습니다. '아, 마침내 죽었군, 돼지 같은 놈.' 한번은 '우리 집은 먼지가 너무 많아요'라고 말하던 사람을 방문했습니다. 난 우리 집이 훨씬 먼지가 많다는 사실이 떠올랐지만 아무 말도 하지 않았지요. 그를 도와주고 싶지 않았기 때문입니다."(그는 말을 중단하더니 놀랍게도 "이 토마토 참 맛있는데요!"라고 말했다.) "나는 더 이상 아무도 관찰하고 싶지 않습니다." 그는 계속해서 말했다. "최근에 길거리에서 사람들을 보며 자문했습니다. 그들이 일하는 것이나 집에 있는 모습을 보면 어떨까? 그러나 그 후 나는 그들이 여기 길거리보다 그곳에서 더 예측 가능하게 보일 것이라는 사실을 알았습니다. 누군가가 자신의 삶에 대해 하소연하기 위해 내게 왔습니다. 그러나 나는 차라리 TV에서 축구 경기를 보고 싶다고 말했습니다. 어떤 멋진 여자를 만나도 나는 그저 그런 사람들 중 하나라고 생각했습니다. 그 후 오랜 습관으로 인해 내가 누군가를 관찰할 때가 있으면 갑자기 '내가 왜 이러지?' 하는 생각이 듭니다. 나는 이쪽저쪽 둘러보기가 두렵습니다. 곳곳에 누군가 봐주기를 바라는 것들 천지입니다. 벌써 또 다시 목에 착 달라붙은 폴라티가 보이고, 벌써 다시 앞뜰에 피워 놓은 숯에서 피어오르는 연기가 보입니다. 나는 언젠가 누군가를 만나기 전에 그의 말에 완전하게 동의해주리라 결심했었습니다. 하지만 막상 그 사람 앞에 섰을 때 나는 '내가 도대체 왜?'라고 생각하고 그의 지루한 얼굴을 오랫동안 물리도록 쳐다만 보았습니다. 나는 별들 속에서 어떤 이미지를 본다는 것이 놀랍습니다. 난 각각의 별들을 '별들의 이미지'로 묶지 못하겠어요. 나는 각각의 현상을 '현상들의 이미지'로 요약하는 방법을 모릅니다. 여러분은 철학자들이 얼마나 자주 '화해시키다' '안전하게 하다' '구조하다'라는 단어를 쓰는지 알아차렸습니까? 그들에 의하면 '개념들'은 '화해'됩니다. '현상들'은 그 개념들에 의해 '구조'됩니다. 개념들에 의해 구조된 현상들은 '이념들' 속에서 '안전'하게 됩니다. 나는 이념들은 이해합니다. 그러나 그 속에서 안전함을 느끼지는 못합니다. 나는 이념들이 아니라 그 속에서 편안함을 느끼는 사람들을 혐오합니다. 무엇보다도 그들은 거기서 나로부터 안전하기 때문입니다. 그레고르 당신도 비슷하지 않나요? 어느 날 깨어났을 때 모든 연관성이 사라지고 없지 않았나요?" "오" 코위쉬니히는 곧바로 말했다. "나는 날마다 살아 있는 것이 기쁘고 예전보다 더 호기심이 생깁니다. 난 당신의 물음에 '그래요,

진정한 느낌의 시간

나도 그렇습니다'라고 대답하고 싶었습니다. 당신에게 그 말이 필요하단 걸 알기 때문이지요. 하지만 나는 감히 내가 하는 일을 의미 없다고 여기고 싶지는 않습니다.""그것참 이상하군요." 작가는 이렇게 말하면서 적포도주를 너무 가득 따르는 바람에 그것이 식탁으로 넘쳐흘렀다. "나는 누군가가 나와 똑같지 않으면 정말 마음이 상합니다. 나는 자신의 행동에 어떤 특별한 의미를 두지 않는 사람에게만 연대감을 느낍니다. 최근에 바로 그런 사람들을 많이 만나 그들의 생각이 옳다고 맞장구를 쳐주었지요. 난 당신도 내 생각에 동의하리라고 희망을 걸었습니다. 도대체 내 생각이 당신에게 전혀 먹혀들지 않았단 말인가요?""하마터면 당신에게 빠져들 뻔했습니다." 코위쉬니히는 말했다. "하지만 당신이 장황하게 신세를 한탄하면서도 매우 주의 깊게 그리고 교활하게 나를 관찰하고 있다는 걸 알아차렸습니다. 나는 그런 사실을 아이들을 통해서 알았지요. 아이들은 아주 슬프게 울면서도 속눈썹을 움직이지도 않고 내 일거수일투족을 관찰합니다. 그리고 아까처럼 메모를 하고 있는 당신을 보고 누구에게도 호기심이 없다는 말을 내가 어떻게 믿을 수 있을까요?""나는 당신에 관해서는 아무것도 메모하지 않았습니다." 작가는 대답했다. "난 단지 오늘의 독특한 체험으로, 점심때 먹은 콩소메 마드릴렌이 떠올랐

115

을 뿐입니다. 그러니 당신은 당분간 나를 안전하게 느껴도 됩니다." "아마 언젠가 당신과 내 입장이 바뀔 것입니다." 코위쉬니히가 말했다. "다른 사람들 앞에서 그렇게 불평할 수 있다는 건 승리감임에 틀림이 없어요." "무엇보다 그건 다른 사람들을 편하게 해주지요." 작가가 말했다. 바로 이 순간 슈테파니가 그에게 물었다. "당신은 무슨 별자리예요?" 그러자 작가와 함께 왔던 프랑소와즈를 포함해 모두가 웃기 시작했다. 특히 작가는 코가 나올 정도로 포복절도했다.

그들이 웃는 동안 프랑소와즈가 진지하게 말했다. "나는 내 삶을 기록하고 싶은 마음이 생겨요. 그건 바로 내가 나이가 같은 사람들 특히 여자들과 공유하고 있는 것이 많다는 것을 점점 더 깨닫게 되기 때문이에요. 나는 원래 일반적인 것만을, 하지만 그것을 매번 아주 특수한 것으로 체험해요. 내가 기억하기로 나에게서는 개인적 체험이 항상 동시대의 정치적인 사건의 결과로 나타났어요. 베트콩이 디엔비엔푸를 점령했을 때 나의 계부는 만취해 나를 강간했지요. 나중에 내 남편이 되는 남자는 버스에서 내게 말을 걸기 위해 OAS의 암살을 이용했고요. 알제리전쟁이 끝나면서 우리는 이사해야 했는데, 우리 집이 재산을 잃은 알제리 농장주의 것이어서 그에게 집이 필요했기 때문이었죠. 프랑스가 나토에서 탈퇴했을 때 난 미군 공군부대에서의 비서 일자리를 잃었습니다. 1968년 5월에는 남편이 다른 여자에게 빠져 나를 떠나버렸고… 나는 내가 여자이기 때문에 일반적인 사건이 그렇게 내 체험을 결정짓는 것이라고만 생각했어요. 그것들은 거의 슬픈 체험들이죠. 원래는 체험이라고 할 수도 없지만요. 하지만 그것들은 나를 변화시켰어요. 이제 내가 마흔이 되어 암에 걸리거나 정신병원에 보내진다면, 그것도 왜 그런지 알 수 있을 것 같아요." "좀 덜 슬픈 체험들은 어때?" 작가가 물었다. "그것들도 비슷하게 설명할 수 있어? 가령 당신이 나를 사랑하기 시작한 것 말이야." "노동조합이 힘을 써서 내가 반나절만 일해도 정규직이 되도록 해주었지." 프랑소와즈가 대답했다. "그러니까 나는 노동에 대해서는 혐오감을 덜 갖게 되었고, 일자리 걱정을 덜 하게 되었으며, 좋은 감정을 느낄 시간은 더 많이 갖게 된 셈이야." 작가는 수첩에 메모를 하더니 말했다. "바로 조금 전에 오늘 레스토랑에서 와인 시중을 들던 종업원이 병을 딸 때마다 코르크를 코에 갖다 대면서도 사실은 냄새를 맡지 않았다는 사실이 떠올랐어." "당신 그때 그 종업원의 완전히 닳아서 해진 구두 굽 봤어?" 프랑소와즈가 물었다. "내 생각에 당신이 다른 사람에 대해 전혀 알고 싶지 않은 이유는 바로 당신이 다른 사람들에게서 곧바로 발견하고 싶은, 눈에 띄지 않는 특별한 것이 고갈되어버렸기 때문이야. 이제 당신은 그저 일상적인 것들만을 엄청 발견할 수 있을 뿐이어서 구역질을 느끼며 무시해버리는 거지." "내가 식량으로 삼고 있는, 눈에 띄지 않는 특별한 것들은 고갈되지 않았어." 작가가 대답했다. 그는 왼손으로 식사를 하면서 오른손으로는 열심히 메모를 하는 바람에 식탁이 흔들렸다. "나는 몇 분 전부터 누군가에게 다시 호기심이 생겼어." 프랑소와즈가 그의 두꺼운 뺨을 꼬집었고, 그는 갑자기 손가락으로 그녀의 귓속을 찔렀다. "누구에게요?" 내내 안전함을 느끼며 거의 굴종적으로 그들이 이야기하게 내버려두고는, 털을 깨끗이 민 프랑소와즈의 겨드랑이에 있는 사마귀를 살피고 있던 코위쉬니히가 물었다. "당신에게요, 친애하는 그레고르 씨." 작가가 자신의 수첩에서 눈을 떼지 않고 말했다. 볼펜이 못 쓰게 되자 그는 곧바로 다른 볼펜을 꺼내 계속 썼다. 이번에는 슈테파니 혼자만 웃었다.

코위쉬니히는 너무 지나치다고 생각했다. 그는 한 입 깨문 복숭아의 맛을 모를 정도였다. "여기 프랑스에서도 과일이 아무 맛도 없단 말이야." 그는 큰 소리로 말했다.

진정한 느낌의 시간

"당신이 아까 문으로 들어오기 전까지 우리는 당신에 대해 이야기하고 있었어요." 작가가 말했다. 코위쉬니히는 그들이 무슨 이야기를 했는지 몹시 궁금했지만 아무것도 묻지 않았다. "나에 대해서는 말할 게 아무것도 없어요." 그는 말했다. 그는 슈테파니가 옆에서 자신을 보고 있는 것이 거슬렸다. 그러나 그녀를 쳐다봄으로써 그녀에게 정당성을 주고 싶지 않았다. 지금은 마치 속내를 들킨 것처럼 히죽 웃어서는 안 된다! 그는 자고 있을 아이를 생각하며 자신도 머리를 책상에 대고 바로 잠들고 싶었다. 현관에서 배관을 통해 위층 집 물이 흘러내리는 소리가 들렸다. 그는 갑자기 습관처럼 반달이 보이도록 손톱 아래쪽 살을 긁었다. 다음 순간 볼펜이 짤깍댔고 그는 움찔했다. 코위쉬니히는 이제 파멸이라고 생각했다. '내가 정말 누구인지 그가 밝혀낸 것이다.' 코위쉬니히는 재빨리 일어나서 적어도 밖에 있는 사람들은 앞으로 안에서 벌어질 광경을 보지 못하도록 창문에 커튼을 쳤다. 그와 동시에 그는 언젠가 아그네스와 다른 아이가 장난감들 사이에서 멍하니 앉아 있을 때 슈테파니가 말한 '아이들이 이제 다 놀았나봐요'라는 문장을 기억해냈다. 그는 이제 자신이 다 놀았다고 생각했다. 그의 눈 밑 혈관 하나가 기분 좋게 경련을 일으켰다. 그는 마음의 준비를 하려고 했지만 어떻게 해야 할지 몰랐다. 그는 손목시계의 태엽을 감으면서 다시 식탁에 앉았다. 그의 옷에 먼지 하나 없었다. 그런데 마침내 작가의 볼펜이 그를 향했던 것이다. 코위쉬니히는 이제 히죽 웃을 수밖에 없었다.

"오늘 시내에서 당신을 봤어요." 작가는 천천히 말하며 조금 전에 마신 와인을 몇 번 쩝쩝거렸다. "당신은 완전히 변했습니다. 전에 당신을 가끔 만나면, 당신은 항상 똑같아 보였어요. 하지만 난 당신을 매번 다르게 체험했지요. 그건 정말 좋은 느낌이었어요. 하지만 오늘 당신은 완전히 변했어요. 당신이 예전처럼 보이려고 절망적으로 애를 썼기 때문입니다. 당신은 너무 의도적으로 같은 느낌을 주려고 행동해서, 나는 당신을 보고 이미 죽은 사람인데 길거리에서 갑자기 똑같은 사람을 만난 것처럼 놀랐습니다. 당신은 옷만 예전과 똑같을 뿐입니다. 나는 그 옷을 보고 당신을 다시 알아본 거죠. 지금 내 눈을 똑바로 쳐다봐도 아무 소용 없어요. 당신은 날 속일 수 없습니다. 조금 전 슈테파니가 당신 접시를 가져갔을 때, 예를 들면 당신은 곧바로 손을 뻗어 당신이 식사할 때 그 위에 흘렸던 완두콩 수프를 닦아냈습니다. 당신은 와인을 한 모금 마실 때마다 와인 잔에서 입술자국이나 손자국을 닦았습니다. 당신이 닦은 입 자국

이 보이게 냅킨이 식탁 위에 올려 있으면 당신은 그것을 얼른 뒤집어놓았습니다. 이전에 한 입 뜯어 먹은 빵처럼요. 그레고르, 당신은 누군가가 당신을 위해 아무것도 해주기를 바라지 않아요. 당신에게는 소금 통조차도 건네주어서는 안 되지요. 마치 사람들이 당신에게 무엇을 해줌으로써 당신에게 가까이 다가가 당신을 꿰뚫어볼까 봐 두려운 것처럼 말이에요. 왜 아무 말 없는 건가요?"

코위쉬니히는 그 작가를 바라보는 것처럼 보였지만 사실은 그 앞쪽에서 슈테파니가 뜨거운 브랜디 소스를 넣어 불을 붙이자 기포들이 생겨 터지고 있던 크레프 수제트 접시를 보고 있었다. 그는 칼끝을 이마에 대고 생각했다. 전에 자신이 이런 대화들을 한 것은 자신이 관찰되지 않는다고 느꼈을 때뿐이었다. 갑자기 그는 식탁에서 던질 것을 찾았다. 그는 '반드시 그렇게 하겠다!'고 생각했다. 그런 다음 정말 작가에게 빵조각을 하나 던졌다. 그러자 슈테파니조차 웃지 않았다. 그는 곧 영원한 웃음거리로 전락하고 말 것이다. 그는 이제 진짜 작가를 쳐다보았다, 애원하며. 하지만 작가는 그를 외면했다, 불쌍히 여기지도 않고, 확실한 승리의 예감에 사로잡힌 사람처럼, 자신이 한 일에 겸손한 자부심을 느끼며, 아직 살아 있기는 했으나 정작 본인은 그 사실을 몰랐던 자신의 제물로부터 우아하게 미소를 지은 채 고개를 돌리며. 코위쉬니히는 수치심으로 자신의 목이 부러져버렸으면 하고 바랐다. 그는 의도적이지는 않았지만 자신이 똑같은 미소와 똑같이 내리깐 눈썹 등 작가와 똑같은 표정을 하고 있다는 사실을 알아차렸다. 그들은 그렇게 똑같이 교활하게 아무 말 없이 서로를 가끔씩 짧게 바라보곤 했다…

바로 이 순간 —그는 입속에 커다란 복숭아씨를 갖고 있었다— 코위쉬니히는 그전에는 단지 꿈으로만 꾸었던 어떤 것을 완전히 의식하면서 체험했다. 그는 자신을 모든 사람이 알고 있었고, 누구나 모든 것을 알고 있지만 비명을 지를 정도로 낯선 것으로, 누구나 볼 수 있도록 둥지에 방치된, 죽고 싶을 정도로 부끄럽고 너무 수치스러운 피조물로, 임신 중 자궁에서 밀려나와 말할 수 없을 정도로 기괴하고 완성되지 못한 피부주머니로, 모든 세상 사람들이 손가락으로 가리키지만 너무 구역질이 나서 손가락으로 가리키기는 해도 동시에 다른 곳을 쳐다보아야만 하는 자연의 오류, 잡종으로 체험했다! 코위쉬니히는 비명을 질렀다. 이어 작가의 얼굴에 복숭아씨를 뱉어내고는 옷을 벗기 시작했다.

진정한 느낌의 시간

그는 천천히 넥타이를 풀고 바지를 벗은 다음 정확하게 주름을 접어서 의자 위에 올려놓았다. 그러자 다른 사람들이 일어섰다. 작가가 그의 행동을 관찰하는 동안, 프랑소와즈는 아래로 향하고 있던 슈테파니의 시선을 따라갔다. 벌거벗은 코위쉬니히는 식탁 주변을 뛰면서 돌다가 막 웃으려 했던 프랑소와즈에게 껑충 뛰어올랐다. 그들은 서로 엉켜 넘어졌다. 코위쉬니히는 무턱대고 접시에 손을 뻗더니 거기에 남아 있던 스튜로 자신의 얼굴을 문질렀다. 그는 우연히 작가의 다리에 손이 닿았다. "당신은 내 일에 상관하지 마요!" 그는 이렇게 말하며 작가를 치려고 손을 뻗었다. 그가 일어섰고 그들은 서로 치고받기 시작했다. 천천히 한 대씩, 서로 눈을 마주 보고, 전혀 소리 내지 않고, 차근차근, 아이들처럼 끈질기게. 코위쉬니히는 마침내 더 이상 가장할 필요가 없다는 후련한 마음에서, 그리고 이제 자신은 끝장이 났다는 불안감에서 곧 울게 되리라는 것을 깨달았다. '나는 울 것이다', 그는 만족스럽게 생각했다. 그러나 그는 작가에게서만 몸을 돌린 채 의기양양하게 슈테파니에게 말했다. "난 오늘 오후 대사관에서 전에 이름도 들어본 적이 없는 어떤 여자와 사무실 바닥에서 관계를 가졌어." 그녀는 입 반쪽으로만 미소를 지었다. 그는 악의적이었음을 분명히하기 위해 그 문장을 반복했다.

진정한 느낌의 시간

4

　몸을 씻고 다시 옷을 입은 코위쉬니히는 작가에게 밤
산책을 하자고 제안했다. 여자들은 뒷방으로 사라져서 그
녀들이 하는 얘기는 이제 전혀 들리지 않았다. "우리가 저
녁에 미라보 다리를 지나올 때 센 강은 아주 고요했어요."
작가가 말했다. "물결 하나 일지 않았지요." "오늘 물은 충
분히 체험했어요." 코위쉬니히가 대답했다. "우리 차라리
철로를 따라 파시까지 올라가지요. 난 이제 좀 걷고 싶어
요. 그냥 똑바로 걷고 싶어요. 다른 건 더 이상 못하겠어
요."

　그들은 말없이 대로를 따라 올라갔다. 상당히 높은 건

물의 거의 모든 창문들이 벌써 캄캄했다. 많은 창문들에 셔터가 내려져 있었다. 휴가 떠난 주민들 집이었다. 여기저기 조그마한 다락방 창문들만 아직 불이 켜져 있었다. 철로 옆 저지대를 포함한 그 대로는 아주 넓어서 그들의 걸음 소리가 반대편에서 메아리치며 되돌아왔다. 그들은 아무도 만나지 않았다. 도로 옆 자동차 안 어둠 속에 남녀 한 쌍이 앉아서 앞만 보고 있었다. 하늘엔 노란 도시의 불빛에 물든 저녁구름이 떠 있었고 구름들 사이 어둠 속을 자세히 살펴보면 별들이 희미하게 보였다. 바람은 아주 약하게 불어 나뭇잎이 흔들렸다, 그것도 큰 가지와 작은 가지의 끝자락에 있는 나뭇잎만. 그 나뭇잎들 뒤 가로등 불빛 속에서 큰 가지들은, 그것을 중심으로 나뭇잎들이 마치 자체 발광하듯 빛과 그림자놀이를 하며 움직이는 단단하고 검은 가지 장식무늬처럼 보였다. 나뭇잎이 흔들리는 소리는 귀를 기울일 때만 들렸다. 살랑거리는 소리는 들리지 않았고 조용하지만 불안에 가까운 지지거리는 소리만 들렸다. 그러다가 가끔 푸른 나뭇잎들 중에서 이미 시든 나뭇잎 하나가 크게 바스락거렸다. 코위쉬니히는 서서히 그렇게 서로 부딪치며 부비고 있는 나뭇잎을 보는 대신에 갑자기 곁눈질로 앞에서 이리저리 왔다 갔다 하는 곤충들 무리를 보았다. 한 나무에서 검은 투구풍뎅이 한 마리가 바닥으로 떨어졌다. 인

진정한 느낌의 시간

도 여기저기에는 조금 전에 떠돌이 개들이 본 소변이 흐르고 있었다… 코위쉬니히는 무엇인가를 관찰하지 않는다면 아무것도 자신에게서 빠져나가지 않는다는 사실을 깨달았다. 그는 그렇게 서서 바람이 서늘한 공기처럼 자신의 관자놀이를 스쳐 지나가는 것을 느꼈다.

그들이 라숑프시용 거리를 지나가고 있을 때 코위쉬니히는 내일 저녁 카페 드 라 페에서 만나기로 약속한 여자가 떠올랐다. 그는 대로 옆 벤치에 앉아 길고 어두운 그러나 이름 때문에 자연스럽게 조짐이 좋은 라숑프시용* 거리를 쳐다보았다. 그는 어떤 징조를 원하지 않았다. 그러나 지금 그는 의도하지도 않았는데 징조를 체험했다. 그에게 그것이 필요했던 것일까?

작가는 그 옆에 앉아서 몸을 크게 뻗어 벤치에서 그를 거의 밀어냈다. 얼마 후에 그가 말했다. "난 히치콕의 〈베르티고〉와 얇은 비단을 두른 것 같은 파란 하늘을 배경으로 한 스페인의 교회 첨탑을 다시 보고 싶어요. 지금 당장요! 시선집을 만들 때 편집자가 재탕처럼 보이는 기도를 어떻게 생각하는지 내게 물었어요. 당신은 기도해본 적이

* L'Assomption, 프랑스어로 '성모승천'이라는 의미.

있나요?" 코위쉬니히는 무엇인가 대답하려고 했지만 그저 숨만 내쉬었다. 그리고 다음 순간 그는 갑자기 만족스러운 나머지 전율을 느끼며 아무 말도 하지 않았다. 그는 자신이 자유롭다고 생각했다. '나는 더 이상 말할 필요가 없다.' 끝까지 침묵할 수 있다는 것은 보상을 받는 것과 같았다. 그는 놀라 웃음을 터트렸다.

그들은 계속해서 파시 역까지 올라갔고, 코위쉬니히는 거기 검은 불로뉴의 숲에서 사라지고 싶은 욕구를 느꼈다. 그러나 이제 더 이상 뛰고 싶지 않았다. 이제 밤새 아래 철로의 청색 신호등은 무의미하게 빛날 것이다… 그들이 유일하게 아직 문을 연 카페에서 식탁에 올려놓은 의자에 둘러싸여 코냑을 마실 때, 작가는 조금 전 베이스 기타리스트가 화음에서 벗어나지 않는 것을 보고 무척 놀랐다고 이야기했다. "그는 세상과 평화를 만들어냈음에 틀림없어요." 작가는 이렇게 말하며 입에 담배를 물더니 곧바로 그것을 분질러버렸다. 파시 역 주변 거리에서 갑자기 개 한 마리가 짖었다. 그러자 마치 밤에 시골 개들이 그런 것처럼 다른 개가 아래 포르트 도테이유 쪽에서 그에 화답했다. 완전히 깜깜한 집들 중 하나에서 화장실 불이 켜졌다가 곧 다시 꺼졌다. 벌써 한밤중이 지났는데도 블라인드 하나가 드르륵

진정한 느낌의 시간

거리며 내려갔다. 이제 시내 주택들은 침입할 수 없는 성채처럼 보였다. 멀리 외곽순환도로에서 자동차 지나가는 소리가 들렸지만 더 이상 한 대도 가까이 오지는 않았다. 저기 밝은 다리로 길을 건너고 있는 것은 쥐일까? 보도블록이 지하철 계단처럼 반짝거렸다… 바로 그 순간 코위쉬니히는 피곤하다는 것밖에 아무 생각도 나지 않았다.

집으로 오는 길에 그는 피곤한 나머지 불안감이 생겼고, 불안하다 보니 무심하게 되었다. 그는 너무 빨리 걸어서 결국 뚱뚱한 작가는 뒤로 처졌다. 이런 불안 속에서 그는 신호를 보는 것조차 잊었다. 철로 옆 저지를 따라 포장되지 않은 인도에 겉으로 훤히 드러난 나무뿌리가 그 자체만으로도 끔찍했다. 그러나 그가 공포에 질려 집에 도착했을 때 두 여자는 서로 머리를 맞대고서 집 앞 계단에 앉아 그는 거들떠보지도 않은 채 조용히 이야기만 했다. 적의를 품은 듯 편안하게. 게다가 열린 문으로 기타 소리가 흘러나왔다.

그가 그들을 지나쳐 집으로 들어가는데도 그들은 옆으로 비켜주지 않았다. 그가 그들 옆을 지나가는 것에 그들은 더 크게 이야기하는 것으로 반응했을 뿐이다. 그는 그들이 죽어버리기를 바랐다.

　그는 아직도 지저분한 접시들이 그대로 놓여 있는 식탁에 앉았다. 많은 생각이 혼란스럽게 뒤섞였다. 모두 완전한 문장들이었지만 밖으로 내뱉을 수가 없었다. 말을 하기 위해 다시 숨을 가다듬는 것도 불가능했다. 그렇다고 지금 잠자러 가는 것도 싫었다. 아픈 사람처럼 서 있을 수도 누울 수도 없어 고개를 앞으로 숙인 채 움직이지 않고 그냥 앉아 있었다. 그는 아무것도 보지 않기 위해 눈을 감고 싶었다. 하지만 그러려면 그는 아마도 온몸에 나 있는 눈꺼풀을 닫아야 할 것이다. 그는 집 앞 현관 계단에서 여자들이 자신에 대해 "그레고르와 같은 남자들" 식으로, 그를 더 이상 염두에 두지 않고 3인칭으로 말하고 있는 것을 들어야 했다. 그때 어떤 사람들이 일 층 창문 곁을 조용한 밤인데도 스페인어로 말하면서 지나갔다. 그는 잠깐이지만 동경과 위안을 느꼈다. 작가가 거칠게 숨을 쉬며 들어와서 그의 맞은편 바닥에 앉았다. 얼마나 우스운 꼴인지! 그는 작가를 올려다보지 않고도 그를 지각했다. 모든 것을 알고 있는 것처럼 행동하는 작가가 있다고 생각하니 코위쉬니히의 몸에 나 있는 모든 구멍에서 조그만 벌레들이 꿈틀거리기 시작했다. 무엇보다 사지와 콧구멍이 간지러워 참을 수 없었다. 그는 몸을 긁었다. 외이도(外耳道)에서 마른 귀지가 분리되어 어디엔가 떨어졌다… '나는 이제 내가 전혀 모르는 사람을 만나보고 싶다', 그는 생각했다. '내가 그에 대해 아무것도 모르고, 그가 어떻게 될지도 모르는 누군가를.' 작가의 입에서 마치 혀가 말을 하기 위해 위협적으로 입천장에서 떨어질 때와 같이 쩝쩝거리는 소리가 들려왔다. 그리고 그는 정말 작가가 헛기침을 하는 소리를 들었다. '아무말 하지 말기를!' "내가 당신에게 익숙해지기만 했다면야", 작가가 얘기했다. "난 당신의 행동을 이해할 수 있습니다. 하지만 긴급한 상황에서는 먼저 말씀해주셔야 합니다." 코위쉬니히는 그에게 자신의 이빨만 드러내 보였고, 작가는 일어나 가려고 했지만 바닥에서 일어날 수 없었다. 그는 이리저리 움직이다가 한참 후에야 도와달라고 여자들을 불렀다. 여자들이 그를 일으켜 세운 다음, 그는 코위쉬니히에게는 한마디도 없이 웃지도 않고 나가버렸다. 밖으로 나가서야 비로소 그들은 계속해서 이야기를 했다.

코위쉬니히는 손님들이 지나칠 정도로 큰 소음을 내는 디젤엔진을 장착한 택시를 타고 '차서해서 하는 접대'를 떠나는 소리를 들을 때까지 그렇게 움직이지 않고 있었다. 그는 슈테파니가 집 안의 전등을 모두 끄고 욕실로 들어가는 소리를 들었다. 그는 어둠 속에 앉아서 그녀가 이를 닦는 소리를 들었다. 그는 그녀가 복도를 지나 자기 방으로 가는 소리와, 문을 여닫는 소리를 들었다. 그는 사물들이 움직이는 소리를 하나씩 들었다. 그는 이날 아무것도 생략하거나 소홀히할 수 없었다.

한참 후 그는 어떻게 일어났는지도 모르게 갑자기 서 있다가 슈테파니에게 갔다. 방 안은 어두웠고 그녀는 자고 있는 것처럼 숨소리를 냈다. 그는 무심하게 서 있었는데 졸렸다. 그때 그녀가 완전히 잠에서 깨 천천히 말했다. "있잖아, 그레고르, 당신을 사랑해…." 그녀가 그 말을 너무 조용히 했기 때문에 그는 깜짝 놀랐다. 그는 불을 켜고 그녀 옆에 앉았다. 그녀가 너무 진지해 보여 방 안에 흐트러진 그녀의 물건을 보는 것이 이상하게 느껴졌다. 그는 그녀의 얼굴을 쳐다보면서 그녀를 보았기 때문에 예전보다 더 분명하게 그녀를 보았다. 그들이 서로 바라보는 동안 그는 갑자기 자신의 머리를 그녀의 턱 아래로 밀쳐 넣으려 했다. 그녀는 훌쩍이기 시작했고, 그는 동시에 그녀의 팔에 닭살이 돋아 있는 것을 깨달았다. "당신 슬퍼하는 거야?" "응" 그녀가 말했다. "하지만 당신도 어쩔 수 없어서 그런 거잖아." 그는 그녀에게 몸을 숙이고 몸을 떨면서 별 생각 없이 그녀를 쓰다듬었다. 그녀의 온몸이 얼마나 차디차던지! 그는 흥분이 되어 그녀 위에 누웠다. 바로 그때 그녀가 발로 그를 침대에서 밀어냈고, 그가 바닥에 떨어졌다. 그래도 그는 조금은 흡족하게 슬며시 방에서 빠져나왔다.

이제 정말 모든 것이 농담이 되어버렸다! 그는 등을 바싹 구부리고 눈을 찡그리며 부부침실로 들어섰다. 그는 바지를 벗어 신경질적으로 아무렇게나 의자에 던져놓았다. 그런 다음 침대에 앉아 세 권의 레스토랑 안내서를 읽으며 손에 연필을 들고 별과 왕관 그리고 요리사 모자 주위에 동그라미를 쳤다. 지구의 변방에 있는 아무리 작은 마을이라도 추천받은 음식점만 있다면 변방이 아니었다. 그에게는 얼마나 많은 탈출구들이 있는가! 그는 지난날을 기억하려고 애를 썼지만 대부분 잊어버렸다는 것을 깨달았다. 그는 자신이 아직 살아 있다는 사실에 자부심을 느꼈다. 그의 머리가 옆으로 축 처졌다. 그는 얼른 불을 껐다. 머리가 베개에 닿자마자 코위쉬니히는 벌써 잠이 들었다.

그는 그 후 곧바로 자신이 살해당하는 꿈을 꾸다가 절벽에서 깨어났다. 그는 마지막 순간에 자신이 살인자라는 사실이 떠올라 깨어났다. 그는 살해당할 것이며, 동시에 방금 밖의 안개 속을 지나 집으로 들어온 살인자였다. 깨어났다고 해서 아무것도 좋아지지는 않았다. 그의 공포는 이제 대상이나 형체를 갖고 있지 않을 뿐이었다. 그는 두 팔을 몸과 나란히 놓고, 한 발을 다른 발 위로 포개 발바닥을 발등에 올려놓은 채, 이를 악물고 몸을 쭉 뻗은 상태에서 깨어났다. 그는 마치 흡혈귀가 깨어날 때처럼 눈을 번쩍 떴다. 그는 그렇게 말없이 움직일 힘도 없이 죽음의 공포에 휩싸여 누워 있었다. 아무것도 변하지 않을 것이다. 도망갈 곳도 없었고 어떤 종류의 구원도 없었다. 그의 심장은 더 이상 갈비뼈의 보호를 받고 있지 못하는 것 같았다. 심장은 마치 그 위에 피부만 있는 것처럼 팔딱거렸다.

　　방 안은 아무것도 투시할 수 없을 정도로 어두워서 그는 한마디 소리도 내지 못하고 생각으로만 증오와 혐오와 분노에 휩싸여 신음했다. 하지만 그는 이전에 이국땅 다른 언어에서는 일생에 걸친 불안에 대한 발작도 적어도 그렇게 치료 불가한 것은 아닐 거라고, 무엇보다 그는 지금까지 본능적으로 외국어를 말하지 않았고, 이전 오스트리아보다는 프랑스에서 훨씬 덜 본능적으로 살았기 때문에, 그런 발작에 자신의 조국이나 자신이 어린 시절을 보낸 나라보다 더 맹종적으로 몸을 맡길 필요가 없을 거라고 생각했다. 마치 이런 생각이 그를 다시 움직이도록 힘을 준 것처럼, 그는 어렸을 때 자신이 부딪힌 물건을 그랬던 것처럼 침대를 손으로 세게 쳤다.

그 후 그는 전등을 끄기 전 침실용 탁자 위에 물 잔을 올려놓아 생긴 마른 둥근 자국 몇 개를 본 기억이 떠올라 마음에 거슬렸다. 다음날 아침 그는 맨 먼저 그 둥근 자국을 닦아내야 할 것이다. 아직 주방에 놓여 있는 지저분한 그릇들도 떠올랐다. 모든 것이 마치 완전히 쇠락한 것처럼 얼마나 절망적일 정도로 무질서한가! 가령 냉장고에는 뚜껑을 따놓은 옥수수 통조림이 들어 있는데, 아무도 곧 상해버릴 그 캔에서 남은 옥수수를 꺼내 그릇에 담아놓지 않았다. 레코드판도 케이스에 아직 넣지 않았다… 그리고 욕실 머리빗에는 머리카락이! 이런 상황에서 미래를 생각할 수 있는 사람은 미친 게 틀림없다.

그는 잠들고 싶었다. 그가 자는 동안 새로운 것이 생겨날지도 몰랐다. 그는 새로운 사람이 되고 싶다고 반복해서 되뇌었다. 온몸의 근육이 뭉쳤다. '옛날에 나는 그렇게 기도했었지.' 그는 놀라서 생각했다. 그는 늘 근육을 긴장시켜서 말없이 무엇인가를 원하도록 해달라고 기도했었다.

그는 창가로 가서 커튼을 올렸다.

그는 다시 침대에서 마침내 자신이 생각해도 당연한 피곤함을 느꼈다. 위층에서 어떤 아이가 계속해서 꽤 오랫동안 가슴 깊은 곳으로부터 나오는 기침을 했다. 기침 때문에 그 아이는 분명 가슴이 아팠을 것이다. 그 후 아이는 조금 울다가 잠든 후에도 심하게 헐떡였다. 코위쉬니히는 다리를 끌어당기고 손을 얼굴 위에 올려놓았다. 그는 건물 관리인 부부 외에는 누구하고도 이야기를 나눈 적이 없었다. 그는 누가 어떻게 생겼는지 몰랐다. 오퇴이유 교회에서 정각을 알리는 종소리가 울렸다. 위층 집 아이가 다시 기침을 하더니 엄마를 여러 번 불렀다. 코위쉬니히는 자신이 벌써 계속해서 아무 의도 없이 숫자를 세고 있다는 사실을 알아차렸다. 그는 이제 그 아이가 기침을 몇 번 했는지, 교회의 시계탑이 몇 번 울렸는지, 그 아이가 엄마를 몇 번 불렀는지 알았다… 그는 그런 것에 호기심을 느끼며 잠이 들었다.

다음 꿈은 자신의 꿈속에서 계속 등장하는 어머니에 관한 것이었다. 그는 어머니와 춤을 추었다. 그는 상당히 몸을 밀착해서 춤을 추었는데, 어머니 몸에 닿는 것이 너무

진정한 느낌의 시간

부끄러워 춤을 추는 동안 거의 움직이지 않았다. 그는 머릿속에 '손님용 침실' '북독일 지역' '병문안' '잘 다녀오세요!' '오스트리아 와인 숍' '식단표' '딸아이' '은행나무' 등의 단어들—모두 어젯밤에 사용한 단어들이었다—을 간직한 채 깨어나서, 슈테파니가 중국 식당에서 물어본 "이 집 춥수이* 어때?"라는 질문을 생각하다가 구토를 하지 않기 위해 반대편으로 돌아누워야 했다. 다음 꿈에서는 겨울 하늘에서 죽은 까마귀 한 마리가 곰 위로 떨어졌다. 그 사이 부엌의 커다란 냄비에서는 수육이 끓고 있었다. 그 후 그는 무덤에 묻히지 못하고 험준한 경사면에서 벌어진 입에 검은 피가 엉겨 있는 여자의 시신과 맞닥뜨려서는 그 위에 모래를 뿌려주었다. 그다음에 그는 어떤 무대에 서 있었는데, 자신이 텍스트를 썼는데도 자신의 역할을 몰랐다. 그 후 그는 깨어나 창문 앞 회색빛 하늘에서 인공위성이 반짝이며 지나가는 것을 보았다. '이제 끝장이다.' 그는 생각했다. '나는 누구도 더 이상 사랑하지 않는다.' 다음 꿈은 그가 낯선 집에서 변을 본 다음 물 내리는 줄을 잡아당기는 것을 잊었는데 벌써 다른 누군가가 화장실로 오고 있는 것이었다. 또 다른 꿈에서는 모든 사람들이 갑자기 그를 공격해서 그는 구름의 그림자가 바삐 스쳐 지나가는 알프스 고원으로

---

* chop suey, 다진 고기와 야채를 볶아 밥과 함께 내는 중국 요리.

혼자 달아났다. 하지만 사람들은 그를 향해 아직 사격을 가하지는 않았다. 다시 전쟁이었다. 그의 딸은 아직 밖에 서 있는데 마지막 버스가 그를 싣고 떠나버렸다. 그가 깨어났을 때 얼마나 불안했는지 그의 입에서 침이 흘러나와 있었다. 그 후 그는 국부에 생리혈을 묻힌 채 어떤 뚱뚱한 여자의 몸 위에 올라타고 있었다. 그는 수백만 유로의 어떤 절도에 연루되어 더 이상 집으로 돌아갈 수 없었기 때문에 위조한 여권과 바꾼 지문으로 새로운 삶을 시작했다. 이 꿈은 아주 느리게 진행되어 그는 그것을 사실처럼 느꼈다. 그는 이 사건이 법적인 시효가 없어서 죽을 때까지 무명으로 살아야 한다는 사실을 이상하게도 즐겁게 받아들였다. 그는 비몽사몽 간에 오늘 밤이 아주 중요하다고 생각했다. 그는 공허하고 산만하게 깨어 있는 상태가 싫었다. 구원이 될 수도 있을 마지막 꿈을 꾸고 싶었다! 위층 집 라디오에서 벌써 기상 음악 소리가 들리는 동안 코위쉬니히는 채색된 아침의 꿈속에서 햇빛 비치는 계곡을 걸어가고 있었다. 그런데 그 계곡은 아주 광대하고 낙원 같아서 그는 기쁨에 겨웠다. 집들이 숙박시설이 되었다. 집마다 나무 식탁과 벤치가 다정하게 빛나는 풀밭에 놓여 있었다. 공기가 아주 온화해서 그는 원래 컨디션을 찾은 것 같았다. 그 후 그의 부엌에서 누군가 수육을 뒤집었다. 천둥이 치고 하늘이 어두워지

진정한 느낌의 시간

면서 코위쉬니히가 모든 꿈으로부터 벗어나 깨어났을 때, 그는 자잘하지만 경멸받을 만한 범죄자에 불과했으며, 즉시 꿈이 주는 의미를 잊어버렸다. 아내가 그를 떠나고, 아이가 사라지며, 그는 사는 것을 포기하고 싶은, 결국 그의 인생이 바뀌는 바로 그 날은 그렇게 시작되었다.

5

 번개와 천둥이 거의 동시에 쳤다. 그래서 코위쉬니히는 꿈들에 대해 깊이 생각할 시간이 없었다. 아침에 뇌우가 일자 그는 잠시 고향에 온 것 같은 기분이 들었다. 시골의 어느 여름날 우중충한 아침 같았다. 이웃집 실내 정원에서 남편과 아내가 이야기를 나누고 있었다. 마치 이미 저녁이 된 것처럼 아주 조용히 그리고 아주 긴 간격을 두고! '아니면 그들은 앞을 보지 못하는 것 아닐까?' 코위쉬니히는 생각했다. 집집마다 사람들이 조금 전에 열어둔 창문을 닫느라 동분서주했다. 그들은 턴테이블과 라디오도 껐다. 비가 내리기 시작했다. 그러나 쏴쏴 비 내리는 소리는 그를 편안하게 해주지 못했다. 비는 그를 위한 것이 아니었다. 비는 이

낯선 나라에 있는 다른 사람들을 위해 내렸다. 그는 오한과 함께 불쾌감을 느꼈다. 하늘이 더 이상 어두워지지 않았기 때문이다. 그는 자신이 어떻게 해야 할지 모른다는 것, 자신이 느끼는 싫증, 자신이 품고 있는 불만 등이 갑자기 게으름 탓으로 느껴졌다. 이어 게으르다는 죄의식 속에서 예전처럼 자신이 옳다는 확신이 없어 더욱 짜증이 났다. '나의 뿌리 깊은 혐오감에 대한 양심의 가책은 혹시 열심히만 하라고 훈계한 조상 탓일까?' 그는 생각했다. '혹은 종교 때문일까? 변명할 생각은 그만두자!' 그의 뇌가 아예 그런 변명을 외면하는 것처럼 보였다.

적어도 사물들만은 이날 아침 그에게 좋은 영향을 끼쳤다. 그는 자신의 몸에 떨어지는 뜨거운 샤워기의 물에서 나오고 싶지 않았다. 또한 부드러운 수건에서는 갑자기 오래 전 어디에선가 머리를 감고 헹구었던 식초냄새가 났다. 그는 면도를 하지 않기로 결심했다. 그것은 결정이었다. 그 결정이 그의 마음을 가볍게 했다. 하지만 그 후 그는 면도를 하고 이 두 번째 결정을 자랑스러워하며 방을 나섰다.

아파트 앞쪽 거실에서 그는 회색의 여행복 차림을 한 슈테파니와 마주쳤다. 그녀는 대리석 책상에 앉아 무엇인가를 또박또박 쓰고 있었다. 인쇄체로. "뇌우가 끝나기만을 기다리고 있어." 그녀가 말했다. "택시를 좀 불러줘." 그녀는 그를 쳐다보며 말했다. "난 아무래도 괜찮아. 행복해. 동시에 자살할 수도, 레코드판을 들을 수도 있어. 하지만 아이에게만은 미안해." 그는 그녀가 절망하며 잠을 잔 것 같은 얼굴이라고 생각했다. 그는 또한 그래서 그녀가 자기 전에 설거지도 하지 않았다고 생각했다. 그는 동물의 눈처럼 움직이지 않는 그녀의 눈과 그녀의 커진 검은 콧구멍이 무서워서 한마디도 하지 못했다. "당신, 어디 아파?" 그녀가 마치 그것이 희망이라도 되는 것처럼 물었다. 만약 그가 아프다고 분명하게 말만 하면 그녀는 도와줄 수 있을 것이다. 그러나 코위쉬니히는 침묵했다. 그는 그녀에게 무슨 말을 할지 몰라 계속 망설이면서 자신도 모르게 생각했다. '내가 그녀에게 무엇을 사줄 수 있기는 할까?' "이제 택시를 불러줘." 그녀가 말했다. 택시 호출 전화번호는 그를 아주 기분 좋게 했다. 일곱 개가 거의 같은 숫자였기 때문이다. 택시 배차 안내소에서 전화 받기를 기다리면서, 전화기에서 들려오는 "아이네 클라이네 나흐트무직"*을 듣는 동안, 갑자기 슈테파니가 졸도했다. 손을 뻗어 충격을 완화시

---

* Eine kleine Nachtmusik, "현악 세레나데 사장조 K.525"의 다른 이름으로, 모차르트가 빈에서 1787년에 작곡한 실내악곡.

진정한 느낌의 시간

키지도 못한 채. 그는 그녀에게 몸을 숙이고 그녀의 얼굴을 손으로 두드렸다. 그녀가 죽을 수도 있다고 생각했다. "5분 안에 도착합니다." 수화기 속 여자가 말했다. 그는 웃지 않을 수 없었다. 슈테파니는 누워 있었다. 그는 아직 의식이 혼미한 채 숨을 할딱거리는 그녀를 일으켜 세웠다. 그는 그녀가 떠나지 않기를 바랐다. 하지만 그녀는 그에게 부담스러웠다. 그녀가 택시에 탔을 때, 그는 그녀에게 말할 생각이었다. '나는 당신이 돌아오기를 바라.' 그러나 말이 잘못 나와서 그는 원래 다른 말을 하려고 했던 똑같은 톤으로 말했다. "나는 당신이 죽기를 바라." 다시 햇볕이 비추었다. 하늘은 청색이고 거리는 거의 다 말랐다. 단지 구름 낀 북쪽에서 오는 자동차 지붕 위에만 물방울이 떨고 있었다. 불로뉴 숲 위로 넓고 환한 무지개가 떠 있었다. '누군가 이제 뭔가 새로 시작할 수 있겠구나', 그는 생각했다.

코위쉬니히는 대리석 책상으로 가서 슈테파니가 써둔 쪽지를 읽었다. "내가 당신에게 삶의 의미를 줄 것이라고는 기대하지 마." 그는 그녀가 선수를 쳤다고 생각하며 굴욕감을 느꼈다. '이제 나는 그것을 그녀에게 절대로 **말**할 수 없을 것이다.' 그는 갑자기 자신이 오래전에 읽은 이야기의 주인공 같다고 느꼈다. "이날 아침 그는 예전보다 일찍 일어났다. 새들조차도 잠에서 깨라는 듯 계속해서 지저 귀고 있었다. 그것은 그날이 더운 날이 될 것이라는 징후였 다….” 그 이야기의 마지막 며칠에 대한 묘사는 그렇게 시 작했다. 무지개는 여전히 떠 있었다. 그러나 그는 이제 그 것이 사라지기를 바랐다. 그는 길고 어두운 복도를 지나 아 이 방으로 갔다. 손수건을 엉뚱한 호주머니에, 오른쪽이 아 닌 왼쪽 호주머니에 집어넣는 어리석은 실수를 저지르면 서. 그는 얼마나 무감각하게 생존을 그저 이어가고 있는 가?

그는 어찌할 바를 모른 채 잠자고 있는 아이를 살펴보 았다. 아이의 냄새를 맡았다. 그 후 아이가 한숨을 쉬며 깨 어났지만, 그가 온 것은 몰랐다. 아이는 코코넛이 먹고 싶 다고만 크게 소리치더니 계속 잠을 잤다. ‘아이가 먹고 싶 은 게 있어서 깨어났구나!’ 그는 생각했다. 아이는 다시 눈 을 뜨더니 첫 시선을 창 쪽으로 향했다. 그는 아이에게 왔 다는 신호를 보냈다. 아이는 전혀 놀라지 않고 그를 쳐다보 았다. 아이는 바로 조금 전에 아주 새하얀 구름이 지나갔다 고 말했다. 그는 침대 시트에 묻은 초콜릿 자국을 불쾌한 눈으로 보았다. ‘말도 안 돼, 오늘 또 시트를 갈아야 한다 니!’ 아이가 그에게 무슨 말을 하려고 했을 때 그는 관심을

진정한 느낌의 시간

보여주기 위해 일부러 아이에게 몸을 숙였지만 오히려 더 관심을 받지 못했다. 그는 무심코 아이를 더 꽉 잡아당겼다. "나를 잊지 마라." 그는 별 뜻을 두지 않고 이렇게 말했다. 아이는 가끔 그를 잊는다고 대답했다. 그는 아이의 방 밖으로 나가 거울에 비친 자신의 모습을 쳐다보았다.

그는 부엌에서 우유를 데우기 위해 가스 불을 켜기 전 강박관념에 사로잡혔다. 그들이 지금 정글에 있고 그가 지금 불을 붙이려는 성냥이 마지막이라면, 과연 그것이 성공할까? 성냥에 불이 붙자 그는 한결 마음이 가벼워졌다. 그 후 그는 또 다른 강박관념을 느꼈다. 비상사태가 선포되었고, 사람들은 앞으로 무기한 시장을 볼 수가 없다면 어떻게 될까? 그는 불안한 마음으로 거의 비어 있는 냉장고 안을 살펴보았다. 그는 대사에게 전화를 해서 오늘 딸이 아파 출근할 수 없다고 말했다. 그는 곧바로 나중에 화를 자초하지 말자고 생각했다. 그래서 사실 딸은 아프지 않지만 예방 접종을 하러 보건소에 데려가야 한다고 말했다. '내 거짓말 때문에 아이가 정말 아프면 어쩌지?' 그는 이런 생각을 하고 아이 쪽을 살펴보았다. 아이는 침대에 누워 하품을 하고 있었다. 그는 그것을 위안의 징후로 생각했다. 그에 비해 아이의 방에 엎어진 장난감 통은 그에게 경고를 하고 있었다. 그는 예방하기 위해 그것을 바로 세워놓았다. 그 후 그는 호주머니에서 두 달이 지난 뤽상부르 공원 인형극장 입장권을 발견하고 잠깐 동안 아주 안전함을 느꼈다. 그 바로 직후 그는 아이 방 앞에 하얀 시트를 개켜놓은 것이 떠올랐다. 그는 놀라 달려가서 그 시트를 어디론가 가져갔다… 밤새 풍선 하나에서 바람이 빠져나갔다! 그는 재빨리 그 풍선에 입으로 바람을 불어넣었다. 하필 아이가 침대에서 먹던 소시지가 모르타델라였다. 그는 얼른 그것을 빼앗아 마늘 소시지로 바꾸어주었다.* 그는 배를 먹었다. 아무 걱정 없는 사람처럼 조금도 남김없이 모두. '이제는 모든 것이 균형을 이루어야만 하지 않을까?' 그는 바로 다음의 나쁜 징후를 예방하기 위해 책 한 권을 바닥에서 주워 서가에 아주 반듯하게 꽂았다. 그 후 다 썼다고 생각한 치약 튜브를 누르자 치약이 약간 나왔는데, 코위쉬니히는 사물들이 그를 도와준다는 생각에 뭉클했다.

그는 다시 햇볕이 드는 실내 정원에 앉아서 손에 닿는 모든 신발을 닦았다. 신발이 절대 닳아 해어지지만 않으면 좋으련만! 아이가 그를 말없이 바라보았고, 그는 더 이상

---

* 치즈 이름 모르타델라에 '죽음'이라는 뜻을 지닌 'Mort'가 들어 있기 때문이다.

진정한 느낌의 시간

아무것도 생각하지 않는 데 성공했다. 그가 무엇인가를 생각하더라도 그의 생각은 마치 기분 좋은 풋잠 같았다… 그는 햇볕으로 안이 따스해진 신발을 신었을 때 짜릿한 행복감을 느꼈다. 그러나 그 후 안정감이라는 것이 단순한 기분처럼 느껴지자 놀랐으며 동시에 불쾌했다.

그는 집안을 이리저리 다니면서 물건들을 버리기 위해 집어들었다가 잠시 후 다시 그것들을 제자리에 놓았다. 그는 집 안에서 걷다가 멈추었으며 몸을 돌리기도 하면서 갑자기 자신이 어쩔 줄 몰라 하고 언짢아하면서도 일종의 춤!을 추고 있다고 생각했다. 그는 이제 집 안에 있는 어떤 거울도 자신의 모습을 살펴보지 않고는 그냥 지나칠 수가 없었다. 그는 한 거울에서 혐오감을 느끼고 얼른 몸을 돌려 다음 거울에 비친 자신의 모습을 살펴보았다. 그는 자신이 '정말 춤을 추고 있다!'고 생각했다. 이런 생각을 하면서 그는 어두운 방들을 거쳐 자기 집 한쪽 끝에서 다른 쪽 끝으로 이동하는 데 성공했다.

그는 자기 집 옆을 지나 두 시간 안에 바다로 갈 수 있는 생라자르 역으로 가는 기차를 구경하려 했다… 그는 창문을 열고 기다렸다. 마침내 기차 한 대가 오퇴이유 역을 출발했다. 기차가 선로 변환기를 지날 때면 객차의 백열전구들이 깜박거렸다. 그는 객차 외벽에 그려넣은 넓은 노란 띠들과 바퀴 아래서 탁탁 튀는 청색 불꽃들을 아주 내면적인 어떤 것으로, 자신만을 위한 어떤 것으로 생각했다. 승객들은 팔꿈치를 괴고 앉아 있었으며 그들의 얼굴은 마치 나쁜 것은 더 이상 아무것도 생각하지 않는 것처럼 긴장이 풀리고 평화로웠다. 적어도 기차가 역을 출발해 수백 미터를 달리는 동안에는 그래 보였다.

그는 밖으로 나가고 싶었다. 그러나 아그네스는 집에 있으려고 했다. 그는 아이에게 옷을 입히려고 했다. 아이가 저항하자 그는 하마터면 완력으로 제압할 뻔했다. 그는 눈물이 찔끔 나올 정도로 주먹으로 자신의 머리를 아주 세게 쳤다. 그런 다음 아이 방을 나와 종이를 갈기갈기 찢었다. 그는 벽에 달려들어 머리를 세게 부딪치고 싶은 기분이 들었다. 하지만 그럴 자신이 없었다!

그는 다시 집 안에서 왔다 갔다 하기 시작했다. 아그네스는 앉아서 그림을 그리면서 케이크 조각을 쩝쩝거리며 먹고 있었다. 그는 갑자기 자신이 아그네스를 향해 칼을 던지는 환영을 보았다. 그는 재빨리 아이에게 다가가 그걸 막

으면서 아이를 건드렸다. 아이가 그를 밀쳤다. 적개심에서
그런 것은 아니었고 자기가 하고 있는 일을 방해했기 때문
이었다. 그는 물에 희석한 더러운 물감을 아이의 얼굴에 쏟
아붓고 싶었다. 그가 아이에게 적어도 어제의 이야기를, 세
상이 얼마나 그의 말에 복종했는지를 이야기할 수 있으면
좋으련만! 그는 그러려고 시도했다. 그러나 그의 마음이
완전히 다른 곳에 있었다. 아니 다른 곳에 있었던 것이 아
니라 아무 곳에도 없었기 때문에 그는 문장을 만들 때마다
헛말이 나왔다. 아그네스는 그가 사용한 잘못된 단어를 듣
고 비웃더니 그의 말을 고쳐주었다. "아빠, 제발 가줘!" 아
이가 말했다. 그는 갑자기 자기가 아이를 죽일까 봐 두려웠
다. 주먹으로 쳐서. 그는 아이의 방에서 나와 멀리 떨어져
서 자신을 향해 얼굴을 찌푸렸다. 그는 자신이 아그네스를
때리려는 생각을 한 것만으로도 단 일 초라도 아이 곁에 있
을 수 있는 권리를 영원히 박탈당했다는 생각이 들었다. 집
벽의 모르타르가 줄줄 흘러내려서 금방이라도 덩어리째 바
닥으로 떨어질 것만 같았다. 전에는 문을 잠그자마자 자주
행복하게 숨을 쉴 수 있었던 화장실에서조차 그는 이제 편
안함을 느끼지 못했다. 그는 한참 동안 거기에 너무 멍히
니 앉아 있는 바람에 변도 보지 못하고 다른 곳으로 가보
았지만, 거기서도 무엇을 해야 할지 모른 채 그냥 서 있었

다. 그가 언젠가 슈테파니에게 런던에 며칠 가 있지 않겠느냐고 물었을 때 그녀가 한 대답이 떠올랐다. "나는 런던에 혼자 앉아 있고 싶지 않아." 그는 자신도 낯선 도시의 호텔에 앉아 있는 여자처럼 이곳에 앉아 있다고 생각했다. '아이 때문에 도무지 성찰을 할 수가 없으니, 원!' 그러나 바로 아이 때문에 또 다른 성찰을 배울 수 있는 것 아닐까? 그는 영 내키지 않는 외로움을 느꼈다. 갑자기 그의 기억 속에서 금방 쟁기로 간 밭고랑에 두 부분으로 나뉜 풍뎅이가 꿈틀거리는 모습이 떠올랐다. 코위쉬니히는 한참 고개를 숙인 채 원을, 계속해서 원을 돌았다. 아이는 나름 합당한 욕구를 갖고 있었다. 그래서 그는 아이에게 종이로 비행기를 접어주기도 하고, 그냥 놀아주기도 했다. 그러나 그는 지금 아이와 노는 것도, 아이의 합당한 욕구를 충족시키는 것도 불가능했다. 아이는 쓰레기통에서 그가 버렸던 것을 모두 다시 가져왔다… 그는 시보(時報)를 듣기 위해 전화를 걸어 구역질 날 정도로 폭력적인 남자의 목소리를 들었다. 그는 그 남자가 뚱뚱한 몸으로 안락의자에 앉아서 인간에 대한 혐오증에 가득 찬 채 시간을 알려준다고 상상했다. 그는 다시 원을 돌면서, 점점 무거워지는 마음으로 아이를 향해 제발 자신을 귀찮게 하지 말라고 소리쳤다. 누구에게 발길질을 할 수 있으면 얼마나 좋을까? 그는 돌아다녔고, 보

진정한 느낌의 시간

앉고, 숨을 쉬었고, 들었다… 참을 수 없는 것은 또한 아직 그가 살아 있다는 것이었다.

그는 그렇게 집 안을 돌아다니다가 의도치 않게 가까이 놓여 있던 인쇄물 하나를 읽었다. 그 인쇄물 끝에 인쇄된 "친절한 인사를 보내며"라는 문구를 보자, 그는 갑자기 자신에게 하는 말로 느껴져 기분이 좋아졌다. 정성을 들여 전체 텍스트를 한 번 읽어보았다. "축하합니다. 좋은 물건 사셨습니다." 그는 어떤 여자가 휴가 때 보내준 그림엽서를 발견했다. "지난밤에 당신 꿈을 꿨어요. 지금도 당신을 생각해요." 그는 최근의 편지들을 모두 읽어보았다. 그 여자들은 그리움에 젖어 얼마나 부드럽게 편지를 썼는지 몰랐다. 마치 여름휴가를 떠난 사람들은 더 오래 잠을 자고, 더 멋진 꿈을 꾸기도 하고, 더 진지하게 그 꿈을 생각하는 것 같았다. 하지만 그는 편지 겉봉의 필체를 알아볼 때마다 짜증이 났다. 그는 모르는 누군가로부터 편지를 받고 싶었다.

그는 지난 저녁의 설거지를 하고, 몇 개의 손수건을 다리고, 아그네스 옷에서 떨어진 똑딱단추를 달았다. 그 후 한참을 매우 만족해한 다음 자신의 일을 살펴보러 갔다. 그는 슈테파니를 생각했다. 그녀는 거의 부모님 집과 여자 기숙사에서만 지냈었다. 그가 음식점에 데려갔을 때 그녀는 그에게 얼마나 감사했던가. 음식을 다 먹지도 못했었지! 감동하여 눈물을 흘리며 그를 쳐다보았었지…

그는 다른 방에 있는 아그네스가 너무 조용하게 느끼지 않도록 하기 위해 휘파람을 불고 콧노래를 흥얼거리며 즐거운 체했다. 아이는 바로 그만하라고 소리를 쳤다. 그가 어떻게 하면 아이를 즐겁게 할 수 있을까? 언젠가 어디에 부딪혔을 때, 아이를 재미있게 해주려는 마음에 크게 신음소리를 내며 고통을 과장했었다. 그런 다음 그는 아이에게 마치 사과가 이념이라도 되는 듯한 어조로 "사과 먹고 싶니?" 하고 물었다. 그는 사과를 씻기 전에 아이와 말하고 싶어 일부러 아이에게 가서 사과를 보여주었다. 달리 뾰족한 방법이 떠오르지 않았기 때문이다. "사과가 얼마나 빨간지 한번 봐봐!" 그는 아이를 놀라게 하기 위해 짐짓 놀라는 척하며 말했다. 사과의 빨간 색은 아이에게 자신이 가르칠 수 없는 어떤 것을 알려주어야 했다. 무엇보다 그는 아이가 "그래서 뭘 어쩌라고?" 하고 물을까 봐 두려웠다. 그러면 그는 전혀 다른 말을 할 수 없었을 테니까.

진정한 느낌의 시간

그는 부엌에 가려고 했다. 그쪽으로 가는 동안 그는 갑자기 어떤 레스토랑을 찾아보는 일이 중요하게 느껴졌다. 하지만 그는 언젠가 가정식 파스타를 시켰다가 모래를 씹은 적이 있는 바닷가의 또 다른 레스토랑을 찾아보려고 했다. 그는 계속 부엌 쪽을 향하다가 바로 그 앞에서 몸을 돌렸다. 식탁에 아직 비워야 할 재떨이가 하나 있었기 때문이다. 바로 그 순간 그는 정돈되지 않은 침대가 떠올라서 가득 찬 재떨이를 들고 침대로 가다가 우선 욕실의 불을 껐다. 그는 돌아오는 도중에 신문을 발견하고는 오랫동안 그것을 자세히 읽었다… 그런 다음 그는 부엌에 들어서서 왜 그러는지도 모르고 물을 틀었다기 한참 후에 다시 잠겼다.

이런 무감각한 상태에서 그는 다시 징후를 체험하기를 원했다. 그가 먹다 남은 사과를 양철 쓰레기통에 던져 안쪽 벽을 맞추자 정말 위협적인 소리가 들렸다. 그는 그것을 다시 가져와 던져서 쓰레기통 바닥에 떨어지도록 했는데, 거기서는 그런 소리가 나지 않았다. 셔츠 하나가 옷걸이에서 천천히 미끄러졌지만, 그는 그것을 더 이상 옷걸이에 걸 수 없었다! 그는 균형을 잡으려는 듯 재빨리 구겨진 아이의 그림을 평평하게 폈고, 한 짝이 다른 짝 위에 불안하게 올려 있는 장화 한 켤레를 똑바로 세워놓았다. 다용도실로 통하는 문이 조금 열려 있었다. 그는 바로 그쪽으로 튀어가서 그 문을 닫았다. 그는 생각했다. '나중에는 이런 것을 비웃겠지.' 그는 이어 여름의 산들바람이 답답한 마음을 완화시켜주던 정원으로 갔다. 바로 그때 위층 아이가 비참하게 소리를 질렀고, 동시에 교회의 시계가 조용히 종을 쳐서 정시를 알렸다. 다시 그의 외이도를 타고 어찌할 수 없는 공포가 들려왔다. 추워졌다. 그는 얼른 집으로 뛰어들어가 베아트리체에게 전화를 했다. "지금 당신에게 가려고." "마음대로 해." 그녀는 대답하고 나서 전화를 끊지 않고 기다렸다. 마치 그가 자신에게 "당신도 그러길 원해?" 하고 물어봐주기를 기대하는 것 같았다. 그러나 그는 벌써 아그네스를 데리고 무턱대고 현관문을 향하고 있었다.

그는 바깥쪽 자물통 세 개를 모두 채웠지만 열쇠는 각각 두 번만 돌려두었다. 집에 돌아와 다시 문을 열 때 시간을 벌기 위해서였다. 철도 배수로 맞은편 플라타너스 그늘 아래 놓인 밝게 칠한 벤치에 아파트 관리인과 그의 아내가 앉아 있었다. 여름철 몇 달 동안 대부분의 세입자들이 여행을 떠나서 그들은 할 일이 별로 없었다. 두 사람은 정말 늙어 보였는데, 아내가 뜨개질을 하는 동안 남편은 그녀의 어깨에 팔을 올려놓고 있었다. 그녀 옆 벤치 위에는 털실 꾸러미가 놓여 있었고, 그의 발치에는 새장 하나가 놓여 있었는데, 그 안에는 여러 마리의 카나리아가 깡충대고 있었다. 코위쉬니히는 자연스럽게 도로 너머로 그들에게 일부러 인사를 하면서, 마치 곧 증인이 필요할 것처럼, 그들이 나중에 이날 늦은 오후에 자신을 봤다고 진술할 수 있을 것이라고 생각했다. 아이와 함께라면 그는 덜 눈에 띌 것이다. 그는 갑자기 또한 아이와 함께라면 정말 기쁘게도 남들에게 무해하다는 인상을 줄 수 있다고 생각했다! 모퉁이에 있는 식당에서는 벌써 점심을 대비해 식탁에 하얀 식탁보를 씌워 두었고, 지배인이 그 앞에서 개를 데리고 왔다 갔다 했다. 코위쉬니히는 그에게도 분명하게 인사를 했다. 그도 위급시에 자신을 위해 증인을 서줄 것이다. 그는 식당 창문에 어제저녁에는 보지 못한, 손으로 쓴 쪽지가 붙어 있는 것을 보았다. 그 식당은 더 이상 수표를 받지 않는다는 내용이었다. 그는 그 식당에서 한 번도 수표로 지불한 적이 없었다. 그래서 처음으로 주인과의 인연을 느꼈다. 진짜 단골로서의 인연을. 그는 어쨌든 평범한 단골 중 하나는 아니었다. '나는 증인이 필요하다', 그는 이렇게 생각하며 즉시 베아트리체의 집에 가려고 했다. 배수로에서 반짝거리며 빠르게 흐르던 물이 마침내 영향을 끼쳤던 것이다.

그는 기분 좋게도 주변의 주목을 받지 않은 채 택시를 타고 텅 빈 여름 거리를 달렸다. 그 후 아무 생각 없이 호기심에 말이 없어진 아이와 함께 엘리베이터 뒤쪽에 타서는, 무심코 초인종 줄을 잡아당겼다. 그리고 아무 불안도 느끼지 않고 표정을 고친 다음, 마치 자기 외에 다른 사람일 수 없다는 듯 단골손님처럼 확 밀쳐서 문을 열고 들어갔다.

베아트리체는 말했다. "아, 당신 왔어?" 베아트리체는 아그네스를 아주 친절하게 맞이하며 자신의 두 아이가 있는 방으로 데려갔다. 코위쉬니히는 그녀에게 자신이 변했다는 것을 보여주기 위해 마실 것을 좀 가져다달라고 부탁했다. 그가 자신을 위해 무엇을 하도록 시킨 것이다! "어디 있는지 알잖아." 그녀가 대답했다. 그는 여전히 택시를 타고 올 때의 기분에 빠져 부엌으로 들어갔고, 거기서 식탁 위에 놓여 있는, 베아트리체가 아침에 마신 찻잔을 보았다. 그는 그녀가 거기에 혼자 앉아 있었다는 생각이 들어서 갑자기 그녀의 괴로움을 이해한다고 믿었다. 그는 얼른 베아트리체에게 돌아가 그녀를 포옹하며 사랑한다고 말했다. 가식적인 말이었다. 그녀는 놀라 그를 쳐다보며 말했다. "가서 씻어. 너무 지저분해 보여." 그는 휘파람을 불며 욕실로 들어가서 얼굴을 씻었다. 그는 이제 어떤 것에도 현혹되지 않으리라. 그러나 그는 단정하게 위쪽으로 눌러 짠 발 크림과 핸드크림과 치약을 보았을 때 자신이 이제 영원히 제외되었다는 확신에 사로잡혔다. 멀리서, 저 멀리서 세 아이가 밖에서 들려오는 새들의 노랫소리를 흉내 내고 있었다.

그는 베아트리체 맞은편에 앉았다. 그녀는 그를 오랫동안 유심히 바라보았지만 아무것도 묻지 않았다. 그녀는 곧 완전히 다른 생각을 하게 될 것이다. 그러면 그들 사이도 영원히 끝날 것이다. 갑자기 모든 것이 문제가 되었다. 말 없는 이 순간이 지나면 그는 그녀에게 성가시게 달라붙는 이방인이 될 것이다. 벌써 그녀는 조용히 숨을 내쉬며 어딘가를 바라보았다… 그는 즉시 그녀에게 어떤 것을 이야기하려고 했다. 그래서 유고슬라비아 해안가 뽕나무 아래에 있는 음식점에 대해 말해주었다… 평상시라면 그녀는 그의 모든 이야기에서 바로 미래의 계획을 만들어냈다. "그 식당에 당신과 함께 가야지. 우리 이 해변에 다음에 같이 가!" 그런데 그녀는 지금 그의 말에 대해 침묵으로 일관했다. 그는 공동의 추억을 꺼내 그녀의 반응을 유도했다. 하지만 그녀는 거기에 대해서도 더 이상 대답을 하지 않았다. 평상시라면 항상 웃던 얼굴이 농담을 듣고도 표정 하나

변하지 않았다. 그녀는 그동안 암묵적으로 약속했던 놀이에도 전혀 동참하려 하지 않았다! 그것은 혹시 그녀가 더 이상 그에게 바라는 것이 없다는 것을 의미할까? 그는 그녀 옆에 앉아 당연한 일이지만 옆방에 있는 아이를 잠시 생각한 다음에야 비로소, 그녀를 원하지도 않았으면서, 그녀의 어깨에 팔을 얹었다. 그는 그녀의 가슴을 쓰다듬으면서 그녀와 약간의 육체적 접촉을 가졌다. 그러나 동시에 그는 머릿속으로는 저 멀리 뉴잉글랜드의 깊숙한 곳에서 자신을 위한, 자신만을 위한 장소를 찾는 모험을 하고 있었다. 그녀도 똑같은 것을 느끼지 않았을까? 그렇다. 그녀도 그를 동경 어린 눈으로 바라보기는 했다. 그러나 그 동경은 그녀가 과거에 거쳐온, 그리고 앞으로 만나게 될 연인 모두를 향한 것이지 그를 향한 것만은 아니었다. 조화는 사라졌다. 두 사람은 서로 고개를 돌렸다.

　　그는 애정도 없이 동시에 불안에 휩싸여 그녀와 잠을 잤다. 그녀도 속내를 감추지 않고 그를 빤히 쳐다보았기 때문에 그는 눈을 감을 수 없었다. 옆방에서는 아이들이 벌써 몇 분 전부터 아무 이유 없이 큰 소리로 웃고 있었다. 그는 다른 여자를 생각하려 했지만 소용이 없었다. 그는 더 이상 다른 여자가 없었다. 그는 더욱 더 격렬하게 몸을 움직였는

진정한 느낌의 시간

데, 베아트리체는 벌써 오래전에 그에게 맞추어 몸을 움직이는 것을 그만두었다. 그는 완전히 함정에 빠지고 간파당한 것이다. 그의 음낭이 점점 차가워졌다. 그의 혀는 크게 벌린 입속에서 버석거렸다. 그는 그녀 팔꿈치의 말라비틀어진 피부를 쓰다듬으며 절망감으로 울부짖고 싶었다. 그의 팔 아래에 있던 신문 한 뭉치가 그의 움직임에 미끄러져 빠져나가기 시작했다… 베아트리체는 그의 어깨 위에 손을 올리고 그의 아래에서 몸을 돌려 빼낸 다음 바로 일어나 머리를 빗어 단장했다. 그는 절망에 빠져 그대로 누워 있었다. 그녀는 방을 나가기 전 그의 몸을 이불로 덮어주었다. 여닫이 창문 한 짝이 쾅 하고 닫혔고, 도시는 술렁거렸다. 세상이 몇몇 끔찍한 소음들로 대변되고 나머지는 텅 비어 있는 것처럼 보였다. 밖에서는 끔찍한 일이 벌어지고 있었다. 그가 바로 그 피해자였다. 그는 왜 아이들 소리를 더 이상 듣지 못했을까? 아이들 소리를 들으면 적어도 가벼운 위안은 될 텐데!

베아트리체는 부엌에 있었다. 그녀는 완두콩 한 대접을 놓고 껍질을 까며 노래를 불렀다. 그녀는 노래가 막히면 가사가 다시 떠오를 때까지 껍질을 까는 것도 잠시 중단했다. 그녀는 그에 대해 모든 것을 알았고, 그는 그녀에 대해 더 이상 아무것도 알지 못했다. 그녀는 "오늘 난 그리움에 사무쳤어"라고 말하며 앞에서 이리저리 왔다 갔다 했다. 그녀는 마치 전화 수화기 너머에 있는 사람에게 말하는 것처럼 아주 조심스럽게 말했다. "나는 오늘 아침 무지개를 보고 완전히 마음이 약해졌어. 난 무엇인가 체험해야만 해!" 그렇다. 그녀가 옳았다. 그녀는 그의 모든 것을 체험했던 것이다. 하지만 셈에 넣을 만한 중요한 것은 하나도 없었다. 그는 아그네스를 불러서는 노래 부르고 있는 베아트리체를 놔두고 그곳을 슬쩍 빠져나왔다. 엘리베이터가 여전히 그 층에 있었다. 여름에는 사람들이 아주 적었기 때문이다. 아래 아파트 현관 석재 바닥에는 조금 전 호스로 물이 뿌려졌다. 코위쉬니히는 갑자기 고향 교회의 어두운 실내에서 풍기던 냄새를 맡았다. 그 아파트와 같은 거리에 안내서에 소개된 식당이 하나 있었다. 그러나 그 식당은 '1년 휴업'이라는 딱지와 함께 문이 닫혀 있었으며, 창문들을 안쪽에서 하얗게 칠한 탓에 안을 들여다볼 수조차 없었다.

그는 이제 오로지 계획이 필요하다고 생각했다. '나는 지금부터 무엇을 하든 사업하듯이 미리 철저히 계산을 해야 한다.' 새로운 방식, 그것은 단일 메뉴만 파는 어떤 레스토랑의 슬로건이었다. 사람들은 사업에서 뭔가 잘못되기 전에 항상 새로운 방식을 발견했다. 그도 자신을 위해 왜 그렇게 하지 못하겠는가? '내 자신을 재창조하자!' 그러기 위해서 우선 그는 다른 사람들을 참을성 있게 관찰하려고 했다. 자기 자신을 새롭게 재구성하기 위해서는 그것이 필수인 것처럼 보였기 때문이다.

그는 아이와 함께 클리시 광장에 있는 천으로 된 냅킨을 제공하는 식당에서 밥을 먹었다. 그는 천 냅킨을 펼치면 기분이 좋았다. (여름 몇 달 동안 손님이 거의 관광객밖에 없으면 대부분의 식당에서는 식탁에 종이 냅킨을 올려놓았다.) 그는 발을 쭉 뻗고 기대에 차서 다른 테이블에 있는 사람들을 관찰했다. 미래는 얼마 동안 보장된 것처럼 보였다. 아그네스는 수프를 큰 소리를 내며 마셨다. 그는 아이에게 마실 것을 부어주었을 때 마치 그 음료수 물줄기와 함께 자신도 아이에게 완전히 마음이 쏠리는 것 같은 느낌이 들었다. 아이는 거기에 혼자 앉아 있었다. 아이는 아무 걱정 없이 자기 자신에게 몰두하기 위해서만 그가 필요했다! 코위쉬니히는 입으로 와인을 맛보면서 죽음도 더 이상 체감하지 못하는 아름다운 낯선 나라를 찾고 싶었다. 코위쉬니히는 마침내 그날이 시작되었다고 생각하며 별 신경도 쓰지 않았는데 눈이 번쩍 뜨이는 것을 느꼈다.

옆 테이블에는 자리에 앉아서 일어설 때까지 단 일 초도 쉬지 않고 이야기하는 한 커플이 앉아 있었다. 그는 바로 그들이 공식을 발견한 사람들이라고 생각했다. 처음에는 그들을 보고 감탄했지만 나중에는 갑자기 그들의 얼굴이 주름제거술을 받은 것 같다는 생각이 들었다. 남편이 끝까지 이야기를 하면 거기에 대해 보상이라도 하듯이 아내는 늘 "오, 여보 당신을 사랑해!"라고 말했다. 두 사람은 코감기에 걸렸는지 심한 코맹맹이 소리를 내면서 그것을 아주 즐기는 듯 보였다. 한번은 아내가 남편의 뺨에 키스하자 남편이 자신의 코를 후볐다. 다른 테이블에서는 사람들이 어떤 아이의 사진을 찍으면서 아이가 정말 천진난만한 미소를 지어 보일 때에야 비로소 셔터를 눌렀다. 그들은 아이에게 계속해서 마지막 한 단어가 빠진 문장을 말했다. 그러면 아이는 그 단어를 채워 넣어야 했다. 그래서 아이에게 말하는 모든 문장은 질문 형태였다. "냅킨은 어디에 놓지?" "무릎" 아이가 대답했다. "센 강은 어디로 흐르지?" "바다" 아이가 대답했다. "브라보!" 그 대답을 듣고 사람들이 말했다. 두 남자가 식사를 하면서 이런 이야기를 나누었다. 한 사람이 "나는 요즘 연애가 대박행진이야"라고 말하자, 다른 사람이 "난 3주 전에 멋진 여자를 만났어"라고 말

진정한 느낌의 시간

했다. 다른 식탁에서는 지배인이 앉아 농담을 했는데, 그가 자리를 뜨자 손님들은 훨씬 더 작은 소리로 말했다. 한 식탁에는 뚱뚱한 남자가 혼자 앉아 있었는데, 모든 종업원들이 악수를 하며 그를 환영했다. 그는 식탁 위에서 팔을 넓게 벌리고 재킷 소매를 끌며 수표를 발행하고 있었다. 그가 서명을 할 때마다 입에서 혀가 삐져나왔다. 그는 마치 또 서명할 것을 찾는 것처럼 주변을 두리번거렸다. 다른 커플은 시(詩)에 대해 이야기했다. 남자는 말을 하다가 심사숙고하듯 자주 중단했다가 예상한 대로 계속 이야기를 했다. 옆 식탁에서 그에게 소금 통을 좀 건네달라고 하자 그는 마치 달콤한 꿈을 꾸다가 방해를 받은 것처럼 깜짝 놀랐다. "난 항상 낭만주의자였지." 그가 여자에게 말했다. 어떤 사람은 한 시간 동안 〈프랑스수아르〉를 읽고 있었다. 그는 한 번도 다른 면을 넘기지 않고 한 면만 보고 있었다. 그 면은 바로 독자들의 요청에 따라 날마다 연재되고 있는 소설이었는데, 그 뒷면에는 이번 달에는 지난달 여론조사 때보다 더 많은 프랑스인들이 삶에 만족한다는 여론조사 결과가 실려 있었다. 계산대에 있는 여자는 종이 한 장을 놓고 고개를 수인 채 마치 계산을 맞추고 있는 것처럼 뚫어지게 쳐다보고 있었다. 검은 옷을 입은 종업원이 주방에서 흰옷을 입은 종업원의 말에 귀를 기울이고 있었다. 잘생긴 남자 하나가 마치 이 세상의 모든 언어를 구사할 수 있다는 듯이 가볍게 입술을 벌린 채 거리에서 식당 안으로 어슬렁거리며 들어왔다. 그는 눈썹 하나를 치켜세우고 코털을 후비며 아랫입술을 깨물고 있었다. 그 뒤를 따라 그리 예쁘다고는 할 수 없는 여자가 자신의 완벽하지 못한 미모를 유지하기 위해 경직되고 조심스러운 표정을 하고 들어왔다. 그들은 자신들의 모든 것이 밝혀져서 두려울 게 더 이상 아무것도 없다는 듯이 얼마나 뻔뻔스럽게 모습을 드러냈던가! 코위쉬니히는 그들은 아무 걱정을 할 필요가 없을 것이라고 생각했다. 그는 자신과 아주 비슷한 그들을 마주 보며 더 이상 죽음 이외에 다른 어떤 것을 생각할 수 없었다.

그의 입에 들어간 음식이 푸석푸석해졌다. 그는 접시를 치우고 흰 빵을 막 소스에 담그던 아그네스를 쳐다보았다. 아이는 그렇게 식탁에 몸을 숙이고 먹는 것 외에는 아무것도 생각하지 않은 채 미소를 짓고 있었다. 그는 일상적인 일들이 아이를 미소 짓게 한다고 생각했다. 그는 이 순간 그런 상태를 동경하지는 않았다. 다만 아이가 자기처럼 혐오감과 증오감과 공포심을 느끼지 않고 있다는 생각에 기쁠 뿐이었다.

진정한 느낌의 시간

그가 어떻게 자신이 식당에서 안전하다고 느낄 수 있겠는가? 그가 세상을 피해 편안할 수 있는 곳은 더 이상 없었다. 그의 상황에서는 믿고 의지할 만한 것이 더 이상 아무것도 없었다. 그가 다른 사람들을 더 오랫동안 관찰하면 할수록 그는 더욱 더 환상을 잃어갔다. 그들은 모두, 물론 자신도 포함해, 첫 장면만 보아도 그 내용을 뻔히 알 수 있는 영화 속 캐릭터 같았다. (종업원도 그가 무엇을 주문할지 알았다. 그래서 그는 곧바로 다른 것을 주문했다.) 그는 그들을 잘못된 자리에서, 잘못된 태도로, 잘못 관찰했을 수도 있다. 하지만 어쨌든 그도 스스로 자신의 인식을 만들어낸 것처럼 그들도 그와는 별개로 전통적으로 내려온 난센스를 기점으로 그 앞에 줄을 섰다. 냅킨은 꼭 무릎 위에 올려놓아야 한다는 사기행각 앞에 말이다! 여자들의 향수냄새가 그가 원하지 않은 추억을 불러일으켰다. 전에는 속으로 '좋은 오래된 감자튀김'이라고 생각했던 감자튀김조차 그의 머리만 아프게 했을 뿐이다. 오래전 코위쉬니히는 자신이 싫어했던 사람들도 좋아하기 위해 잠을 자면서도 그들을 상상했다. 하지만 이제 그는 그들이 무릎까지 수의로 덮힌 채 영면을 치하고 있다고 생각해도 역겨웠다. 그가 의지한다고 믿었던 '멋진 광경들'—예를 들면, 너무 큰 옷을 입고 있는 아이와 그 아이가 곧 그 옷에 맞게 클 것이라는 이상하게도 낙관적인 생각이나 확신—도 효력이 점점 더 짧아졌다. 아니, 그것들은 이제 더 이상 영향을 끼치지 못했다! 밖에서 열린 문 옆을 지나가는 여자는 그에게 기분 좋게 미소를 지어 보일 수 있었다. 그들은 서로에게서 안전했다. 그런데 혼자 테이블에 앉아 있던 여자는 그를 쳐다보았다가 그가 쳐다보자 즉시 반쯤 벌린 입을 다물며 자제심이 없는 그의 얼굴을 외면했다. 그 후 그녀는 자신의 조그마한 움직임도 일종의 동의나 섹스어필로 그가 오해할까 봐 두려운 듯 자세도 바꾸지 않았다. 그와 눈이 마주치기 전에 코가 빨개져 소리 없이 울고 있었음에도 말이다. 그는 그녀에게 지루하다고, 이 세상처럼 정말 지루하다고 말해주고 싶었다. 그는 백일몽이 필요했다. 아니면, 곧바로 동물의 울음소리를 내지르고 싶었다. 하지만 그는 생각의 유희를 하기 위해서는 바로 그런 사람들로부터 시선을 돌릴 수 있어야 한다고 생각했다. 이어서 그는 정말 시선을 돌렸지만 단지 반사적으로만 그랬을 뿐이다. 가령 누군가 나이프를 바닥에 떨어뜨렸을 때만… '그렇다면 그들은 그 상황을 어떻게 견디지!' 그는 생각했다. 우리 사이를 연결시켜주는 것은 식사 중에 옷깃 위로 점점 더 많은 비듬이 떨어지고 있다는 사실밖에 없으니까. 아마 얼마 후 손바닥을 밖으로 향한 채 자연스럽게 밖으로 나가겠지. 때는 이른 오후였고

진정한 느낌의 시간

다시 모든 것이 절망적으로 보였다.

광장 밖에서 반쯤 벗은 취객이 고래고래 고함을 지르고 있었다. 그것을 보고 모두 옷을 입고 다소간 깨어 있던 식당 안 사람들 사이에 뭔가 교활한 동지의식이 생겨났다. 몇몇 사람들이 테이블을 돌아다니며 이야기를 나누기 시작했다. 그들은 그에게도 다가왔지만 그는 아래쪽만 내려다보았다. 그는 그것을 일종의 그들의 연대의식이라고 생각했다. 더 정확히 말해 그는 그것을, 우선은 심한 의혹이 약간 잦아들자 가식적이지만 자신이 다시 그들에게 받아들여진 순간으로 느꼈고, 다음에는 정확한 시간을 예측할 수는 없지만 장차 도래할, 자신이 완전히 소외되기 전 마지막으로 느끼는 연대의 순간으로 느꼈다. 모든 사람들이 서로 교활하게 웃는 동안 아이는 취객의 고함을 듣고 그저 천진난만하게 놀라기만 했다! 그는 처음으로 아이하고만 있다는 사실이 기뻤다.

6

클리시 광장 북쪽으로 약간 높은 콜랭쿠르 거리를 지나 몽마르트르 공동묘지를 가로질러 메스트로 거리를 계속 걷다보면 공원에 도착한다. 그 공원은 구석에 어린이 놀이터가 있으며 잔디가 없어 먼지가 많이 일었다. 코위쉬니히는 몇 년 전에 그 지역에 살았었고, 가끔 일요일 오후에 그 당시 겨우 설 줄 알았던 아이를 데리고 가서 놀이용 모래판에 앉혔다. 그 놀이터는 클리시 광장에서 그다지 멀지 않았기 때문에 그는 일부러 생투앙 거리를 통과하는 우회로를 통해 그곳으로 갔다. 그곳으로 가는 도중에 징후들을 아주 조금 보았다. 그것들은 오히려 그를 놀리는 것 같았다. 길거리에 버려진 쇼핑카트 속에 있던 장화 한 짝, 땅바닥에 떨

어져서 그가 주우려고 허리를 숙일 때마다 멀리 미끄러져
간 버스표 한 장… 몇 해 전과 마찬가지로 그는 바로 그 모
퉁이에서 새된 목소리로 구걸을 하는 거지도 보았다. 그곳
에서는 목줄을 맨 개들이 여주인을 끌고와서는 그 거지 옆
에 볼일을 보곤 하는 바람에, 개 주인들은 그 실례를 무마
할 요량으로 하는 수 없이 동전 하나를 던져주곤 했다…
코위쉬니히는 가끔 껑충껑충 뛰기도 하는 아이와 함께 밝
고 뜨거운 거리를 걷는 것이 기분 좋았다. 그는 극장에는
가고 싶지 않았다. 클리시 광장에 내건 광고 사진들을 보면
영화의 배경은 모두 실내공간인 것처럼 보였다. 그는 거리
를 지나가면서 그곳 지판기들은 정말 너무 자주 고장이 나
지만 그것이 오히려 재미있다고 생각했다. 자동 세탁기, 자
동 우표판매기, 지금 벌써 '고장'이라고 쪽지가 붙어 있는
문구점 앞의 자동 사진기까지. 너무 더워서 빵집 앞에 놓
여 있던 팬케이크를 담은 셀로판지 봉지 안에 부옇게 수증
기가 껴 있었다. 뼈만 남은 듯 빼빼 마른 남자가 코위쉬니
히를 추월했다. 길을 가고 있는 사람들 중 유일하게 그 사
람만 바쁜 것처럼 보였다. 몸에 꽉 끼는 여름 재킷 아래 그
의 어깨뼈가 도드라지게 움직였다. 이곳저곳 선물의 기단
(基壇) 위 좁은 공간 위에는 늘 그랬던 것처럼 북아프리카
의 노동자들이 앉아서 점심 휴식시간이 끝나기를 기다리고

있었다. 앞치마 위쪽에 명찰을 단 아주 창백한 여점원이 빵 가게에서 햇볕 속으로 나와 눈을 감은 채 한숨을 쉬며 머리를 뒤로 젖혔다. 다른 여자 점원이 손에 커피 한 잔을 들고 한 걸음 한 걸음씩 마치 한 방울도 쏟지 않으려는 듯이 아주 천천히 길을 건너고 있었다. 코위쉬니히는 그 자리에 멈추어 섰다. 아그네스에게 아무 말도 하지 않았는데 아이도 그와 함께 멈추어 섰다. 정말 엄청 더웠다. 마치 더위 외에는 아무것도 없는 것 같았다. 바로 그때 소리 없이 지하를 지나가고 있던 지하철 때문에 거리가 진동했다. 코위쉬니히는 같이 몸을 떨면서 느꼈다. '바로 그것이다! 바로 그거야!' 그것은 그가 더 이상 예상하지 못한 체험처럼 느껴졌다.

그들은 어디에도 더 이상 위험이 도사리고 있지 않은, 때 이른 무더위 속을 걷고 있었다. 커피잔을 들고 한 걸음씩 걷고 있던 그 여점원처럼, 그러나 어쩔 수 없어서가 아니라 즐거워서. 코위쉬니히는 이제 아무 생각 없이 천천히 걷고 있던 아그네스의 걸음걸이에 예전처럼 보조를 맞출 필요가 없었고, 걷고 싶은 대로 걸었다. 그는 여름 바람에 나뭇가지 하나가 이리저리 흔들리며 바스락거리는 것을 보고 무언가를 약속해주는 충만함 같은 것을 느꼈다. 비행기

한 대가 상당히 높이 날아가고 있었다. 그러자 비행기 그늘이 거리를 지나가는 아주 짧은 순간에만 햇빛이 바뀌었다. 그는 멀리 떨어져서 햇빛 속에서 빛나고 있는 나무들에게 거기 그대로 있으라고 소리를 치고 싶었다! 왜 아무도 그에게 말을 걸지 않는 거야?

코위쉬니히는 이제 옆길에서 자신이 살던 아파트를 본다. 아파트 앞 단풍나무는 그가 살던 집 창문 앞까지 뻗어 있었다. 그 순간 자신이 그동안 낭비해버린 시간에 대한 심한 괴로움과 자신에 대한 실망감이 그를 사로잡았다. 그동안 그는 아무것도 체험하지 못했고, 아무 것도 감행하지 못했다. 모든 것이 예전 그대로 뒤죽박죽이었다. 그 당시에는 안전하다고 느꼈던 죽음도 이제는 훨씬 더 가까이 다가왔다. 그는 절망해서 자신이 어떤 것을 해야 한다고 생각했다. 그는 그것을 생각하자마자 아이에게 확신에 차서 말했다. "나는 일하기 시작할 거야. 나는 무엇인가를 만들어낼 거야. 내가 무엇인가를 만들어내려면 일자리가 필요해!" 그의 목소리만 들은 아그네스는 태평스럽게 깡충대는 것으로 대답을 대신했다. 그는 오래전 이래 처음으로 아이에게 산만한 무관심이나 불안한 사랑 대신 친밀감을 느꼈다.

그는 놀이터에서 책을 읽고 싶어 책방에서 헨리 제임스의 산문을 모은 포켓북을 샀다. 그는 다시 "모든 것이 시작했을 때"의 아침처럼, 어떤 집 벽에 그 자리에서 독일군에 의해 총살당한 저항군을 기념하기 위한 대리석 기념명패와 그 밑에 놓여 있는 전나무로 만든 시든 가지를 보고 아이에게 30년 전 무슨 일이 있었는지 이야기해주었다. 이름이 '자크베'인 그 남자가 죽었을 때도 바로 오늘처럼 7월 30일이었다. 그리고 3년 전처럼 지금 카르포 광장에서 먼지가 일어났지만 아직 한 번도 그렇게 많이 일어난 적은 없었다. 코위쉬니히는 다른 모든 것들을 서로 연결시켜줄 세부사항에 상당히 가까이 다가온 것 같은 기분이 들었다.

적어도 아이는 아주 변한 것처럼 보였다. 며칠 전만 하더라도 멈칫거리며 한 발 뒤로 다른 발을 천천히 끌면서 지하철 계단을 내려갔었다. 이제 아이는 놀이터로 통하는 계단을 자연스럽게 오른발 다음에 차례로 왼발을 디디면서 연속된 동작으로 내려갔다. 아이는 처음에는 놀이터 가장자리에 서서 놀이터를 쳐다보기만 했다. 거리는 거의 텅 비어 있었다. 그러나 여기 놀이터로는 갑자기 아이들과 어른들이 빽빽하게 모여들었다. 어른들은 주로 나이든 프랑스 여자들과 젊은 외국 여자들이었다. 코위쉬니히는 벤치에 앉아서, 생각에 잠겨 서 있는 아그네스를 발로 살짝 건드렸다. 아이는 돌아보지 않고 마치 그것을 기다렸다는 듯이 미소를 지었다. 아이의 그런 자족하는 모습에서 누구나 수긍할 수 있는 자부심이 넘쳐흘러 그에게로 전이되었다! 아이와 무엇인가를 함께 인식할 수 있다니! 그 자부심은 제일 먼저 그의 권태와 혐오감을 몰아냈다. 그래서 그는 소리를 지르면서 천방지축 뛰어다니는 아이들 뒤를 쫓아다니며 혼내느라 피곤하고 불만에 가득 찬 여자들을 젠체하며 증오하게 되었다. 그런데 그 여자들 중 하나가 이리저리 날뛰며 고성을 지르는 아이를 혼내주려고 막 팔을 들었다가 코위쉬니히가 자신을 쳐다보고 있다는 사실을 알아차렸다. 그녀의 시선을 보아하니 그녀는 자신과 똑같은 생각을 하고 있어 그 앞에서는 도저히 아무것도 숨길 수 없는 누군가가 자신을 관찰하고 있다는 사실에 해방감과 더불어 절망과 분노를 동시에 느끼는 듯했다.

이런 식으로 옛날 것이라고 치부해버린 채 구역질을 느끼며 외면하지 않고 살펴볼 것이 얼마나 많았는지! 물푸레나무는 점점 더 높아갔고 놀이터 주변 광장은 점점 더 어두워갔다… 햇빛이 점점 줄어들자 무엇보다도 젊은 여자들이 의자를 들고 계속해서 햇빛이 비치는 곳을 따라 움직였다. 가끔 한 여자가 관심을 끌려는 듯이 아이 앞 모래밭에 플라스틱 삽을 던졌지만 아이는 그것에 전혀 주의를 기울이지 않았다. 혹은 어떤 여자는 아이가 주변에 어질러놓은 많은 장난감을 얼른 다시 아이 주변에 모아놓았… 어떤 여자는 좀처럼 말을 듣지 않는 억센 아이에게 멀리서 손뼉을 쳐서 경고를 했다. 그러면 평소 아이들 사이사이 모래밭에서 어슬렁거리며 돌아다니던 비둘기들이 날아올랐다. 어떤 여자는 놀이기구 봉에서 막 떨어지려는 순간 자신을 부른 아이를 쳐다보면서 왼손으로는 젖먹이가 타고 있는 유모차를 흔들었고, 오른손으로는 다시 임신한 배를 잡고 있었다. 코위쉬니히는 뜨개질을 하다가 바늘코를 세고 있던 다른 여자를 바라보다가 울고 있는 아이의 눈에 입으로 바람을 불어넣어 모래를 빼주고 있던 또 다른 여자를 바라보았다. 여기저기서 많은 외국 이름들이 들려왔다. 티지아나! 펠리치타스! 프루덴차!… 절망감과 고독감이, 마치 마지막 절묘한 균형처럼, 먼지로 뒤덮이고 사람들로 붐비는 놀이터 주변 광장 위로, 비닐봉지를 옆에 놓고 있던 여자들 위로, 팔각형 초소에서 졸고는 있지만 언제든 고함을 지를 준비가 되어 있는 공원 관리인 위로, 다음 순서를 기다리는 아이들이 초조하게 사다리 아래에서 깡충깡충 뛰어다니는 사이 삐걱대는 미끄럼틀을 내려오기 전에 자신들이

진정한 느낌의 시간

서 있던 상판을 발로 구르던 아이들 위로, 이렇게 급작스럽게 계속 반복되지만 아무 사고가 일어나지 않는 ─물론 모래와 쓰레기 조각이 배수관의 홈도 막아버렸지만─ 왕복운동 위로, 여자들이 머리를 감을 때 썼던 비누 냄새가 진동하는 곳으로, 아이들의 날카로운 비명, 여자들이 부르는 소리, 공원 관리인의 호루라기 소리, 롤러스케이트가 콘크리트 스케이트장 위에서 구르는 소리로 끊임없이 소란스러운 곳 위로 골고루 내려앉았다.

　오랫동안 이렇게 살펴본 후라 숨을 내쉬는 것조차 정말 고통스러웠다. 아이가 갑자기 그와 심하게 부딪치며 넘어져서 그도 하마터면 함께 넘어질 뻔했다. 아이는 자신이 이해할 수 없는 무엇인가를 보고 너무 마음이 아픈 나머지 울면서 넘어지며 부드러운 뺨 위로 눈물을 흘렸다. 그 이유는 바로 어떤 사람이 가방에 넣어서 지나가고 있던 핀셔 품종의 미니어처 개 한 마리 때문이었다. "그건 울 일이 아니야." 그는 말했다. 눈물이 흘러내린 뺨 위로 빛이 굴절되면서 아이의 피부를 더 밝게 해주었다… 나비 한 마리가 그의 손가락 끝으로 날아오더니 마치 자신을 때려죽이지 말라고 그곳에 달라붙어 있는 것처럼 그곳을 떠나려 하지 않았다. 그는 팔에 털실로 짠 조끼를 걸치고 검은 옷을 입은 나이든 포르투갈 여자를 보았다. 그녀는 하얀 페티코트를 치마 아래로 약간 내어 입었다. 멍하니 그녀는 모든 것에 꼼꼼하게 신경을 썼다. 아무것도 그녀의 시야를 벗어날 수 없는 것처럼 보였다. 그녀는 마치 바보의 매력이 그러하듯 얼마나 침착하게 행동을 하는지! 그녀의 아이는 그녀의 보호 아래 얼마나 예의 바르게 행동했던가! 그 후 그녀는 옆에 있는 어떤 아이가 자신의 엄마에게 무엇인가를 해달라고 요구하는 것을 보고 미소를 지었지만 자세를 전혀 흐트러트리지 않았다. 그녀는 아마 —그 아이의 요구가 즉시 충족되었기 때문에— 거기서 자신이 본 상황과는 정반대의 추억에 젖었겠지만, 어쨌든 전혀 질투심을 느끼지 않는 평온한 상태였다. 코위쉬니히는 그녀의 털실로 짠 조끼와 밖으로 조금 내어 입은 페티코트를 보고서 자신이 자란 농촌의 소농의 환경을 회상했다. 그 당시 사람들은 친척이라면 그들의 특성까지 포함해 무척 좋아했지만, 반면에 다른 사람이라면 비록 자신들과 똑같은 특성을 갖고 있어도 매우 혐오스러워했다. 그도 그 당시 그들과 전혀 다르지 않았다.

그는 미래에 대한 생각을 하지 않고 공원 광장의 사람들 사이에 그렇게 오랫동안 앉아 있었다. 그는 아무것도 기대하지 않았다. 다만 모든 사람들이 별안간 낯설게 보이고, 비통하게 흐느끼기 시작하면서 그러나 그와 동시에 '어젯밤 잠을 자지 못했습니다' '무더위가 너무 심했습니다' '식사를 하지 못했습니다' 하며 그것에 대해 사과하고 있는 것을 상상해보았을 뿐이다. 그때 누군가 그들에게 그렇게 부끄러워할 필요가 전혀 없다고 말해주면 좋지 않았을까? 그 후 그는 자신으로부터 눈을 들었고, 그동안 모든 것이 달라지지 않은 것을 이해할 수 없었다. ─마침내 마음이 진정된 아그네스가 마치 그를 믿는 것처럼 그에게 이야기했다. 아이는 자신에 대해 무엇인가를 이야기했고, 그는 아이가 얼마나 많은 비밀을 갖고 있는지 알게 되었다. 그는 아이가 비밀을 갖고 있다는 생각을 하니 아주 행복했다. 아이는 우호적이게도 그가 예전에 썼던 표현들만 사용했다. 그리고 구름, 나무 그림자, 물웅덩이 등 모든 것에서 그가 벌써 오랫동안 인식하지 못했던 형상들을 보았다…

    그 후 아이가 다른 아이들 사이에서 뛰어다니는 동안 그는 만족스러운 표정으로 헨리 제임스의 산문에 자주 등장하는 옷에 대한 묘사를 읽었다. "그녀는 히안 모슬린 천으로 만든, 수백 개의 주름과 주름장식이 있고 담청색 리본들로 장식된 옷을 입고 있었다. 그녀는 모자를 쓰고 있지 않았지만, 가장자리에 넓게 수가 놓인 커다란 양산을 손에 든 채 흔들고 있었다. 그리고 그녀는 놀랄 정도로, 눈이 부시게 아름다웠다…."그는 그 산문을 읽고, 계속해서 읽으면서 그렇게 해본 지 오래되었지만 다시 한 번 옷을 살 수 있기를 고대하며, 자신이 밝은 새 여름옷을 입고 광장을 지나가는 것을 상상했다. 그는 자신에게 닥쳐온 새로운 것과 자신이 잊어서는 안 되는 옛것과 함께 정말 독특한 체험을 하고 싶었다.

코위쉬니히가 눈을 들었을 때 아이는 거기에 없었다. 다른 아이들은 마치 아그네스가 없어진 지 이미 오래인 것처럼, 이미 아그네스를 제외한 새로운 놀이 규칙을 발견한 것처럼 아랑곳하지 않고 놀고 있었다. 그는 벌떡 일어났지만, 즉시 다시 앉아서 책 몇 줄을 한 자도 빠뜨리지 않고 더 읽었다. 얼굴 화장하기, 당장! 그리고 머리 자르기! 나무들이 살랑거리기 시작했다. 그는 한여름에 갑자기 칠흑처럼 어둡고 혹독하게 추워 무섭고 소름이 끼쳤던 겨울날과 같은 그런 순간을 체험했다. 그는 숨을 멈추고 마치 무엇인가를 저지하려는 듯이 아무것도 생각하지 않으려고 애를 썼다. 그는 공포에 사로잡힌 채 다가올 것에 대비하려고 했다. 어떤 여자가 마치 그가 모르는 것을 알고 있는 것처럼 그를 쳐다보았다. 누가 제일 먼저 그것을 그에게 말해줄 것인가? 그의 뒤에서 들려오는 여자들이 킥킥거리는 소리는 더 이상 웃음소리가 아니라 뭔가 파국을 알리는 소리였다. 그때까지 그것은 허튼소리이자 시시덕거리는 소리에 불과했다. 하지만 이제 모든 것이 진지하게 되었다. 이 순간 그는 마치 인간적으로 할 수 있는 조치를 모두 취한 것처럼 더 이상 살지 않기로 결심했다.

7

그는 광장 전부를 샅샅이 찾아보고 달리는 자동차 안도 살펴보았지만, 그것은 다만 형식적인 일일 뿐이었다. 생각할 수 없는 일은 더욱 끔찍하게 실제가 되었다. 그는 그것이 마지막 구원이라도 되는 것처럼 즉시 미쳐버리고 싶었다. 미친 상태에서만 모든 것을 되돌릴 수 있고 죽은 자들도 살아날 수 있을 것이다! 그 상태에서만 사람들은 죽음에 대한 생각을 하지 않고도 죽은 자들과 영원히 함께할 수 있을 것이다… 하지만 그는 미친 사람으로 변신하는 것에 성공하지 못했고, 단지 힘이 쭉 빠져서 그것을 상상만 했을 뿐이다. 그는 끔찍하게도 깨어 있었다. 그의 손은 알 수 없는 쾌감을 느끼며 제멋대로 얼굴 이곳저곳의 뼈를 더듬었

진정한 느낌의 시간

다. 그는 공원 관리인에게, 나중에 그가 증인이 될 수 있도록 침착하고 신중하게 자신의 주소를 불러주었으며, 경찰에게 신고하겠다고 말하고 시내 동쪽으로 갔다.

코위쉬니히는 죽겠다는 생각을 하니 갑자기 만나는 사람들마다 동질감을 느꼈다. 그의 오랜 무관심이 달콤한 관심으로 변했다. 그는 자동차를 타고 가는 사람들을 보면서, 그들이 계속해서 여행을 한다는 것이, 저런 양철통에 갇혀서 이곳저곳으로 힘들게 옮겨 다닌다는 것이, 그렇게 계속 살아간다는 것이 얼마나 고통스러울까 하고 생각했다. 길거리를 달리는 트럭들이 끔찍하게 브레이크를 밟아 댈 때마다 얼마나 절망적일까? 아주 잠깐이지만 그는 정치가, 무의미한 것을 대단한 일이나 폭력으로 미화하는 정치가 아닌 글로벌하게 연대해서 하는 정치는 생각해볼 수 있는 것이라는, 그럴 만한 가치가 있다는 생각이 들었다. 그는 모든 세세한 것에 마음을 열었으며, 다른 한편으로는 아무것도 다른 사람들과 더 이상 분리해서 생각하지 않았다. 여자 승객을 태우고 가는 여자 운전기사, 손에 장난감 권총을 들고 큰 소리를 지르며 엄마 뒤를 뛰어가는 아이 등… 그는 자신이 강해진 것을 느꼈다. 그는 모든 사람과 이야기할 수 있고 그들에게 행운을 가져다줄 수 있을 것 같았다.

그는 지나가다가 한 번 어떤 남자에게 구두끈이 풀어졌다고 알려주었는데, 그 남자는 전혀 놀라지 않고 고맙다고 말했다. 그는 누군가 텍사스 모자를 쓰고 있는 것을 보고, 마치 선심을 베풀 듯 그에게 어디 출신인지 물었다. 그는 더 이상 아무것도 우습다고 생각하지 않았다. 그는 빨간 모자를 쓰고 역으로 통하는 계단을 올라가고 있던 어떤 여자를 보며 옛날에 자신이 스스로에 대해 생각했던 것을 이해할 수 없었다. 그는 죽으려고 했던 것에 대해 심한 유감을 느끼고, 자동차에 치여 깔리지 않도록 조심스럽게 모든 차를 피했다.

그는 자신의 몸에 대해 아무것도 느끼지 못했다. 단지 휩쓸려가는 군중들 사이에서 무중력상태로 떠밀려갔다. 그는 자신이 치통조차도 앓지 않는다는 사실에 대해 다른 사람들에게 미안함을 느꼈다! 버스정류장에 한 남자가 고개를 숙인 채 무릎 사이에 손을 넣고 앉아 있었다. 그는 마치 자신을 뒤쫓고 있는 사람을 기다리고 있는 것 같았다. 그 남자를 슬쩍 건드리기만 해도 모든 것을 말해줄 것 같았다. 그는 정말 잠시 그 남자 옆에 앉아서 무슨 일을 하는지 물었다. 그러나 그 남자는 그 질문이 자신을 무시하기라도 한 것처럼 코위쉬니히를 쳐다보았다!

진정한 느낌의 시간

파리 시내라면 어디에나 있는 조그만 분수 중 하나에서 그는 마치 화장이라도 한 것처럼 조용히 흐르는 맑은 물줄기로 얼굴을 씻었다. 이런 무더운 날씨에 얼마나 뜨거운 물줄기가 뿜어져 나오는지! 코위쉬니히가 파리 동쪽 쇼몽 언덕에 더욱 가까이 다가가면 갈수록 파리는 더 풍성하게 보였다. 오토바이를 타고 발뒤꿈치로 페달을 밀치며 막 출발하는 소녀, 무엇을 가득 넣은 비닐봉지를 머리에 이고 가는 키 큰 흑인 여자, 볏짚을 뒤로 흘리면서 도심지를 달리는 트랙터, 벌써 한참 전부터 긴 빵이 가득 든 바구니를 들고 이 카페 저 카페로 돌아다니는 빵집 여종업원, 바지 멜빵을 하고 벤치에 앉아 있는 뚱뚱한 남자, 멀리서 언뜻 보이는 금빛으로 도금한 공원의 울타리 장식… 그는 이 모든 것을 그의 시선으로 아우를 수 있었다. 그는 핸드백을 턱 밑에 넣고 쇼핑한 것을 두 무릎 사이에 낀 채 현관문의 열쇠를 돌린 다음 한 발로 문을 차서 여는 여자를 보면서, 그 광경을 자신에게 늦게나마 모습을 드러낸 삶의 순간들을 대변하는 것으로 인식했다. 건널목에서는 반짝이는 조그만 금속판들과 계속해서 다른 어떤 것으로 변신하려는 듯이 스스로 움직이는 나뭇가지들을 보았고, 비둘기 떼가 키드득거리는 소리처럼 공중으로 날아가는 소리를, 극장에서

는 총을 쏘고 비명을 지른 다음 영화의 마지막 장면 소리
—부드러운 음악과 남자와 여자의 친절한 목소리—를 들
었다. 문이 열려 있는 구둣방에서는 갓 무두질한 신발에서
나는 냄새가 풍겨왔으며, 이발소 바닥에는 머리카락이 수
북이 쌓인 것을, 얼음 자판기 옆 더러운 국물 그릇 속에는
국자가 들어 있는 것을 보았다. 또 어떤 집 현관에서는 꼬
리 없는 고양이 한 마리가 튀어나와 곧바로 주차된 자동차
아래로 뛰어들더니 웅크리고 앉는 것을 보았고, 말고기 정
육점에서는 소시지 자르는 기계 소리가, 거의 완공된 새 아
파트에서는 각 층의 모르타르 조각이 굳는 소리가 들려왔
으며, 어떤 음식점 지배인은 저녁을 준비하기 위해 한 손에
꽃다발을 들고 가게 문 열쇠를 돌리면서 큰 소리로 "오늘
도 정말 바쁘겠군!" 하고 중얼거렸다. 올해의 첫 포도, 게
다가 첫 번째 말벌, 나무 상자에 곱슬곱슬한 나뭇잎이 달린
채 담아놓은 개암나무 열매, 인도에 남아 있는 바람에 날아
가버린 첫 번째 낙엽의 흔적들도… 여름 내내 시장은 훨씬
작아졌다. 손님들이 옷을 걸어두는 카페의 옷걸이들은 텅
비어 있었다! 우체국 건물들이 새로 페인트칠을 했고, 전
화선을 옮기기 위해 인도가 파헤쳐졌으며, 수직갱 아래에
서는 노동자들이 플라스틱 롤러스케이트를 신고 위태롭게
서 있는 아이를 보고 미소를 지었다. 극장에서는 시금치 한

진정한 느낌의 시간

통만 있으면 온 세상과 맞설 수 있었던 뽀빠이가 등장하는 애니메이션이 상영되고 있었다. 코위쉬니히는 자기 자신이 얼마나 과민하게 보였는지, 얼마나 파렴치해 보였는지! 그는 회복할 수 없는 무엇인가를 간과하고 소홀히한 것이 분명했다. 그는 서서 자신의 호주머니를 모두 뒤졌다. 그는 여자라면 그렇게 인도 한가운데 서 있을 수 없었을 것이라고 생각했다. 그는 마침내 자신이 관찰당하지 않고 있다고 느꼈다. 그는 거의 만족해서 자신의 땀 냄새를 맡았다. 자동차들이 계속해서 내는 소음이 그의 기분을 좋게 했다. 그는 포효 소리를 냈다. 그는 사랑할 사람이 더 이상 아무도 없기 때문에, 자신이 더 이상 죽음에 대한 징후들을 볼 필요가 없다고 생각했다! 누군가에게서 열쇠꾸러미가 떨어졌다. 그 후 우아한 여자가 미끄러져 엉덩방아를 찧었다. 그러나 그는 예전에 그런 것처럼 그것을 외면하지 않고 그녀가 부끄러워하며 일어서는 것을 관찰했다. 그는 하는 일 없는 총지배인처럼 뒷짐을 지고 걸었다. 크레인들이 흘러가는 구름을 배경으로 움직이고 있었고, 그도 그 아래 영겁의 고요 속에서 움직이고 있었다.

코위쉬니히는 자신을 위해서는 더 이상 아무것도 원하지 않았다. 평소 보던 익숙한 광경들이 그의 눈앞에서 진기

한 자연현상처럼 반짝거리며 각자가 무한한 풍성함을 보여주었다. 그는 더 이상 자신을 중요하게 여기지 않고 이리저리 자유롭게 지나가는 다른 사람들 속으로 들어갔다. 그가 갑자기 자신이 느낀 행복감을 그들에게 전이시키면 그들도 거기에 발맞추어 보폭을 바꾸리라 생각했다. 그는 어떻게든 그들과 함께 아직 살아가고 있지 않은가. 이런 상태는 변덕스러운 기분도 아니고, 금방 없어져버릴 순간의 결정도 아니며, 모든 순간의 결정들로부터 얻은, 그것을 원칙으로 삼아 살아갈 만한 확신이었다. 이제 그에게 마리니 광장의 모래더미에서 세 가지 물건을 보았을 때의 이념이 다시 나타났다. 그에게 세상은 신비스러운 모습을 열어젖히며 다시 재정복할 수 있는 대상으로 보였다. 그가 파리 동역 가까이에서 다리를 건너가고 있을 때, 아래 전철 선로 옆에서 낡고 검은 우산 하나를 보았다. 그런데 그것은 더 이상 다른 것을 암시하는 징후가 아니라 다른 것들과 함께 있으면서 아름답거나 혹은 추한 사물 그 자체, 그리고 추하면서 동시에 아름다운 사물 그 자체로 보였다. 어디를 보아도 마치 꿈속에서 허리를 숙일 때마다 반짝이는 돈을 주울 때처럼 볼 만한 것들이 있었다. 서로 멀리 떨어져 있는 각각의 사물도, 달걀노른자로 노랗게 물든 길거리에 떨어진 스푼도, 하늘의 제비들도 서로 깊은 연관을 맺고 함께 움직이

진정한 느낌의 시간

고 있었다. 그는 더 이상 그런 연관성을 위해 회상이나 꿈이 필요하지 않았다. 그것은 사람은 어떤 지점에서나 걸어서 집으로 갈 수 있다는 감정 같은 것이었다.

해가 거의 지고 있을 때라 자동차들은 밝고 눈이 부신 대로 위를 형체도 없는 검은 물체처럼 굴러갔다. 누군가 똑같은 보폭으로 추월하지도 뒤처지지도 않고 그의 뒤를 따라왔지만, 그는 뒤를 돌아보지 않았다. 어떤 극장 앞에 사람들이 영화 〈벤허〉를 보려고 줄을 지어 서 있었다. 그 영화를 본 지 얼마나 오래되었던가. ―그리고 그 영화는 그동안 전국에서 얼마나 자주 상영되었던가. 그런데 아직 그 영화를 처음 보는 사람들이 있다니! 그들과는 다르지만, 지금으로서는 그도 영화를 본 지 하도 오래되어 그들과 어느 정도 같기도 하다. 많은 사람들이 팔 아래 옷 꾸러미를 끼고 맞은편에서 그를 향해 왔다. 7월 말에는 세탁소가 문을 닫기 때문이다. 또 다른 사람들은 바구니에 에어매트리스를 접어 넣고 수영장에서 집으로 가고 있었다. 그는 차양 위에 '방향 전환: 모든 요리가 맛있습니다'라고 씌어 있는 천을 붙인 어떤 카페의 테라스에 앉았다. 도로 위에는 버려진 낡은 선로 중 몇 미터가 아직 모르타르가 칠해지지 않아 빛을 발하고 있었다. 새 건물 맞은편에 아파트 하나가 아직도 매물로 나와 있었다. 카페의 의자 밑에서는 강아지 두 마리가 서로를 향해 짖고 있었다. 아주 늙은 노인이 편지함에 항공우편을 던져 넣고 미소를 짓고 있었다…

그는 가끔 여자가 지나가는 것을 보면 불안해졌다. 장딴지와 오금의 곡선, 허벅지와 봉긋 드러나 보이는 가슴 등이 그를 동경에 젖게 해서, 그는 자신의 얼굴이 완전히 경직되는 것을 느꼈다. 어떤 여자가 버스 정류장의 젖빛 유리 뒤를 지나가며 윤곽만 보였을 때, 그는 그녀가 계속해서 그 뒤를 지나갔으면 했다. 그는 그곳을 지나가는 모든 여자들이 자신에게 아무런 관심을 두지 않으며, 더 이상 그들을 볼 수 없으리라 생각하니 고통에, 아니 분노에 사로잡혔다. 그는 이 여자들이 자신에게 어떤 깊은 의미를 가질 수 있다고 예감했다. 그래서 그 얼굴들 중 하나를 제대로 보지 못했을 때, 마치 아주 중요한 무엇인가를 소홀히 한 것처럼 얼마나 불쾌하게 생각했는지!

바람이 불자 벌써 접어놓은 카페의 파라솔들이 그 자리에서 빙빙 돌았다. 종업원이 팁을 받고 미소를 지었는데, 코위쉬니히는 이제 그 미소를 아주 진지하게 생각했다. 그 종업원은 코위쉬니히의 옆에 앉아서 그에게 전혀 신

진정한 느낌의 시간

경을 쓰지 않았던 사람에게도 고마움을 표시했다. 그는 자신의 발 옆 급수전에서 거품을 일으키며 흘러나와 배수로로 흘러 들어가던 물을 오랫동안 쳐다보았다. 그는 누가 남겨놓고 간 신문에서 "어떤 가수가 경이적인 다장조를 부르는 데 성공했다"는 문장을 보고는 감격에 겨워 거의 비명을 질렀다. 그는 테이블 곳곳에 자신의 지문을 남겨놓으려 했다. 그의 옆에서 책을 읽고 있던 누군가가 갑자기 안경을 벗었다. 그는 갑자기 그 사람이 갈까 봐 불안했다. 그러나 그는 다시 책을 펼치더니 계속 읽었다. 얼마나 위로가 되고 얼마나 평안함을 느꼈는지…

코위쉬니히는 무엇인가가, 다른 생각의 단초가, 어떤 가능성이 일어나지 않을까 해서 주변을 둘러보았다. 카페 지하실에서는 벌써 오래전부터 사람들이 탁구를 치고 있었다. 그는 규칙적으로 톡탁거리는 소리를 들으면서 구역질을 느꼈다. 마침내 탁구공이 어딘가로 떨어졌다… 멍 하니, 아무런 불안도 없이, 그는 자리에서 일어나 뷰트 쇼몽 공원의 가파른 좁은 길을 올라갔다.

그는 위급 시에 경찰을 부를 수 있는 비상전화 박스가 설치된 빨간색 기둥을 지났다. 이 짙은 빨간색 기둥은 마치 드넓은 황무지에서의 확실한 위로 같았다. 그는 무의식적으로 그 장소를 기억해두었다. 누군가 그의 뒤를 뛰어왔다. 아니다, 코위쉬니히 때문에 그 사람이 뛰어온 것은 아니었다. 누군가 호루라기를 불었다. 누가 그를 보고 호루라기를 불지 않겠는가!? 그는 이제 외부에서 일어나는 아주 조그마한 부조화도 자신의 몸으로 느꼈다. 그는 어떤 여자의 둘둘 말린 신문지에서 감자 하나가 굴러 떨어지자 깜짝 놀랐고, 한 아이가 멀리 아래에서 자전거를 타고 웅덩이를 지나가자 몸을 움츠렸다.

그는 다시 추위를 느꼈다. 공원 가장자리 수풀 뒤 빨랫줄에서 청색 빨랫감이 흔들리자 그는 수수께끼처럼 고향을, 특정한 사건이 아니라 오랫동안 그런 일이 없었던 치명적인 상황을 회상했다. 그는 마치 그것이 가능성이나 되는 것처럼 회상할 수 있는 다른 이미지에 마음을 열려고 애썼다. 그러나 더 이상 아무 일도 일어나지 않았다. 단지 그는 갑자기 어느 겨울 스톡홀름의 지하철 입구에 와 있었다.

그렇다면 그에 대한 탈출구로서 새로운 동작이나 표정을 지어볼까? 예를 들면, 입술을 내밀면서 머리를 이리저리 흔들고, 그와 동시에 이곳 프랑스인들처럼 손으로 부채

진정한 느낌의 시간

질을 해볼까? 하지만 그래도 더 이상 재미가 없었다… 그는 그러는 동안 인조 바위 위에 서서 그곳으로부터 석양에 물든 파리 서쪽을 내려다보고 있었다. 혹시 거기 서서 구원이 될 만한 가벼운 백일몽이라도 꾸려는 것일까! 하지만 그는 여권이 있는지 손으로 주머니를 더듬어 찾아보았다. 이제 아무도 그를 저지할 수 없었다. 그의 옆에서 턱까지 내려오는 머리칼을 지닌 주름살 많은 여자가 마치 작별 인사라도 하려는 듯 그보다 젊은 남자의 입술에 쪽쪽 소리를 내면서 키스를 하고 그곳을 떠났다. 코위쉬니히는 이상하게 호기심을 느끼며 키스를 받은 남자가 여자의 침을 닦아낼 때까지 기다렸다. 하지만 그 남자는 미동도 없이 도시 쪽을 내려보다가 성큼성큼 멀어져갔다.

이 순간 코위쉬니히는 죽음이, 죽는다는 것이 부끄러웠다. 그래서 그가 마지막 숨을 쉬고 결국 시신이 되는 일은 일어나지 않았다. 그는 만약 나머지 세상도 같은 순간에 종말을 고한다면 시신이 되는 것을 감내할 수 있을 것 같았다. 그러나 세상이 그럴 리 없기에 그는 그저 허세만 부릴 수밖에 없었다. 그의 몸도 그것을 알았기에 특히 죽음이 순간에 더 점잔을 뺐다. 그는 한 걸음 앞으로 나갔다. 그러나 무엇을 감행하려고 그런 것이 아니라 더 이상 무엇을 해야 할지 몰랐기 때문이었다, 단지 반항심에서. 그는 그동안 살아오면서 자신이 적나라하게 드러나 이상한 존재로 보이는 것, 즉 잉여인간으로 보이는 것에 대해 자주 머리카락이 쭈뼛쭈뼛 설 정도로 혐오스럽게 부끄러움을 느껴왔다. 그런데 바로 그런 부끄러움이 이번에는 그에게 자신의 삶에 대해 마지막 특별 선언을 하지 못하고 인조 바위 꼭대기 위에 그대로 서 있게 만들었다.

그는 비록 출구는 몰랐지만 본능적으로 주위를 둘러보다가, 뚱뚱한 작가가 언덕을 오르는 가파른 길인데도 숨을 헐떡이지 않고 올라와서는 벌써 오랫동안 그런 것처럼 약간 떨어져서 자신을 관찰하고 있는 것을 발견했다. 작가는 수첩을 접어서 이제는 더 이상 그것이 필요 없다는 듯이 양복 안주머니에 찔러 넣었다. "그레고르 씨, 나는 당신을 온종일 따라다녔습니다." 그는 말했다. "나는 내 생각을 많은 관찰을 통해 단련시켰는데 이제는 만족합니다. 영화 〈베르티고〉 마지막에서 그 살인 용의자가 스페인 교회 첨탑에서 몸을 던졌을 때 하늘은 파란색이 아니었고 마지막 일광을 받으며 칠흑처럼 어두운 구름이 끼어 있었습니다. 수녀는 '신이 그대의 영혼에 자비를 베푸시기를'이라고 말하고 종을 치도록 했습니다. 당신 딸은 슈테파니와 함께 우리 집에 있는데, 당분간 그곳에 머물 것입니다. 나는 더 이상 당신에게 관심이 없고, 당신의 행운을 빌 뿐입니다." 작가는 오랫동안 그렇게 서 있다가, 마치 그것으로 코위쉬니히가 자신을 실재하는 사람으로 여겨주기를 바라는 것처럼 몇 번 얼굴을 찡그리더니 잔디밭을 비스듬히 통과해 가면서 그 안에 있던 꽃밭을 짓밟았다. "당신은 나를 전혀 몰라요!" 코위쉬니히가 그를 향해 소리쳤다. 하지만 작가는 그 말을 듣고도 몸을 돌리지 않고 팔만 들었다.

코위쉬니히는 즉시 누군가와 말하고 싶었다. 가령 대사관의 그 여자에게 전화를 걸고 싶었다. 그러나 사람들은 그를 보지 않고는 그의 말을 믿지 않을 것이다.

8

    그는 뷰트 쇼몽 공원을 떠나 동쪽 언덕으로 계속 올라가 창문 앞 차양을 벌써 말아 올린 벨빌 구역의 높은 집들과 시골풍의 오두막들이 있는 사이까지 갔다. 그는 양쪽으로 손을 넣을 수 있는 바지 주머니가 달린 옷과 양말과 신발을 샀다. "그건 비싼 게 아니에요!" 판매원이 기계적인 말투로 말했다. 그는 아마 이렇게 구매력이 없는 지역에서 이런 말을 자주 하다 보니 이골이 났을 것이다. 코위쉬니히는 갈아입은 헌 옷 등은 가게에 두고 언덕을 도로 내려가 서쪽으로, 카페 드 라 페가 있는 오페라 극장 쪽으로 갔다.

    그는 이제 사물들을 진열된 물건처럼 분명하게 보았

다. 한 시간 전에 그런 것처럼 더 이상 변용된 모습으로 보지 않았다. 모든 것이 깨끗해 보였고, 자신도 마치 오랫동안 물속에 있다가 다시 수면 위로 떠오른 것 같았다. 햇볕이 점점 그의 식은 몸을 덥혀주었다. 그는 희미하게 빛이 새 나오는 깨진 도로 포장석 틈을 쳐다보다가 텅 빈 여름철 거리에서 그를 향해 미소 짓던 어떤 여자의 입꼬리가 생각났다. 하늘엔 구름이 흘러갔고, 나뭇가지들은 이리저리 흩어졌다 모였으며, 나뭇잎들은 광장 위 여기저기 모여 무더기를 이루고 있다가 미끄러져 갔다. 모든 것이 움직이고 있었다. 그는 하늘에서 깔때기 모양의 희미한 구름 하나를 보았다. 그는 자신이 형태를 인식하고 있다고 생각했다. 그러나 그가 다시 하늘을 쳐다보았을 때 그 구름은 벌써 파란색으로 녹아 없어져버렸다. 그는 깜짝 놀라 도중에 서서 흥분한 채 건물들 위로 궁륭을 이루며 나뭇잎 사이로 빛을 비추고 있는 하늘을 관찰했다. 마치 그 뒤에서 완전히 다른 어떤 것이, 바다도 아니고 장소도 아닌, 뭐라 명확히 말할 수 없는 어떤 새로운 감정이 새로 시작할 것처럼 보였다. 그는 갑자기 자기 집 침대들을 아직 정돈하지 않았다는 생각을 했지만 이제는 그것이 강박으로 작용하지 않았다. 귀를 의심할 정도로 조용한 벨빌 구역의 오두막들 중 한 채에서 재채기 소리가 들려왔다. 검은 옷을 입은 노파가 그 오두막

문 앞에 서 있었는데 스타킹 위로 두꺼운 양말을 신고 있었다. 노파는 그 길의 다른 쪽 먼 끝에 있는 누군가와 이야기를 하고 있었다. 노파의 목소리와 상대방의 대답 소리가 아주 분명하게 들려왔다. 저녁 바람에 집들 벽에 비친 나뭇잎 그림자들이 흔들거렸다. 그는 어느 집의 외부로 개방된 계단 푯말에서 "계단에 침 뱉지 마시오!"라는 문구를 읽었다. 파리는 이제 황량한 도시처럼 붉은 빛 조명 속에서 그의 발아래 넓게 펼쳐져 있었다. 창문에 블라인드가 쳐진 집들은 버려진 식민지의 건물들 같았다. 그가 저녁노을로 강렬하게 빛나는 서쪽 하늘을 보았을 때 자동차들이 칠흑 같은 원시림 속을 빠져나오는 것 같았다… 마침내 해가 지고 금세 땅거미가 졌다. 어둠침침한 곳에서 희미하게 빛나며 인도와 차도를 가르는 철제 난간 위에 아이들 몇 명이 편안하게, 아주 조용히, 아무 말 없이 앉아서 바로 근처 집에서 부모들이 계속해서 잘 시간이라고 불러도 헤어지려고 하지 않았다. 딱총나무 덤불 뒤에서 소녀 하나가 무릎에 책을 올려놓은 채 그를 관찰하고 있었다. 그도 소녀를 돌아보았다. 그는 소녀를 쳐다보면서 점점 자기 자신을 더 정확하게 관찰했다. 그는 처음에는 정말 마지못해서 사람들과 사물들을 인식하기 시작했다면, 이제는 그것을 그만둘 수 없었다! 그는 조용히 자신에게 밀려오는 수많은 얼굴들로 속이

진정한 느낌의 시간

거의 메스꺼울 지경이었다. 그는 이제 잠을 자지 못하고 마음을 비워두어야 할 것 같았다! 주차된 자동차의 활짝 열린 문에서 쳄발로 소리가 들려왔다. 그는 갑자기 자기 앞에 놓여 있는 시간에 대해 깊은 희열을 느꼈다. 그는 법처럼 구속력이 있고 확고한 일이 필요했다! 그는 이제 자신의 삶을 위한 시스템을 바라지 않았고, 다만 앞으로 새로운 사물들이나 새로운 사람들이 생기지 않는다면, 적어도 좀 더 확고한 동경만이라도 남아 있기를 바랐다.

그는 마주치는 모든 것을 마치 자신을 위한 것처럼 보았다. 다른 때 같으면 깨끗이 치워 있을 카페 바 위의 접시에 있는 삶은 달걀들도 그랬다! 그의 외투에 달린 대나무 단추의 검은 점은 어떤가? 그리고 그는 여전히 무엇인가를 잘못할까 봐, 어디선가에서 중요한 어떤 것을 놓칠까 봐 두려웠다! 그는 맞은편에서 걸음걸이가 마음에 드는 어떤 여자가 다가오자, 잠시 후 그녀가 걷는 것을 보기 위해 몸을 돌려 그녀의 뒤를 쫓아 달려갔다. 그녀는 가끔 어깨너머로 뒤를 쳐다보았다. 그녀는 마치 그를, 단지 그만을 피해 달아나는 것 같았다.

그는 뒤집힌 외바퀴 손수레를 보고 갑자기 자신이 그

것을 얼마나 손대지 않고 방치했는지 알아차렸다. 그러나 외바퀴 손수레가 뒤집혀 있다는 사실이 크게 마음이 쓰이지는 않았다. 그는 어쨌든 이날 저녁, 이날 밤 자유로웠다. 그는 세상을 정복할 욕심에 사로잡혀 언덕을 뛰어 내려가기 시작했다. 양쪽에 줄지어 서 있는 집들이 마치 그의 시선에 의해 잠식당하는 것처럼 뒤로 가라앉았다. "나는 이제 변할 거야!" 그는 말했다. 그는 아주 오래전부터 전혀 말을 하지 않은 것처럼 보였다. 그는 사람들이 가축들을 겁주어 쫓을 때와 같은 소리를 냈다. 그러나 그 소리는 이제 이 세상에 있는 모든 것들을 향한 것이었다. 단순히 숨을 쉬는 것도, 심지어 침을 삼키는 것조차도 그에게 기쁨을 주었다. 매번 침을 삼킬 때마다 전혀 새로운 느낌이 들었다. 그는 주변 세상이 아주 변한 것처럼 보여서 가령 시트를 덮고 있는 한 쌍의 나신을 그린 극장 포스터만 보아도 '아직도 시트를 덮고 있는 연인이 등장하는 영화가 있구나!' 하며 놀랐고, 또한 습관상 버려진 신문에서 "…가 복부에 총상을 입고 죽다"라는 표제어를 읽고도 '아직도 사람들이 복부에 총상을 입고 죽는구나!' 하며 놀랐다. 비록 예전과 똑같은 것을 똑같은 시각으로 읽어도 그것은 그에게 낯선 것이 되었으며, 그래서 다시 새롭게 체험할 수 있는 것이 되었다. 그는 당당한 걸음걸이로 걸어 나오며 크게 기지개를

진정한 느낌의 시간

컸다. 어둠 속에서 출처를 알 수 없는 향수 냄새가 풍겨왔다. 하지만 그것은 예전에 자주 그랬던 것처럼 그에게 숨막히는 절망적인 포옹을 생각나게 하지 않았다. 그는 더 이상 과거를 회상하지 않았고 미래를 기대했다. 그는 쇼핑 아케이드를 지나가면서 '여기서 유일무이하고 아직 한 번도 이야기된 적이 없는 사건이 일어날 것이다'라고 생각했다. 그는 카페 앞에 한 여자가 혼자 있는 것을 보았다. 그녀는 범접할 수 없을 정도로 멍한 상태였지만, 그는 그녀를 고혹적인 터부의 화신으로 여겼다. 그래서 그는 다시 한 번 생각했다. '바로 저거야. 저게 바로 그녀의 완전한 이야기야. 나는 그녀가 혼자 앉아 있는 것을 보고 있는 바로 이 순간보다 그녀에 대해 더 많은 것을 경험할 수 없을 것이다.' 그는 열심히 자신의 생각을 관찰하면서도 언제든 그것을 그만둘 준비를 했다. 그는 더 이상 아무것도 잊고 싶지 않고, 마치 외국어 단어를 외울 때처럼 머릿속으로 최근에 지나간 순간들을 회상했다. 그는 그것을 나중에 활용하기 위해 모두 기억해야 했다. (그럼에도 불구하고 그는 비록 전혀 대화를 나눌 수 없을지라도 오늘 만날 사람들도 보기를 고대했다.) 그는 문이 활짝 열린 채 밝게 불이 켜져 있는 교회를 지나다가 팔을 들고 찬양대에게 막 합창 신호를 보내고 있는 사제를 보았다. 그 후 그는 벌써 다른 많은 초가 켜져 있는 쟁반에 촛농을 떨어뜨리고 있는 손을 감지했다. 약간 기울어진 초에서 쟁반 위로 떨어지는 촛농이 그의 숨을 가쁘게 했다. 그것은 초로부터 떨어지는 촛농 자체가 아니라, 그가 비록 그것을 전에도 보았지만 그 때는 그것을 체험하지 못했다는 사실 때문이었다. 그는 언덕 기슭 평평한 도로 위를 계속 걸으면서도 길을 내려가고 있다고 생각했다. 그는 마치 그 길이 자신으로부터 계속 쭉 뻗어 있는 것 같아서, 아래로 펼쳐진 지구의 둥근 표면을 한눈에 넣을 수 있을 것만 같았다. 그 후 포장도로 위에 있는 무엇인가가 그의 눈에 띄었는데(그는 '저게 뭐지?' 하고 생각했다.), 그것은 그에게 무척 중요한 것처럼 보였다. 그것은 마지막 한 줄기 일광이었다. 그는 버스정류장에서 유행가의 제목처럼 보이는 "운전기사에게 신호를 보내세요!"라는 문구를 읽었다…서쪽에 벌써 별이 떠 있는 푸른 저녁 하늘 아래로 길게 뻗어 있는 파리 도심지의 건물들이 아주 새까맣지만, 짐승의 모피처럼 부드럽고 둥글게 보여 마치 텐트로 변신한 것 같았다. 그중 가장 큰 텐트는 바로 넓게 뻗어 있는 그랑팔레였다. 그는 조금 천천히 걸었다. 아직 거리는 한산했다. 하지만 그 후 점점 더 많은 사람들이 예전보다 더 가까이 여기저기 무리를 지어 모여 앉아 조용히 이야기를 나누고 있었다. 갑자기 그는 전쟁이 터져 멀리 지평선에서 전투기들

진정한 느낌의 시간

이 폭음을 내며 날아오른다고 생각했다. 하지만 모든 것이 해명되고 자신에게 더 이상 아무 일도 일어나지 않는다고 생각하자 그는 불편한 마음에 사로잡혔다.

본누벨 대로에서부터 거리는 다시 많은 사람들로 북적거렸다. 아직 잠들지 않은 아이들도 부모의 손에 이끌려 나와 자동차 배기가스에 기침을 해댔다. 대로는 너무 시끄러워서 어른들은 아이들에게 무슨 말을 하려면 허리를 숙여야 했다. 코위쉬니히는 갑자기 군중 속에서 떠들썩한 소리를 들었다. 그러자 길을 가던 사람들의 걸음걸이가 흐트러지더니 모두 뛰기 시작했다. '이들은 무엇을 피해 달아나는 걸까? 오페라 극장에 가는 사람은 나 혼자일까?' 많은 노인들이 그렇게 나이가 들었는데도 불만족스러워 보였다. 그는 열린 창문가에 어떤 여자가 서 있는 것을 보고 그녀가 아래로 뛰어내릴 것이라고 확신했다. 하품하던 어떤 남자의 입에서 침이 흘러나왔다. 코위쉬니히는 택시를 잡으려고 했다. 그러나 그가 어떤 택시기사에게 손짓을 하자 그는 코위쉬니히를 보는 대신 택시의 '빈차' 표지판에 검은 덮개를 씌웠다. 그는 맞은편에서 오던 여자의 발목이 부어 있는 것을 알아차렸는데, 그녀는 그를 보고 얼굴을 찡그렸다. 누군가가 바람막이 창이 산산조각이 난 차에 기댄 채 구토를 하고 있었다. 남자들 몇이 인도에서 춤추는 듯한 걸음걸이로 걷다가 미소를 지으며 서로의 뺨을 꼬집었는데, 금방이라도 서로 주먹질을 할 것처럼 벌써 이를 악물고 있었다. 누군가 상의 주머니에 장식용 손수건을 꽂은 남자를 휠체어에 태워 밀고 지나갔다. 어둠침침한 안개가 대로를 따라 흐르고 있었으며, 지하철 입구의 노란 전등에는 그을음이 완전히 새까맣게 덮고 있었다. 어떤 여자가 깔깔거리며 웃더니 갑자기 정색하며 마치 죽어야 할 시간이 된 것처럼 머리를 홱 돌렸다. 어느 누구도 다른 사람에게 길을 비켜주지 않았다. 서로 밀치고 있는 사람들 사이에서 한 남자가 권총을 뽑아 들더니 그들의 얼굴을 향해 쏘았다. 그를 향해 오던 사람들은 오래전부터 영화를 찍고 있던 사람들처럼, 현실에는 더 이상 존재하지 않는 사람들로 보였다. 그가 본 것은 그들이 출연하는 영화의 마지막 장면이었다. 그들은 마치 자신의 역할에 아주 넌더리가 난 것처럼 이동해서 앞으로 나아갔다. 그러나 그들은 그럼에도 불구하고 얼마나 순응하는 것처럼 보였던가! 그 사이 그들의 집에서는 우유는 시어빠지고, 오렌지 주스는 곰팡이로 뒤덮이고, 화장실 변기 물 위에는 흐릿한 막이 생겼을 것이다! 그는 새로 얻은 균형에서 벗어나지 않기 위해 계속해서 이리저리 흔들리며 그들 사이로 지나갔다. 그는 방해가 되는 사람을 아주

진정한 느낌의 시간

잘 옆으로 밀어내고 마침내 사방이 트인 곳에 도달했다. 이어 배수로에서 사람들 발에 밟힌 편지를 하나 발견하고 계속 걸어가면서 읽었다. "4년 전 어느 날 나는 매 순간 모든 것에 무관심하게 되었습니다. 그와 함께 내 인생에서 가장 끔찍한 시간이 시작되었습니다…." 그 순간 그는 지금까지 한 번도 자신을 무자비하게 파멸시키고 싶은 진짜 적을 가진 적이 없었다는 사실을 떠올렸다. 그래서 앞으로 가능하면 많은 사람을 적으로 만들어야겠다고 생각했다! 그러자 이상하게도 즐거웠다. 그는 아직 낮의 열기로 인해 부드러운 발밑의 아스팔트를 보며 갑자기 자신을 알 수 없는 이야기의 주인공으로 체험했다… 그는 이제 누군가를 알아야 된다는 생각에 약간 마음이 내키지 않은 채, 거의 불쾌한 마음으로, 머리가 세 부분으로 갈라진 가로등이 시작되는 오페라 광장의 카페 드 라 페로 다가갔다. 카페 테라스에는 전등이 환하게 불을 밝히고 있었다. 담배 파는 여자가 거기서서 손님들 앞에서 담배가 놓여 있는 판을 흔들고 있었다. 그녀는 카페로 다가오는 누군가에게 벌써 손짓을 하고 있었다.

어떤 온화한 여름 저녁, 남자 하나가 파리의 오페라 광장을 가로질러 가고 있었다. 그는 아직 새것 같아 보이는 양복바지 옆 주머니에 양손을 찔러 넣고 결연히 카페 드 라 페를 향해 갔다. 그는 밝은 청색 양복을 입었고, 하얀 양말과 노란 신발을 신었으며, 느슨하게 맨 넥타이가 그의 빠른 걸음에 이리저리 흔들렸다…

진정한 느낌의 시간

1974년 여름과 가을에 파리에서 쓰다.

우리가
　　서로
알지 못했던 시간

S를 위해

(그리고, 예를 들어 벨리지의 마이으Mail 상업지구 앞에 있는 광장을 위해)

네가 본 것을 누설하지 마라. 비유에 머물러라.

_도도나 신탁소의 격언에서

12명의 배우와 연인

무대는 조명이 환하게 비추는 텅 빈 광장.

한 사람이 그 광장을 재빠르게 뛰며 지나가는 것으로 연극은 시작한다.

그 후 다른 방향에서 또 한 사람이 똑같이 그 광장을 뛰며 지나간다.

그 후 두 사람은 서로 스쳐 지나간다.

그들의 뒤를 이어 세 번째와 네 번째 사람이, 각각 짧지만 똑 같은 간격을 두고, 이번에는 대각선 방향에서 마주 오다가 서로 스쳐 지나간다.

사이.

한 사람이 무대 뒤쪽 광장으로 걸어 나온다.

그는 혼자서 광장을 지나가면서 계속해서 오므렸던 두 손을 활짝 펼치고 손가락을 쭉 뻗더니, 천천히 두 팔을 뻗어 머리 위에 올린 다음 두 손을 깍지 끼어 아치를 만든다. 이어 다시 두 팔을 내리고 광장을 편안하게 걸어간다.

그는 뒤쪽 골목으로 사라지기 전, 약간 과장된 걸음걸이를 보이다가 결국 온몸으로 그런 모습을 연출한다. 그는 얼굴을 하늘로 향한 채 머리를 목덜미에 집어넣는 시늉을 하다가 결국 커브를 그리며 사라진다.

그가 같은 모습으로 순식간에 다시 나타나자, 광장 한가운데에서 다른 사람이 그를 향해 다가온다. 그 사람은 걸어오면서 처음에는 한 손으로, 나중에는 다른 손으로도 소리 나지 않게 박자를 치는데, 결국 또 다른 골목으로 꺾어들어갈 때는 그의 몸 전체가 그 박자를 따라 움직이고, 걸음걸이도 그 박자에 익숙해진다.

그는, 마치 무대 뒤쪽에서 같은 간격으로 나타났다가 사라지며 과장된 모습을 연출한 이전 사람처럼, 발뒤꿈치를 축으로 삼아 몸을 돌리면서 계속해서 광장으로 들어왔다 나갔다 하며 소리 없이 박자를 친다. 그러는 동안 무대 앞 왼쪽과 오른쪽과 위쪽, 그리고 보이지 않는 난간이나 다리에서부터 튀어 오르며, 혹은 아래쪽 구덩이나 골목의 도랑에서부터 날아오르며 네 명, 다섯 명, 여섯 명, 일곱 명으로 이루어진 다른 완전한 한 팀이 광장으로 달려 들어온다.

그들도 광장에 가만히 멈추어 있지 않고 떼를 지어 몰려다니며 광장을 떠났다가 다시 돌아와서는 혼자서, 그리고 동시에 워밍업을 하듯, 계속해서 재빠르게 형태와 동작을 기상천외하게 바꾼다. 가령 서 있는 상태에서 튀어 오르면서 덤덤한 표정으로 곧바로 갈고리 던지기, 신발 털기, 팔 벌리기, 눈을 손으로 덮기, 지팡이 짚고 걷기, 조용히 걷기, 모자 벗기, 머리 빗기, 칼 뽑기, 섀도복싱하기, 어깨 넘어 바라보기, 우산 펼치기, 몽유병 환자처럼 돌아다니기, 바닥에 넘어지기, 침 뱉기, 일직선 위에서 균형 잡기, 걸려 넘어지기, 춤추듯 걷기, 걷다가 한 번 원을 그리며 돌기, 흥얼거리기, 신음하기, 주먹으로 자기 머리와 얼굴 때리기, 신발 끈 매기, 바닥에서 잠깐 구르기, 허공에 글씨 쓰기 등 이 모든 것이 서로 뒤섞인 채 행해지지만, 전부가 아니라 단지 시작 부분만 보일 뿐이다.

그 후 앞쪽에 있던 사람들, 광장 중앙에 있던 사람, 맨 뒤에 있던 사람이 모두 금세 사라진다.

사이.

남자 하나가 낚시꾼 모습으로 광장을 지나가지만, 광장에는 전혀 시선을 두지 않는다.

곧바로 뚱뚱한 모습으로 분장한 중년 부인 하나가 자신의 뒤로 쇼핑카트를 끌며 광장을 지나간다.

그녀가 시야에서 채 사라지기도 전에 소방관 헬멧을 쓴 두 명의 남자가 팔에 소방호스와 소화기를 끼고 광장으로 튀어나오는데, 그것은 실제 상황이라기보다는 오히려 훈련하는 것처럼 보인다.

그들의 뒤를 축구팬 하나가 몽유병 환자 같은 걸음걸이로 바싹 따라간다. 그는 멀리 떨어진 집으로 가는 도중인데, 겨드랑이에는 그가 걸을 때마다 점점 부서져 떨어지는, 새카맣게 타버린 깃발 하나가 끼어 있다. 또한 정체 모를 남자가 사다리를 들고 그의 뒤를 따른다. 그 남자 뒤에 나타난 미녀는 높은 구두를 신었는데, 그를 추월하면서 사다리를 스친다. 하지만 두 사람은 그 사실을 알아차리지 못한다.

사이.

롤러스케이트를 탄 남자 하나가 무대 위를 쏜살같이 지나가 금세 사라진다.

우리가 서로 알지 못했던 시간

그의 뒤를 따라 카펫 상인처럼 보이는 남자 하나가 고객에게 배달하기 위해 둘둘 만 카펫 다발을 어깨에 메고, 무릎을 구부리고 허리를 깊게 숙인 채 쉬엄쉬엄 광장을 지나간다.

그가 발을 질질 끌며 가고 있을 때, 카우보이 혹은 마부처럼 보이는 남자 하나가 그를 가로지른다. 그는 앞선 다른 사람처럼 혼자서 길을 가면서 세 걸음마다 한 번씩 채찍을 휘두른다.

그러는 동안 뒤쪽에서 맨발의 여자 하나가 손으로 얼굴을 가리고 천천히 광장을 지나간다. 그녀는 팔을 떨어뜨리기도 하고, 발을 질질 끌기도 하고, 손가락 하나를 입에 넣기도 하고, 몸을 돌리기도 하면서 크게 히죽 웃기도 하는 모습이 마치 지적장애인처럼 보이는데, 조금 전에 지나갔던 미녀 같기도 하다. 그녀에 이어서 두 명의 젊은 소녀가 처음에는 팔짱을 끼고 오다가, 조금 후에는 갑자기 쌍으로 공중제비를 돌더니 홀연히 사라져버린다.

광장 관리인처럼 보이는 남자 하나가 지그재그로 커브를 그리며 광장을 지나가면서 양동이에서 한 움큼씩 재를 집어 들어 뒤로 뿌리는데, 그 뒤를 거의 백발이 다 된 독거노인이 따라간다. 노인은 똑바로 세운 머리 위에 어떤 문장(紋章)이 새겨진 커다란 요람을 이고서 두 손으로 그것을 잡고 있다. 그는 마치 팽팽한 줄을 타는 사람처럼 처음에는 조심스럽게 걸음을 떼다가 결국 두 손을 떼고 요람만을 정수리 위에 올려놓은 채 자유자재로 균형을 잡고 춤추는 듯한 발걸음으로 걸어가면서 이것을 결국 자신만의 안전한 놀이로 만들어버린다.

그 노인과 거의 동시에 지방 상인처럼 보이는 남자 하나가 급히 지나간다. 그는 광장을 통과하면서 자동차 열쇠 꾸러미처럼 보이는 것을 호주머니에 집어넣더니, 걸어가며 집과 상점의 열쇠꾸러미처럼 보이는 것을 꺼낸 다음 그 가운데에서 적당한 열쇠를 찾아 손가락으로 만지작거리다가 퇴장할 때는 그것을 쥐고 자신의 목적지로 향한다.

그 바로 직후에, 정체를 알 수 없는 누군가가 그의 뒤를 따라 뛰어 들어온다. 그는 광장 한가운데서 멈추어 있다가 다시 천천히 돌아 나간다.

사이.

조명이 환하게 비추는 텅 빈 광장.

광장 위로 비행기 한 대가 잠시 높이 떠 있다. 비행기 그림자일까?

그 후 다시 예전의 상태.

먼지구름 혹은 연기구름이 떠 있다.

우리가 서로 알지 못했던 시간

유니폼을 입은 남자가 광장 다른 쪽에서 행진하여 광장을 관통한 다음 다시 다른 쪽에서 똑같은 걸음걸이로 돌아온다. 그는 이번에는 팔에 꽃다발을 하나 안고 있는데, 그것을 갖고 재빨리 사라진다.

스케이트보드를 탄 남자가 마음 내키는 대로 커브를 그리면서 오다가 금세 스케이트보드에서 뛰어내려서는 그것을 팔에 끼고 편안하게 그리고 조용히 퇴장한다. 그는 이전의 롤러스케이트를 탄 남자와 공통점은 거의 없으며 금세 외투를 입고 모자를 쓴 실루엣으로 대체된다. 이 실루엣이 모자를 벗어 돌리면서 인사를 하자 계속해서 나뭇잎이 떨어지고, 외투의 단추를 풀자 계속 조그만 돌들과 모래가 떨어지는 소리가 들리더니 마지막에는 몇 개의 돌들이 부딪치는 소리가 들린다.

그러는 동안 이미 완전히 다른 길을 통해 광장을 지나가던 인물 하나는 몸이 젖어 있다. 그는 마치 난파당해 유일하게 살아남은 사람처럼 몸이 흠뻑 젖은 채, 무릎으로 조금씩 기어가다가 광장 중간쯤에서야 비로소 일어서더니 비틀거리며 시야에서 사라진다.

그 사람 대신 이제 젊은 여자 하나가 들어선다. 가벼운 사무실 복장을 하고서 손에 몇 개의 커피 잔이 놓인 쟁반을 든 채 골목으로 꺾어들어 가기 전, 무대에 작은 아치를 그린다.

또 도로청소부 하나가 무대의 다른 쪽에서 빗자루와 삽을 실은 청소 수레를 끌며 지나간다.

사이.
조명이 비추는 텅 빈 광장.
깊은 산속처럼 까마귀 울음소리가 들린다.
그런 다음 갈매기 울음소리가 들린다.
장님 안경을 쓴 남자 하나가 지팡이도 없이 손으로 더듬거리며 광장으로 들어와서는 이리저리 헤매고 돌아다니다가 길을 잃은 것처럼 한동안 멈추어 서 있다. 그러자 그의 주변에서 삽화처럼 한바탕 소동이 벌어진다. 갑자기 달리기 선수 하나가 쿵쿵거리며 달려온다(그는 이미 한참 달려온 것 같다). 그는 미친 듯이 달려와서는 계속해서 머리를 어깨 너머로 돌리면서 뒤를 돌아본다. 그의 바로 뒤에서 도둑처럼 보이는 남자 하나가 그를 향해 주먹을 쥔 채 바싹 추격해 온다. 옥외 카페의 종업원 복장을 한 남자 하나가 병마개를 따면서 등장하고, 그 병마개를 손가락으로 광장 위로 튕기고는 다시 사라진다. 쇼핑카트를 미는 노파도 거의 같은 모습을 한 다른 노파와 함께 등장하는데 쇼핑카트만 다르다. 또 산악용 자전거를 탄 채 계속해서 안장에서 일어서곤 하는 남자도 등장한다. 여행가방을 흔들면서 큰 걸음으로 차례차례 광장을 통과하는 단체 여행객도 있다. 그들은 마치 청소년들이 기차의 한 객실에서 다른 객실로 이동하는 모습 같기도 하고, 버스에서 내려 경기장으로 시합하러 가는 팀 같기도 하다. 신문을 뒤적이며 광장을 걷던 남자 하나는, 그를 자세히 쳐다보지도 않은 채, 광장 한가운데서 마치 귀를 기울이고 있는 듯 서 있는 장님 주위에 원을 그리며 지나간다. 이어 모퉁이를 돌아 급히 달려 광장에 새로 도착한 사람이 뒤에서 장님의 어깨를 잡자, 그는 그 사람에게 얼굴을 돌리지도 않고 그와 팔짱을 끼고 광장 중앙을 지나 퇴장하는데, 자세히 보니 그때 그 사람이 자신의 손에 쥐어준 책을 손으로 더듬거리고 있다.

그러는 동안 그 두 사람이 조금 전에 서 있던 곳에 다시 어떤 방랑자가 들어온다. 그는 긴 먼지막이 외투를 입고, 구식 배낭을 메고, 징을 박은 구두를 신고 있었는데, 길을 가는 것에 너무 몰두한 나머지 광장이 그에게는 중간에 쉴만한 곳으로는 전혀 보이지 않는다. 그는 걷다가 갑자기 크게 흔들던 팔 하나를 허리께에 대더니, 그 후 다시 다른 팔도 마찬가지로 허리께에 갖다 댄다.

그 사이 아주 우아하게 차려입은 젊은 여자 하나가 한손에는 망치를 들고, 다른 손에는 자를 펼쳐 들고, 두 입술

사이에는 못을 문 채 광장을 지나간다.

　　사이.
　　신문지 한 장이 광장으로 미끄러져 들어온다.
　　그 후 또 다시 신문지 한 장이 미끄러져 들어온다.
　　원격 조종 장난감 하나가 한구석에서 튀어나오더니, 이리 저리 움직이다가 재빨리 사라진다.
　　알록달록한 연 하나가 나선형으로 돌며 추락하다가 광장 위로 미끄러지더니 신문지처럼 바람에 쓸려 골목으로 들어간다.
　　다른 곳에서 철봉이 떨어지며 울리는 소리가 들린다.
　　이어 무적(霧笛) 소리가 들린다.
　　정체를 알 수 없는 짧은 비명소리, 그 다음에는 작은 새들이 지저귀는 소리, 그리고 길거리에서 수많은 아이들이 자유롭게 뛰어놀 때 그들의 발에서 날 것 같은 소란스런 발걸음 소리가 들린다.
　　술 취한 사람처럼 보이는 남자 하나가 뒤쪽에서 비틀거리면서 무대를 비스듬히 통과하는데, 처음에는 흥얼거리더니, 나중에는 울부짖는 날카로운 소리를 내다가, 마지막에는 이빨을 내보이고 이를 갈면서 걷는다.
　　정복을 입은 항공기 승무원들이 승무원 가방을 밀며 마

우리가 서로 알지 못했던 시간

치 미리 정해진 길을 가듯 광장을 지나간다. 그들의 뒤를 바보 하나가 바싹 따라가며 얼굴을 찡그리며 그들을 흉내 내다가, 그들의 발자국에 키스를 하고 땅바닥에 귀를 대고 듣더니, 결국 네 발로 기어서 퇴장한다.

그러는 동안 다른 곳에서 젊은 여자 하나가 광장으로 걸어 들어오면서 호주머니에서 사진 한 뭉치를 꺼내 차례차례 그것들을 살펴보다가 멈추어 서서 미소를 짓더니 더 큰 미소를 지으며 계속해서 한 사진만을 뚫어져라 바라보며 걸어간다. 그러다가 반대편에서 정체 모를 남자 행인 하나가 그녀를 향해 똑같이 미소를 지으며 다가오는 것을 보고는 갑자기 경직된 표정을 하고는 골목으로 꺾어 들어간다. 그러나 남자는 계속해서 미소를 지으면서 광장을 지나간다. 그때 작은 아치를 그리며 공중제비를 돌면서 갑자기 광장에 다시 나타난 바보가 그를 흉내 내다가 금세 사라진다. 그것이 그 남자로 하여금 더 큰 미소를 짓게 만든다.

무대 아래쪽 깊은 곳에서 야바위꾼 모습을 한 젊은 사람 하나가 자신에게 필요한 소품을 지니고 등장한다. 그는 잠시 서서 양복 주머니를 뒤지다가 이내 다른 주머니들까지 탈탈 털어 거기서 나온 물건들을 처음에는 손에, 나중에는 작은 트렁크 위에 올려놓더니 결국 하나씩, 조심스럽고 세심하게, 격식을 갖추어 다시 집어넣는다. 그것들은 바로 현란할 정도로 알록달록한 색깔의 손수건, 주사위, 텅 빈 구두약통(그는 이것으로 작은 북처럼 소리를 낸다), 조개껍데기, 전자계산기, 호신용 주머니칼, 사과, 스타킹, 렙쿠흔헤르츠 과자,* 구두끈, 풀어진 지폐 다발, 못 쓰는 신용카드로 만든 하모니카, 동굴용 전등 등이다. 그런 다음 그는 올 때와 마찬가지로 서둘러 광장을 나가는데, 작은 트렁크를 든 손에 사과도 들었다.

예전의 광장 관리인이 빗자루로 바닥을 쓸면서 온다. 그가 종이들을 자기 앞으로 쓸어 모으자마자, 그것들이 다시 그의 뒤로 날아간다. 그가 그 종이들을 더 많이 앞으로 쓸어 모으면 모을수록, 다른 방향인 뒤쪽 그리고 오른쪽과 왼쪽으로부터 더 많은 종이들이 날아와 떨어진다. 그는 계속해서 발걸음을 뒤로 해서 새로 쓸기도 하고, 이곳저곳을 다시 쓸기도 하면서 열심히 앞으로 나아가다가 결국 시야에서 사라진다.

이제 미녀 하나가 광장을 지나간다. 그녀는 등장할 때 눈꺼풀을 내리깔고 사방의 시선을 의식하지만 그것을 즐기면서—전혀 아랑곳하지 않고—무대의 중앙을 지나간다.

---

* Lebkuchenherz, 하트 모양의 생강쿠키, 독일의 옥토버페스트 등 축제에서 빠지지 않고 파는 과자다. 축제에서 사는 렙쿠흔헤르츠는 장식과 기념의 용도가 강해서 벽에 걸어놓고 실제로 잘 먹진 않는다.

우리가 서로 알지 못했던 시간

단 한 번 시선을 길게 던졌지만 그것은 단지 그녀의 눈 가장자리를 보고서만 알아차릴 수 있을 뿐이다. 그러는 동안 들려오는 고양이 울음소리도, 스피커에서 들리는 트림소리도, 갑작스런 경적소리도, 골목에서 터져 나오는 개 짖는 소리도—누가 흉내 낸 소리일까?—그녀의 다리 사이로 날아 들어온 종이도, 마른하늘에서 떨어지는 벽돌도 그녀를 방해하거나 불안하게 하지 못한다. 갑자기 골목에서 그녀에게로 뿌려진 물줄기조차도 그러지 못한다. 광장에서 퇴장할 때에야 비로소 그녀는 다시 눈꺼풀을 들어올린다.

고급 옷을 입은 소녀 하나가 커피 쟁반을 들고 넓게 아치를 그리면서 오고 있고, 거지 행색의 남자가 앉아 있다가 일어나서 광장을 걸어가며 돈 통에 들어 있는 동전을 헤아린 다음 그것을 모두 자신의 외투 속에 집어넣는다.

그 다음에 두 명의 정체를 알 수 없는 남자들이 서로 다른 방향에서 광장을 통과하는데, 한 사람은 손에 책을 한 권 들고 있고, 다른 사람은 빵을 하나 들고 있다.

그들은 거의 가까이 왔을 때 서로 쳐다보지 않은 채 한 사람은 책을 펼치고, 다른 사람은 빵을 한 입 뜯어먹는다.

책을 읽는 사람은 빵을 먹는 사람과 마찬가지로 점점 속도가 느려진다. 그 후 책을 읽던 사람은 눈을 들어 어깨 뒤를 바라보고, 빵을 먹던 사람은 원을 그리면서 사방을 둘러보며 광장을 떠난다.

환한 조명이 비추는 커다란 텅 빈 광장, 그 외엔 아무것도 없다.

두 명의 정체를 알 수 없는 남자들이 나타난다.

한 남자가 일정한 곳에 도착하자 멈추어 서서 고개를 들고 사방을 둘러보더니 숨을 깊게 내쉬고는 고개를 끄덕인다. 그러는 동안 다른 남자가 계속해서 그에게 따라오라고 손짓을 해서 결국 첫 번째 남자가 조용히 그 자리에서 한 바퀴 돌더니 일정한 간격을 두고 그를 따라간다.

그 사이 무대 뒤쪽에서 작은 종을 울리며 떠돌이 장인 모습을 한 남자가 자신의 길을 가고 있다.

머리 수건을 쓰고 고무장화를 신은 여자 하나가 광장을 지나간다. 그녀는 물뿌리개를 끌고 가면서 시들어 썩어버린 꽃다발 하나를 들고 있었는데, 그것을 무대 뒤쪽으로 커다란 원을 그으며 던진다.

다음 순간 완전히 다른 곳에서 위의 여자와 거의 똑같은 옷을 입은 늙은 여자 하나가 낫과 작은 땔나무 다발 하나와 야생 버섯이 가득 들어 있는 손바구니 하나를 들고 나온다.

정체를 알 수 없는 세 번째 여자는 그들과 거의 같은 복장을 하고 손에 아무것도 들지 않고 등과 목을 깊게 구부리고 얼굴을 땅바닥에 고정시킨 채, 두 여인과는 다른 세 번째 길 위에서 계속 움직이고는 있지만 거의 조금도 나아가지 못한다. 그러는 동안 그녀 뒤에서 방랑자 하나가 따라오고 있지만 그녀를 추월하지는 못한다. 그는 마치 길이 너무 좁은 숲속 오솔길을 가는 것처럼 계속해서 걸음을 늦춘다. 그러나 자신 앞에 있는 존재에는 전혀 눈길을 주지 않은 채 무관심하게 시선을 멀리 둔다.

계속해서 거의 제자리에서 걷고 있는 두 사람의 맞은편에서 잠깐 숨을 돌리기 위해서인듯, 요리사로 보이는 한 남자가 나타나 담배를 몇 모금 빨고는 금세 시야에서 사라진다.

다음 사람이 어깨에 고기 잡는 그물을 무겁게 지고 힘겹게 모퉁이를 돌아 나온다. 그러는 동안 방랑자는 퇴장하면서 그의 품속으로 날아 들어온 작은 새 한 마리를 밖으로 꺼내 다시 날아가도록 공중에 던져준다.

천둥이 이미 한 번 쳤었고 또 다시 천둥이 한 번 친다.

한 여자가 광장을 뛰어 지나갔다가 다시 양팔에 정돈되지 않은 커다란 빨래 보따리를 들고 뛰어 돌아온다.

그 후 마치 아무 일도 없었던 것처럼 다리 사이가 넓게 벌어진 남자 하나가 어슬렁거리며 광장을 지나가는데 허리와 어깨를 흔드는 폼이 마치 광장 관리인이나 된 듯한 태도다. 그의 뒤를 소위 광장의 바보가 바싹 뒤따르며 처음에는 그를 흉내 내다가 그 다음에는 그에게 매달린다. 처음에는 팔에 매달리더니 나중에는 발에 매달린 채—그의 옆에서 한 발로 뛰다가—결국에는 마치 짖는 개처럼 네 발로 그의 주위를 돌며 날뛰지만, 광장의 주인은 넓은 평야에 자기 혼자만 있는 것처럼 순찰하는 동안 한 번도 이 바보에게 눈길을 주지 않는다.

그러는 동안 옆길에서 입상 하나가 바퀴 달린 수레 위에 똑바로 고정된 채 끌려 지나간다. 또 다른 옆길에서 한 인물이 지나가면서 왼쪽과 오른쪽에서 들려오는 사이렌 소리에 손으로 귀를 막는다. 그 후 사이렌 소리는 경고음으로 증폭되었다가 금세 중단된다.

파파게노*가 새털 옷을 입고 새장을 든 채 마치 유령처럼 무대를 휙 스치고 지나간다.

그에게로 향하던 관중들의 시선이 어깨에 도끼와 톱을 메고 지나가는 소규모 나무꾼 무리에 의해 방해를 받는다.

그들의 뒤를 따라 여자 하나가 광장을 헤매듯 지나간다. 그녀는 눈을 크게 뜨고 입에 손을 가져다 댔다가 내려놓으면서 소리 없이 비명을 지르는데, 그녀의 비명은 점심

---

* 모차르트의 〈마적〉에 등장하는 새잡이.

우리가 서로 알지 못했던 시간

때 참새가 짹짹거리는 소리와 여름철에 제비가 지저귀는 소리 그리고 그 제비의 깃털 터는 소리와 함께 뒤섞인다.

공을 들고 가는 한 남자가 재빠르게 이 여자를 지나친다. 그 뒤 카메라를 목에 건 채 언제라도 셔터를 누를 준비가 된 일본인 하나가 마찬가지로 이 여자를 지나친다. 그 일본인은 자신이 만난 사람은 쳐다보지도 않고 오직 광장에만 시선을 집중하고 있다. 그는 이미 조용히 울면서 퇴장하는 여자를 비롯해 이번에는 돛을 앞에 들고 롤러스케이트를 타고 가는 남자, 그리고 앞서 나온 요리사가 서 있던 자리에서 그 요리사처럼 담배 한 모금을 빨기 위해 나왔다가 금세 가버린 남자 간병인과 함께 광장을 사진에 담은 다음, 이미 그렇게 하도록 지시받은 것처럼 서둘러 뛰어 돌아간다.

이제는 무대 앞쪽과 뒤쪽에서 고개를 푹 숙인 채 두 사람이 지나가는데, 그들의 걸음걸이가 약간 바빠 보인다는 것만 빼면 전혀 눈에 띄는 것이 없다.

사이.
광장은 텅 비어 있고 환한 조명을 받고 있다.
바람이 살랑대다가 점점 강해지면서 윙윙거리며 주변을 돌더니 잦아든다.

붕대로 눈을 가린 남자 혹은 여자 하나가 골목에서 짧은 원을 그리면서 허공을 더듬거리며 나오다가 금방 다음 골목으로 사라진다.

귀에 펜을 꽂은 남자 하나가 마치 그것을 전혀 모르는 것처럼 손으로 눈썹을 가린 채 지나간다. 그러는 동안 다른 남자 하나가 그를 향해 오는데, 새로 붕대를 감은 것처럼 보이는 손에 자신의 시선을 고정하고 있다.

조금 후에 서로 다른 방향에서 두 명의 주자(走者)가 미친 듯이 달려나온다. 그들은 쿵쿵거리며 달리면서 마주칠 때는 거의 스치면서 지나가지만 인사도 없고 아는 척도 하지 않는다. 그 후 두 명의 우편배달부가 지나칠 때도, 그리고 두 명의 정복을 입은 거리의 순찰원들을 만났을 때도, 또 한 남자와 여자가 서로 지나칠 때도 마찬가지로 똑같이 행동하지만, 물론 그들의 행동은 거의 드러나지 않고 은밀하다.

남자 하나가 미라처럼 생긴 하얀 형체가 실려 있는 가벼운 청색 나룻배를 끌고 한동안 광장을 지나간다.

한가로운 상점 주인처럼 보이는 남자 하나가 옆쪽에서 나타나더니 한참 동안 서 있다가 다시 물러간다.

소규모의 방랑자 그룹이 대각선으로 광장을 가로지르는데, 그런 그룹이라면 늘 그렇듯이 앞서가는 선발대가 있고 본대가 있고 맨 뒤에 혼자 뒤처져 오는 사람이 하나 있다. 그는 고개를 숙이고 발걸음을 질질 끌고 따라가면서, 무대 저쪽에서 입에 손가락을 넣어 내는 휘파람으로 빨리 오라고 신호를 보내도 발걸음은 전혀 빨라지지 않는다. 그는 퇴장하는 중에도 멈춰 서서는 머리를 목덜미 속에 파묻은 채 허공에 여러 새들의 날개 모양을 그린 다음, 계속 가면서 그것을 들어 옷 속에 부채질하는 시늉을 한다.

그러는 동안 이전의 미인 혹은 다른 미인이 이전의 광장의 바보 혹은 다른 바보와 팔짱을 끼고 나는 듯이 경쾌하게 지나간다. 그 바보는 그녀 옆을 따라가면서 절뚝거리면서도 즐거운 듯 껑충껑충 뛰기도 하고 뒹굴기도 한다. 그 미인이 지나갈 때 그녀에게서 커다란 섬광 하나가 뿜어져 나온다. 그것은 그녀의 땋은 머리에서부터 하이힐까지 늘어진 거울 유리장식으로부터 생긴 것이다. 그 사이 미녀는 구멍이 송송 뚫린 커다란 잎사귀를 부채처럼 들고 들여다보고 있으며 바보는 주위 사람들에게 손으로 키스를 날린다. 그러자 그들 사이에서 곧장 검은 옷을 입은 수녀가 나온다. 그녀는 얼굴을 드러내지 않고 한 손에는 플라스틱 가방을, 다른 손에는 주둥이를 졸라맨 꾸러미를 든 채 이 두 사람을 따라 어딘가로 사라진다.

그 후 몇 명의 정체를 알 수 없는 사람들이 잠시 광장에 나타났다가 일하러 길을 떠난다.

한 남자가 나무를 들고 지나간다.

또 한 남자가 아래쪽, 깊은 곳에서 하수도 노동자의 헬멧을 쓰고 나타나서 같은 곳으로 사라진다.

마찬가지로 아래 깊은 곳, 말하자면 무덤이나 구멍 같은 곳에서 마치 오랫동안 함께 있었던 것처럼 또 다른 한 쌍이 나타난다. 그들은 광장의 조명 속에서 서로 껴안은 채로 있다가, 저절로 풀리는 태엽처럼 조용히 떨어지더니 계속해서 주변을 둘러보며 그곳에서 사라진다.

그러는 동안 갱처럼 보이는 남자 하나가 손가락 장난을 하면서 빈손으로 잠시 등장했다가 급히 돌아간다. 이제 그의 두 손에는 채소가 삐져나와 보이는 무거운 쇼핑백들이 들려 있다.

그 후 누군가가 맨발로 수갑을 찬 채, 평상복 차림의 정체를 알 수 없는 두 사람의 호송을 받으며 빠르게 지나간다.

수갑을 찬 사람은 잠시 지나가는 동안에 주변의 구경꾼들을 둘러보다가, 광장을 지나던 예전의 그 미인 아니면 그와는 다른 미인에게 시선이 꽂힌다. 그 미인은 이번에는 만삭의 임산부처럼 앞으로 불룩 튀어나온 배를 하고서 혼자 힘겹게 몸을 질질 끌고 있다. 그녀는 손에 편지 한 장을 들고 걸으면서 그 위에 우표를 붙이고 있다.

그 후 이 사람과 저 사람, 늙은 사람, 젊은 사람, 남자들과 여자들이 그녀의 뒤를 따른다. 그들도 다양한 우편물을 갖고서 봉투에서 편지를 꺼내거나, 일부는 이제야 비로소 편지를 쓰거나, 풀로 붙여 봉하거나, 다시 한 번 읽어보거나, 엽서들을 관찰하면서 사방에서 나오더니 광장 너머 보이지 않는 시내 중심가로 서둘러 간다. 한 사람이 빈손으로 다시 돌아오더니 어딘가로 간다. 다른 여자 하나도 나왔다가 골목으로 들어가 버렸고, 또 한 남자는 잠깐 다시 올라오더니 뒤쪽 지하로 내려간다.

그러는 동안 광장 다른 곳에서는 거의 아무것도 걸치지 않은 남자 하나가 쏜살같이 지나간다. 광장 앞쪽에서는 위아래가 붙은 작업복을 입은 남자 하나가 허리에 굵은 밧줄을 졸라매고 어깨에는 선원들이 메는 자루를 짊어진 채 제 갈 길을 간다. 그는 나타나자마자 자루를 잠시 내려놓는데 그 안에는 커다란 지구본이 들어 있다. 그가 계속 걸어가는 동안 지구본이 자루 주둥이 밖으로 빛을 발산한다. 그 자루를 짊어진 사람은 걸어가면서 계속해서 알 수 없는 말을 지껄이는데, 그 말들은 점점 중얼거림과 속삭임으로 잦아든다.

두 명의 사냥꾼이 초록색 섶나무 들것 위에 세 번째 사냥꾼을 태우고 지나간다.

그 후 두 사람이 그냥 걸어가는데, 하나는 목적지가 분명하고 다른 하나는 목적지를 모른다. 걸어가는 동안 목적지를 모르는 사람은 목적지가 분명한 사람으로 변하고, 목적지가 분명한 사람은 갑자기 목적지를 잃어버린다.

다시 광장 주변을 바람이 살랑대기 시작한다.

종업원 하나가 잠시 나타나서는 통에서 얼음조각들을 꺼내 저 멀리 던져 산산조각이 나게 한다.

사이.

밝은 조명 속 텅 빈 광장.

종이 한 장이 위쪽 높은 곳에서 떨어진다. 마치 여름철에 떨어지는 나뭇잎 같다.

총소리가 나더니 그 메아리가 계속해서 들려온다.

남자 하나가 마치 안경점에서 금방 나온 것처럼, 괴상한 안경을 들고 광장에 들어서서는 잘 보이나 써 보더니 다시 들어간다.

다른 곳에서 여자 하나가 조생종 사과가 가득 담긴 바구니를 팔에 들고 광장을 가로지르면서 하나를 베어 먹는다.

광장 관리인이, 예전 사람인지 혹은 다른 사람인지 알

수 없는데, 호스로 바닥에 물을 뿌리면서 잠깐 광장으로 꺾어 들어온다.

양산을 높이 쳐든 어떤 사람의 가이드를 받으며 소규모의 단체 여행객들이 등장한다. 그들은 대부분이 노인으로, 허리가 구부정하고 촌스런 티를 내면서 칙칙한 색깔의 나들이옷으로 어색하게 차려입고 있다. 그들은 마치 광장의 환한 조명을 보고 그런 것처럼, 일순간 한곳에 멈추어 서서는 한 목소리로 비명소리를 내지른다. 그리고 각자가 구부정한 자세로 천천히 원을 그리며 몸을 돌려—가이드가 말없이 지켜보는 가운데—퇴장할 때는 마치 이 가이드를 위해 그런 것처럼, 입을 꽉 다물어 비명소리를 커다란 웅얼거림으로 바꾸어놓는다.

그리고 다시 남자 하나와 여자 하나가 멀리서 서로를 향해 다가온다. 그들 중 남자는 즉시 머리를 숙이는 반면 여자는 머리를 높이 쳐든다. 그들이 마주치기 직전 남자가 갑자기 머리를 들어 여자의 얼굴을 쳐다보지만, 바로 그 직전에 여자가 반사적으로 얼굴을 돌려버린다.

운동복 차림의 두 명의 미녀가 훈련을 하는지 경보 걸음으로 절룩거리며 재빠르게 지나가다

막 사업을 시작한 세련된 여성 사업가 하나가 한 손으로는 이런 저런 물건이 훤히 보이는 투명하고 작은 트렁크

를 들고 걸어가며 서류들을 살펴보는데, 다른 손으로는 안테나가 뽑힌 휴대폰을 쥐고 있다. 갑자기 그 휴대폰이 바닥으로 떨어지자 그녀는 즉시 마지못해 그것을 주우려고 몸을 숙이는데, 바로 그 순간 이번에는 트렁크가 열리면서 그 안에 있던 물건들이 쏟아진다. 그녀는 언짢아하고 화를 내며 그것들을 모아 트렁크에 넣은 다음 비트적거리며 몇 발자국 옮기더니 갑자기 묘한 미소를 짓는다. 그녀의 미소는 그녀가 서류들을 계속 살펴보면서 걸어가는 동안 점점 짙어지다가, 그녀가 무언가에 발이 제대로 걸려 몸이 휘청거리며 거의 넘어질 뻔하자 고통과 분노가 섞인 비명소리로 바뀌고, 다시 커다란 웃음소리로 바뀐다.

다시 방랑자 하나가, 한 손에는 모자를 다른 한 손에는 책을 들고 고개를 푹 숙인 채 걸어간다. 그때 갑자기 주자한 쌍이 발을 쿵쿵거리며 달려오는데, 그들의 발자국 소리가 광장 전체에 진동한다. 그들은 그 남자를 추월할 때 마치 협공이라도 하듯이 손가락 두 개를 꺼내더니, 그를 돌아보지도 않은 채 그의 몸을 스치며 지나가다가 잠시 멈칫하고 호흡을 조절하더니 이내 지나가버린다. 하지만 그 남자는 습관적으로 침을 한 번 뱉더니 고개를 숙인 채 가던 길을 계속 간다. 이어 갑자기 둘 중 뒤에 가던 주자가 멀리서 엄지손가락을 들어 인사를 보내자 그도 갑자기 손을 들어

답례를 한다.

그 남자가 계속해서 산책을 즐기는 사이, 벌써 그의 뒤에서 측량기사 하나가 측량기구를 세워놓고 그것을 보면서 광장 저쪽에 있는 자신의 보이지 않는 파트너에게 주먹으로 재빠르게 왼쪽과 오른쪽으로 신호를 보내더니 이내 퇴장해버린다.

그 후 마치 부수적인 현상처럼 거의 백발이 된 노인 하나가 구식 대문 열쇠를 하나 들고 슬쩍 나타난다.

그 다음에는 예전의 일본인일 수 있는 남자가 손에 등산용 지팡이를 짚고, 등에 백발 노파를 업은 채 몸을 질질 끌며 등장한다. 이어 종려나무 혹은 양치류의 잎사귀 하나를 지닌 젊은이와 그를 따라가며 수통에 입을 대고 물을 마시는 두세 명의 젊은이들이 나타난다. 또 모세* 복장을 한 남자가 율법이 새겨진 판을 들고 시나이 산에서 내려온다. 그러는 동안 남자 하나가 천천히 직립부동자세를 취하며 발뒤꿈치를 맞부딪친다. 하얗고 검은 나들이옷을 입은 소규모 단체의 회원들이 머리와 어깨에서 계속 곡식 낟알들을 털어내면서 지나간다. 그리고 다시 미인 하나가 처음에는 뒷모습만 보이다가 갑자기 내게(!)로 몸을 돌린다.

---

* 이집트 종살이로부터 이스라엘 민족을 탈출시킨 지도자로, 시나이산에서 받은 하나님의 율법을 이스라엘 민족에게 전했다.

또 그 사이로 갑자기 실로 친친 감긴 사람 모양의 커다란 뭉치 하나가 광장으로 돌진해 들어온다. 그것은 처음에는 탭댄스를 추다가, 이후에는 여러 가지 목소리로 낑낑대며 울부짖고 포효하더니, 급기야 몸체를 떨며 날카로운 비명을 질러대다가 바닥을 이리저리 뒹군다. 그 속에는 여러 사람이 들어 있는 것이 아니고 또 서로 싸우는 두 사람이 들어 있는 것도 아닌, 죽음과 싸움을 벌이고 있는 단 한 사람이 들어 있는데, 그는 그 후 결국 죽음에 패배한다. 그 뭉치는 몸을 쭉 뻗더니 그 옆에 자신이 죽음과 싸우면서 잃어버린 물건인 신발을 쏟아놓는다.

마침 사람들에게 굽실대며 그 옆을 지나던 광장의 바보가 그 죽어가는 사람을 마지막 경련의 순간까지 흉내 낸다.

정적.

하얀 가운을 입은 두 사람이 들것을 들고 뛰어온다. 그들은 몇 가지 조치를 취해 보고는 이내 죽은 사람을 들것에 싣고 사라진다.

남녀 한 커플이 처음에는 간격을 두고 서 있다가, 이 죽음을 목격하고는 서로 부둥켜안더니 재빨리 사라진다.

그 후 아무것도 모르는 남자 하나가 기분이 좋은 듯 어슬렁거리며 지나간다.

광장이 밝은 조명을 받으며 홀로 놓여 있다.

바람이 다시 그 주변을 살랑거린다. 가을바람 같다.

정원사처럼 보이는 남자 하나가 갈퀴를 마치 왕홀(王笏)*처럼 잡은 채 마른 풀이 들어 있는 자루를 들고 지나간다. 그는 마른 풀 뭉치를 질질 흘리면서 간다.

서커스단의 일부—선전관, 프로그램을 안내하는 번호판을 들고 다니는 소녀, 곡예사처럼 보이는 남자 하나, 어릿광대라는 표시로 어깨에 원숭이 한 마리를 태운 남자 하나, 난쟁이 하나—가 마치 서커스 장에서 그런 것처럼 커브를 그리며 광장을 지나간다. 광장의 바보가 은신처를 찾은 듯이 그들과 한 패인 것처럼 그들 사이로 끼어들지만 다음 순간 다시 혼자가 되어 광장을 헤매고 다닌다.

다시 미녀 하나가 무대를 뽐내며 지나간다. 다른 미인이 빠른 걸음으로 그녀를 따라와서 갑자기 그녀에게 돌진해 그녀의 정수리에 강한 일격을 가하고 다시 옆쪽 골목으로 재빨리 뛰어간다. 첫 번째 미녀는 머리를 감싸 쥔 채 그자리에 그대로 서버린다.

그녀가 그렇게 서 있는 동안 롤러스케이트를 탄 남자 하나가 스키의 스틱을 짚고 밀면서 달려와서는 그 옆을 지나치며 잽싸게 핸드백을 낚아채자, 그녀는 그 자리에서 저

* 유럽 군주의 권력과 위엄을 나타내는, 손에 드는 상징물.

절로 한 바퀴를 돌고 만다.

그녀가 다시 그 자리에 움직이지 않고 서 있는 동안, 이 젤을 든 누군가가 끝이 뾰족한 모자를 쓰고 19세기 복장을 하고 지나간다. 그 순간 목양신(牧羊神) 마스크를 쓴 남자 하나가 골목에서 나타나고, 이어 두 사람이 발로 공을 차서 서로에게 밀어주며 지나가고, 다시 노파 하나가 찢어진 비닐봉지로 가득 찬 심하게 덜컹대는 쇼핑카트를 밀며 지나간다. 또 타잔 모습을 한 남자 하나가 멀리 뒤쪽에서 광장의 빈 공간으로 날아들어오고, 목욕가운을 입은 남자 하나가 쓰레기통을 들고 광장을 배회하며, 남자와 여자 하나가 편지를 부치러 가다가 서로를 쳐다본다.

한 남자가 뒤에서 광장으로 튀어 들어오더니 서 있는 미녀에게 살금살금 다가가서 조용히 그녀의 두 눈을 손으로 가리지만 그녀는 뒤돌아보지 않는다. 그다음 그는 그녀의 겨드랑이와 무릎에 손을 넣어 그녀를 번쩍 들고는 광장을 떠난다.

그녀에게서 아주 깊은 한숨 소리가 흘러나온다.

한 남자가 맨팔로, 팔꿈치까지 시계들을 가득 차고 지나간다.

무겁고 검은 겨울옷을 입은 두세 명의 사람들이 트렁크와 상자를 들고 가벼운 발걸음으로 가다가 다양한 색깔의 여름옷을 입은 두 세 명의 다른 사람들을 만난다.

그 두 그룹의 여정은 커브를 그으며 그들 사이로 끼어 든 고무바퀴를 단 전동차에 의해 잠시 지체되는데, 그 전동차로 챙 달린 모자를 쓴 두 명의 남자가 관 하나를 운반하고 있다. 그 뒤를 광장의 바보가 두 손을 가슴 앞에 모으고 조문객처럼 총총걸음으로 따르고 있다. 이어 그 두 그룹의 사이에서, 마치 이미 오래전부터 준비한 것처럼, 곧장 소규모로 옷과 물건 들의 물물거래가 이루어진다. 그런 다음 두 그룹은 각자 가던 방향으로 퇴장한다.

그 사이 어디에선가 베일 하나가 바람에 날려 들어온다. 그 베일 뒤를, 부아하니 시험 삼아 한 번 입어 본 것 같은 웨딩드레스를 입은 젊은 여자가 바싹 쫓아온다. 그녀는 그 베일을 찾다가 발견하고는 사라진다.

모두가 조용히 광장을 오고 가는 동안, 광장 주변에서 어린아이들이 달리기 시합을 할 때 나는 질주 소리와 그들의 외침 소리가 새롭게 들려온다.

어떤 한 남자가 다른 어떤 남자를 스쳐 지나가다가 놀라 멈칫 서자 다른 남자도 멈칫 선다. 그들은 서로의 얼굴을 빤히 쳐다보다가 서로 자기가 생각했던 사람이 아닌 것을 알아채고, 실수했다는 듯이 고개를 젓는다. 그들은 제 갈 길을 가다가 다시 한 번 놀라 멈칫 서서 서로를 돌아보고는 다시 고개를 저으며 제 갈 길을 간다.

　그 두 사람이 아직 무대에서 보이는 동안, 다른 곳에서 마치 우연처럼 세 번째 남자가 고개를 저으며 자신의 길을 가고 있다. 그는 점점 느리게 걸으면서 천천히 고개를 끄덕이더니 다시 고개를 젓다가 또 다시 고개를 끄덕인다. 그는 그 두 행동을 점점 느리게 그리고 횟수를 거듭할수록 더 크게 하는 바람에 마지막에는 처음 행동이나 나중 행동이 결국 똑같은 모습을 띠게 된다.

　그는 그때 늙은 남자 하나가 상처투성이고 진흙이 다닥다닥 붙은 어떤 어린아이에게 달려가는 것을 보지 못했다. 그 어린아이는 바로 그 늙은 남자의 잃어버린 아들이다. 그는 거의 걷지도 못하는 아들을 팔로 불빛을 가리키며 광장을 지나 집으로 데려가고 있다. 하지만 아들은 한 걸음 앞으로 데려갈 때마다 매번 한 걸음씩 뒷걸음질친다. 그러는 동안 하인 옷을 입은 또 다른 남자가 팔에 양을 끼고 나타나서는 그 둘을 앞질러 지나간다.

　그들 모두가 골목으로 들어가자마자, 안경을 이마에 올리고 연극 대본 같은 것에 손가락을 집어넣은 채 광장의 바보나 광장 관리인이 그들을 열심히 흉내 내며 따라간다. 그는 그들 각자를 조금씩 섞어서 흉내 낸다. 그들과 약간 거리를 두고 다른 한 남자가 따라간다. 그는 조명을 받고 있는 광장을 나무나 판지로 축소해서 만든 모형을 앞에 들고 있다. 아울러 그 두 사람에게 제삼의 인물이 합류했는데, 그는 한 팔에는 헝겊 인형을, 다른 팔에는 한 무더기의 의상을 안고 있다. 그들 모두는 매우 빨리 사라진다.

환한 조명을 받고 있는 텅 빈 광장, 마치 조그만 섬에서처럼 사방에서 짧은 소음들이 밀려온다.

마못*의 울음소리, 독수리의 외침소리.

유령처럼 짧게 매미가 우는 소리.

두 사람이 사방을 사다리처럼 둘러 친 건초마차 위에 원기둥 하나를 비스듬히 싣고 밀면서 지나간다.

남자 하나가 여자 하나를 따라간다. 곧바로 이 두 사람이 마치 광장 뒤에서 재빠르게 원을 그으며 돈 것처럼, 이제는 여자가 남자를 따라간다. 여자가 남자의 길을 막으면 남자가 피하고, 그녀가 다시 길을 막자 그가 지나가려고 한다. 그녀가 그의 웃옷을 잡자, 그가 다시 빠져나가면서 웃옷이 벗겨진다. 그 사이 그 여자가 다른 곳에서 그들과 합류한 제삼의 남자에게 그를 쳐다보지도 않고 그 옷을 내밀자 막 도착한 그 신참은 큰 걸음으로 첫 번째 남자를 뒤쫓

---

* marmot, 다람쥣과 마못속의 포유류를 통틀어 이르는 말. 몸은 작은 토끼만 하고 온몸이 회갈색 털로 덮여 있다.

아가고, 여자는 그 뒤를 바싹 따라간다. 그들은 광장 중간쯤에서 정정한 노인들로 이루어진 소규모 방랑자 그룹과 마주친다.

이 그룹을 향해 다른 노인 하나가 혼자서 지팡이를 짚고 다가온다. 그런데 노인이 지팡이로 다름 아닌 바로 그 방랑자들을 공격하자, 그들도 자신들의 지팡이로 즉시 방어하면서 그들 사이에서 펜싱 경기 같은 소동이 벌어져 한참 계속되다가, 결국 혼자였던 노인이 자신의 적들을 패퇴시킨 다음 묵묵히 자신의 길을 간다.

그 후 한참 동안 백발의 노인들만 광장을 지나가는 것처럼 보인다. 그들은 항상 같은 방향으로 한쪽에서 나타났다가 다른 쪽으로 사라진 후에 다시 처음 나타난 곳에서 나타나면서 계속해서 똑같은 원을 그리는 것처럼 보인다. 그들은 어떤 때는 마치 줄지어 선 사람들처럼 천천히 앞으로 나오다가, 어떤 때는 마치 축제 행렬에서 법복을 입은 사람들처럼 나온다. 또 어떤 때는 마치 추수감사 축제 행렬에 참가한 시골사람들처럼 두 팔에 곡식 다발, 포도주병, 옥수수 이삭 다발을 가득 든 채 나오다가, 어떤 때는 마치 군복을 제대로 차려입은 노병들처럼 나오다가, 마지막에는 마치 단순한 독거노인들처럼 나온다. 노인들은 각자가 혼자서, 어떤 사람은 활발하거나 그보다 덜 활발하게 걸으며,

사람을 앞지르다가 다시 몸을 돌려 앞지른 사람을 향해 오기도 한다. 다른 노인들이 계속 돌고 있는 동안에 어떤 노인 하나가 옆으로 빠져 광장 가장자리로 가서, 한 발은 끌고 다른 발은 그 뒤를 밀면서 그것을 따라가는 사이, 다음 노인이 또 다른 광장 가장자리로 빠져나가더니 거기에 서서 몸을 의지할 벽을 찾거나, 머리나 팔이나 다리를 기댈 받침대나 지팡이를 찾는 듯하다. 그 후 그는 온몸을 떨더니 전보다 훨씬 평온하고 밝은 얼굴로 나타난다. 바로 그때 어떤 골목에서 어린아이의 비명소리가 터져나오더니 잠시 멈추었다가 다시 터져나온다. 공포와 절망의 그 비명소리는 그 후 광장에서 사람들이 분주하게 오고 가며 내는 소음마저 압도해버린다. 이들 임의의 통행인들 중에는, 특히 마음 내키는 대로 광장을 점유하고 있던 영화 촬영 팀이 하나 있었는데, 그들은 광장을 지나다 보니 이곳이 딱히 영화를 촬영하기에 적합한 장소가 아니었지만, 이곳을 지나가는 사람들과 마찬가지로 이곳에 머물러 있는 사람을 포함한 이곳 전체가 자신들의 기질에 맞는 장소라는 생각이 든다. 그리고 어린아이의 비명소리가 뒤섞여 갑작스럽게 혼란과 소동이 일어나는 가운데 무대 뒤쪽에서 노인들의 행렬 중 마지막 사람이 동그란 얼굴을 떨면서 퇴장한다. 물론 그의 퇴장이 아주 천천히 이루어진 터라 그가 계속 떨면서 갑자기 머리를 치켜세울 때마다 그 모습이 분명하게 보인다. 그가 그렇게 느리게 가는 동안 누군가 그에게 시선을 던져도 아무 소용이 없을 수 있다(혹은 그것은 그가 찾던 시선이 아니었을 것이다).

이런 에피소드에 이어 금세 몇 개의 더 짧은 에피소드가 이어진다. 갑자기 젊은이들만 광장을 지나가다가 커브를 그리면서 서로 스쳐 지나간다. 또한 갑자기 남자들만, 이어 갑자기 여자들만 지나가다가, 그들도 커브를 그리면서 서로 스쳐 지나간다.

그 후 남자 하나가 여자처럼 분장을 하고, 여자 하나가 남자처럼 분장을 하고, 각자 제 갈 길을 달려간다. 그들은 달리면서 분장 도구들이 하나씩 떨어지자 그것을 다시 주워 모으면서 계속 달려간다.

그러는 동안 남자 하나가 젊은 모습으로 지나갔다가 늙은 모습으로 돌아온다. 그것은 걸음걸이가 아니라 피부와 머리카락으로 알아볼 수 있다. 오래전에 울던 아이는 진정이 된 상태이고, 완전히 다른 곳에서 동양식 복장을 한 형제로 보이는 두 명의 청소년이 무대로 등장한다. 그들 중 하나가 커다란 생선 하나를 고리에 꿴 채 손가락으로 들고 있다. 그 후 다시 완전히 다른 곳에서 아이네이아스*가 그의 연로한 아버지를 등에 업고 광장을 통과하는데, 손에 든 두루마리 종이가 연기를 내며 타고 있다.

사이.

광장은 텅 빈 채 조명을 받고 빛나고 있다.

보이지 않지만 오토바이 운전자가 자신의 뒤로 예의 그 천둥소리를 남기며 지나가고, 이어 무대 위에서 프로펠러 소리가 들린다.

그 후 다시 바람이 원을 그리며 살랑거린다.

다시 파파게노 모습을 한 남자 하나가 광장의 한쪽을 지나간다. 그는 새털 옷 대신 걸을 때마다 달그락 소리가 나는 조개껍질로 만든 옷을 입고 있다. 그가 들고 있는 새장은 빈 채로 활짝 열려 있다.

정체를 알 수 없는 남자가 낡은 외투에 손을 집어넣고 그를 따라오자 파파게노가 점점 더 자주 그 남자를 돌아본다. 그는 파파게노의 발자국을 그대로 밟고 따라가면서 파파게노처럼 커브를 그리기도 하고 지그재그로 걷기도 한다.

* Aeneas, 그리스 신화의 한 인물. 여신 아프로디테와 안키세스 사이에서 태어난 아들이며 트로이 왕족으로 헥토르와는 사촌간이었다. 트로이가 함락된 뒤 이탈리아반도로 넘어가 라비니움을 건설, 고대 로마의 건국 조상이 되었다.

그 후 따라오던 그 남자가 사과 한 입을 베어 물고, 그의 외투에서 기저귀 뭉치가 삐져나와 보이자 조개껍질 옷을 입은 남자는 비로소 다시 앞을 보며 걷는다. 그는 유희하듯이 그리고 아주 마음 편하게 몸을 빙글빙글 돌리기까지 한다.

그 순간 뒤의 남자가 어느새 파파게노 옆으로 와서 손으로 그의 등을 잡고는 기저귀 뭉치로 그의 목덜미를 세게 후려친다. 파파게노는 땅바닥에 쓰러져 움직이지 않는다. 그러자 사과를 와삭와삭 베어 먹으면서 가던 남자는 기저귀 뭉치를 흔들며 퇴장한다.

땅바닥에 쓰러진 파파게노가 경련이 일어나는 손으로 새장을 쥐고 그 남자를 향해 기어가는 동안 다시 방랑객 하나가 무대로 들어선다. 그는 비를 맞아 깨끗이 씻긴 나무 그루터기 하나를 뿌리 쪽을 공중으로 향하게 해서 머리에 이고 있다. 그는 주위를 한 번 둘러본 다음 그 그루터기를 땅바닥에 내려놓고 뿌리를 의자의 다리로 삼아 그 위에 앉는다.

그가 지도 하나를 펼치는 동안 갑자기 군인 몇 명이 광장을 급히 지나간다. 잠시 후 다시 한 번 같은 방향에서 그보다 적은 수의 군인들이 부리나케 지나간다. 마지막으로 도망병으로 분장한 병사 하나가 숨을 헐떡이고 고개를 이리저리 흔들면서 같은 장소에 나타난다. 그는 마치 목적지에 도착한 것처럼 갑자기 팔을 한 번 쭉 뻗고 그 자리를 조용히 한 바퀴 돌더니 나무 그루터기에 앉아 있는 사람 쪽으로 가면서, 손을 높이 들어 지나가던 작은 두 행렬의 사열을 받는다. 한 행렬은 베두인들의 천막을 끌고 가고 있으며, 다른 행렬은 미는 카트로 산산이 부서진 기념물 조각을 옮기고 있다. 그 사이 그 방랑객은 신발을 벗어 조그만 돌들과 모래를 손바닥 위에 털어내 손가락 사이로 흘러내리게 한다.

그 사이 임신한 여자가 남자를 대동하고 짐을 가득 실은 쇼핑카트를 밀며 나타난다. 그 커플은 조명 속에서 천천히 멈추더니 온갖 포즈를 다 취하며 서로 포옹을 해댄다. 그러는 동안 여자는 카트를 그 자리에서 이리 저리 밀고 있다.

그 후 그 커플은 계속 이동하는데, 이제 여자는 하얀 보자기로 싼 바구니를 머리에 이고 있고, 남자는 약간 떨어진 채 수레를 밀면서 그녀를 따라가고 있다. 그 후 다시 남자 하나가 활짝 벌린 두 팔에 건축 모형을 안고 광장을 으스대며 지나간다. 그는 이번에는 축소된 광장의 모형 대신 사람보다도 큰 고대의 미로 모형을 들고 있는데, 그 옆을 걸어가던 다른 남자가 이 모습을 스케치하려고 애쓰고 있다.

그가 그것을 들고 작은 동작으로 춤을 추며 퇴장하는 동안 벌써 다음 사람이 등장한다. 그 사람은 말린 양탄자를 든 남자나 주자로 보이는데, 광장을 대각선으로 통과하면서 그 말린 양탄자를 펼쳐 보이자, 황토색 수레바퀴 자국이 나 있고 군데군데 풀이 나 있는 들길이 드러난다. 그러자 이제 막 도착한 두 사람이 재빨리 그를 도우려 뛰어오다 양탄자에 수놓아진 들길의 끝자락을 밟는다.

양탄자를 든 사람은 일이 마무리된 후 그 두 사람과 조금 떨어진 길가에 그 양탄자를 편 채 책상다리를 하고 앉는다.

이 사람의 첫 번째 손님들로 벌써 아브라함*과 이삭**이 지나가는데, 아버지는 아들 뒤에 한 발자국 떨어져서 따라가면서 자신의 손을 아들의 어깨에 올려놓은 채 그를 밀면서 가고, 다른 손은 등 뒤로 한 채 제물용 칼을 들고 있다. 그 뒤를 정체를 알 수 없는 한 커플이 따라가는데, 그 커플은 갑자기 왕과 왕비로 변한다. 다시 그 뒤를 '늙은 고리대금업자'가 따라가는데, 그 고리대금업자는 갑자기 껑충대며 걷는 사람으로 변한다. 다시 그 뒤를 영화 〈하이눈〉의 주인공이 따라가는데. 그 주인공은 잠시 걸음을 멈추더니

---

* 구약성경에 나오는 이스라엘 민족의 시조.
** 아브라함이 백 살에 얻은 아들.

우리가 서로 알지 못했던 시간

갑자기 T자형 지팡이를 짚고 가는 사람으로, 손가락을 손바닥에 부딪쳐 소리를 내는 사람으로, 몸을 두드려 리듬을 만드는 사람으로, 야외 콘서트 지휘자로, 머리를 흔드는 사람으로 변하더니, 다시 순식간에 겨드랑이에서 뽑은 노트를 보건대 아주 조용한 작가로, 그 다음에는 마술사로 변한다. 이어 그는 공책을 다시 겨드랑이에 꽂고 마술로 한순간 광장 전체의 빛을 모아들이는 수정구슬을 불러내더니, 종이봉지 터지는 소리에 스스로 마술에서 벗어난다.

사이.

조명 속 광장. 그리고 나무 그루터기와 길가에 앉아 있는 사람들.

주위에서 생선이 튀어 오르면서 펄떡거리는 소리가 들리고, 공중에 여름철 벌떼에게서 나는 것과 같은 윙윙거리는 소리가 들린다.

남자 하나가 아주 급하게 외판원 트렁크를 들고 광장 불빛으로 달려왔다가, 갑자기 더 이상 서두르지 않고 느릿느릿 옆으로 걸어가서 길가에 앉아 있던 사람과 합류하더니 그 옆 모퉁이로 들어간다.

그 후 이삭이 온전하게 돌아온다. 그는 손에 아무것도 들지 않은 채 무척 피곤해 보이는 아브라함을 따라오고 있다. 그들은 약간의 시간차를 두고 눕는다. 아버지는 머리로 아들의 무릎을 베고 있다. 그 사이 보이지 않는 곳에서 다시 아이들이 지나가는데, 그들이 내는 외침소리와 질러대는 쇳소리로 보아 알 수 있다. 그리고 남자 하나가 무릎으로 기면서 다가오다가, 발을 짚더니 금세 먼지를 털면서 일어선다.

다시 광장의 바보가 살금살금 다가와서는 이 사람 저 사람을 하나씩 아래로부터 얼굴까지 훑어보고는 발끝으로 걸어서 무대 뒤로 사라진다. 그러는 동안 '책벌레'처럼 보이는 남자 하나가 나타나서는 계속해서 자신이 펼친 책을 조명에 비추어 보면서 이리저리 왔다 갔다 한다. 그 사이 두 번째 길로는 남자 하나가 마치 얕은 개울에 솟아 있는 돌 위를 지나가듯이 깡충깡충 뛰면서 무대로 들어와서는 개울가에 서서 뒤를 돌아보고, 세 번째 길에서는 노부부가 아이스크림을 핥아먹으며 다가온다.

한동안 광장 위에는 더 이상 아무도 지나다니지 않는다. 모두 멈추어 움직이는 것을 중단하고 그 자리에 서 있거나, 앉아 있거나, 누워 있다. 이어 다음과 같은 사람들이 나타난다. 마치 레슬링 선수처럼 서로 원을 그리며 돌고 있는 두 사람이, 서로 일격을 가한 뒤 기회를 노리다가 갑자기 조용히 헤어진다. 두 팔을 번쩍 들어 승리의 제스처

우리가 서로 알지 못했던 시간

를 하며 나타났던 남자 하나가 갑자기 팔을 내려뜨린다. 가
슴에 번호판을 달고 뛰어 들어오던 한 남자가 그 자리에 서
자 갑자기 번호판이 떨어진다. 한 여자가 무대에 첫발을 내
디딜 때는 마치 죽음에서 부활한 여자처럼 등장했다가 공
중제비를 도는 여자로 변신하더니 마지막에는 다른 사람들
사이로 섞여 들어가 사람들의 시선에서 사라진다. 어깨와
모자 위에 눈이 수북이 쌓인 한 남자가 지나가다가 멈추어
서서는 마침내 광장 중앙으로 가려고 결심한 듯 그쪽으로
길을 꺾는다. 그는 모자를 벗어 눈을 털어내면서 점점 더
조용히, 점점 더 작은 발걸음으로 걸어간다.

　마지막으로 푸른새 견습생 복장을 한 인물이 바퀴 하나
를 굴리느라 비트적거리며 무대로 들어온다. ―그것은 혹
시 푸른색 유리가 끼워져 다양하게 빛이 굴절되는 샤르트
르 성당의 둥근 장미창이 아닐까?―그는 그 바퀴를 갖고
왔던 곳으로 다시 들어갔다가 금세 그것을 놓고 돌아와서
는 다른 사람들 사이에서 자기 자리를 찾아보지만 계속해
서 마땅한 곳을 발견하지 못한다. 그가 자기 자리를 발견하
지 못하면서 점점 더 극적인 상황이 전개되다가, 마침내 소
위 광장 전문가이자 광장의 후견인이라고 할 수 있는 광장
의 바보가 재빨리 그에게 어떤 곳을 손으로 가리켜 앉을 자
리를 지정해 준다(지금까지 아무도 그렇게 적합한 자리를 찾은

적이 없었다). 이어 그를 도와준 조력자는 자신의 역할을 마치자마자 서로 누군지 알 수 없는 다른 사람들 사이의 빈 공간으로 사라진다.

사이.

광장은 예전의 밝은 조명을 받고 있다. 광장 위에는 넓게 흩어져서 일정한 간격을 두거나 혹은 바싹 붙어서 주인공들 모두가 누워 있거나, 서 있거나, 웅크리고 있거나, 의자에 앉아 있다.

바람이 다시 윙윙거리고 쏴쏴 소리를 내면서 원을 그리며 불어온다. 그 후 대각선 방향에서 뒤쪽으로 이어지면서 마치 호수가 얼 때처럼 딱딱, 하고 부딪치는 소리가 들려온다. 이어서 귀뚜라미가 멀리서 단조로운 톤으로 우는 소리가 계속해서 들려오더니 정적이 감돈다.

그 후 한동안 다음과 같은 일들이 벌어진다. 광장에 있는 모든 사람들에게 놀라움이 엄습하더니 그들 모두가 동시에 전율에 휩싸인다, 그들은 다시 한 번 전율에 휩싸이고, 또 다시 한 번 전율에 휩싸이더니 급기야 공포에 사로잡힌 채 몸을 부르르 떤다.

한 남자가 자신의 따귀를 때린다.

한 남자가 한 여자에게 무릎으로 오라고 하자 그녀가

금세 그의 무릎 위에 앉는다.

한 남자가 자신의 재킷을 뒤집어 축제 의상으로 바꾼다.

한 남자가 다른 사람의 구두를 닦아주고, 또 다른 남자가 한 여자에게 기댈 곳을 찾다가 그녀에게 몸을 기대고, 또 다른 남자가 거칠게 땅바닥을 긁는다.

누군가를 기다리는 것처럼 보이는 한 남자에게 자신처럼 누군가를 기다리는 동료가 생기고, 세 번째 남자가 그들과 합류하더니 앞선 두 사람이 기다리는 모습을 연기해 보인다.

한 남자와 한 여자가 서로의 성기에 손을 올려놓고 있다.

한 남자가 머리 한 타래를 잘라낸다. 다른 남자 하나는 걸어가면서 자신의 가슴께 옷을 찢어발긴다. 한 남자가 걸어가면서 신발에 묻은 개똥을 떼내려고 애를 쓰고, 한 여자가 열쇠를 던지자 다른 여자가 팔짝 뛰어 그것을 잡는다.

한 남자가 지나가면서 다른 사람을 잡아당긴다.

한 남자가 배를 땅바닥에 대고 엎드려서 한쪽 귀를 땅바닥에 대더니, 이어서 다른 쪽 귀도 댄다.

한 남자가 기다리는 것을 포기하고 옆으로 가려는 순간 다른 사람에 의해 도로 자신의 자리로 끌려온다.

한 남자가 처음에는 몸을 구부리고 무엇인가를 찾다가 나중에는 기어서 찾는다. 다른 남자가 마찬가지로 그와 함께 무엇인가를 찾고 있다. 그러자 제삼의 남자가 그들과 합류해 함께 찾다가 그들을 방해한다. 이어 완전히 다른 곳에서 또 다른 남자 하나도 무엇인가를 찾기 시작한다. 그 사이 첫 번째 남자가 이것저것을 찾아 불빛에 비추어 보지만 그것은 자기가 찾던 것이 아니다. 그와 함께 무언가를 찾던 다른 사람들 중 하나는 오래전에 잃어버렸던 것을 다시 발견하고는 그것에 키스를 하고 가슴에 품어 본다.

한 남자가 수통으로 누워 있는 다른 사람의 이마 위에 물을 붓는다.

한 남자가 페르 귄트*의 모습을 하고서 양파를 까면서 등장했다가 사라진다.

광장에 있던 사람들이 점점 더 많이 서로를 바라본다. 아니, 그들은 '더 많이'가 아니라 '너무 많이' 서로를 바라본다. 단순히 이렇게 서로 바라보는 것만으로 갑자기 미친 듯이 소리를 지르며 질주하던 남자뿐 아니라 갑자기 큰 소리로 훌쩍거리던 여자, 슬픔에 잠겨 휘파람을 불던 남자도 안

> * Peer Gynt, 1867년에 노르웨이의 작가 헨릭 입센(Henrik Ibsen)이 쓴 희곡의 제목이자 주인공 이름. 몰락한 지주의 아들 페르 귄트가 지나친 공상에 빠져 세계를 방랑한 끝에 고향으로 돌아와 애인 솔베이지의 사랑을 깨닫고 죽는다는 내용으로, 전체 5막으로 되어 있다.

우리가 서로 알지 못했던 시간

정을 찾는다. 서로 바라보던 사람들이 동시에 서로 다가간다.

그와 동시에 그들 모두가 그냥 단순히 그렇게 서서, 어떤 사람들은 서로의 눈을, 다른 사람들은 서로의 귀를 바라보면서 각각 다른 사람으로 변하는 일이 광장 전체에 걸쳐 벌어진다.

한 남자가 인식표, 꽃, 책, 사진 등을 들고 사람들이 늘어선 줄을 지나간다. 그는 계속 고개를 가로저으면서 가다가 마지막에 비로소 딱 한 번 머리를 가로젓더니 갑자기 소리 없이 긍정의 몸짓을 하며 앞에 있는 상대와 어색한 포옹을 나눈다.

마찬가지로 함께 무엇인가를 찾던 두 사람이 서로 어색하게 머리를 부딪친다. 그러자 한 사람이 다른 사람을 땅바닥에서 들어 올린 채 하늘을 향해 숨을 헐떡거리던 그 사람을 데리고 자신도 숨을 헐떡거리면서 한 바퀴 원을 그리면서 간다. 또 한 여자가 다른 남자를 쓰다듬으며 그의 얼굴을 우스꽝스럽게 찌그러뜨린다.

다시 그들 모두가 아무것도 하지 않고 그냥 그렇게 함께 있다. 그들의 눈이 점점 더 작아진다.

까마귀 울음소리, 개 짖는 소리에 이어 멀리서 천둥 치는 듯한 소리가 들린다.

그러더니 마침내 광장 위 높은 곳에서 폭풍이 일어나고 우르르 쾅 하고 천둥 치는 소리가 들렸지만 그 아래 있는 사람들의 머리카락 한 올도 움직이지 않는다.

그 후 무대 주위에서 갖가지 고통과 비탄의 소리가 들려온다. 이쪽에서는 어떤 어린아이가, 저쪽에서는 코끼리가, 다시 다른 쪽에서는 백조, 개, 코뿔소, 황소, 당나귀, 고래, 공룡, 고양이, 고슴도치, 거북이, 지렁이, 호랑이, 리바이어던* 등이 내지르는 고통과 비탄의 소리가 들려온다.

그 후 형형색색의 사람들이 지나간다. 그들의 옷과 머리카락과 눈의 색이 아주 다채롭다.

그때 한 남자가 다른 사람을 바라본다.

두 사람이 서로의 겨드랑이에 손을 집어넣고 서로의 몸을 덥힌다. 한 남자가 마주 오는 사람이 자신을 빼닮은 것을 보고 소스라치게 놀란다. 한 남자가 절망 속에서 자신을 바라봐줄 관객을 찾다가 이내 발견하고는 자신의 상황을 연기할 수 있게 된다. 한 남자가 공중에서 천천히 떨어지는 종이를 쫓아갔다가 종이가 몸에 닿을 때마다 흠칫 놀라곤 한다.

---

* Leviathan, 구약성경 〈욥기〉에 등장하는 거대한 영생동물의 이름. 토머스 홉스(Thomas Hobbes)는 같은 제목의 책에서 국가라는 거대한 창조물을 이 동물에 비유했다.

우리가 서로 알지 못했던 시간

광장의 중앙에서 모든 사람들이 자신의 몸으로 옥외 계단을 만들어 보인다. 맨 위에 누워 있던 사람이 갑자기 일어나서 아래로 내려오자 계단의 발치 아래쪽 깊은 곳에서 종소리가 울려 나온다. 종소리는 한 번은 거의 들리지 않았다가 한 번은 조그맣게 들렸으며, 한 번은 완전하게 들렸고, 한 번은 멀리서 들렸으며, 한 번은 가까이서 들렸고, 한 번은 맑게 들렸으며, 한 번은 둔탁하게 들렸다. 그러자 모든 사람들이 튀어오르며 허리를 숙이고 손을 허벅지에 올려놓은 채 그 소리에 귀를 기울인다. 한 남자는 황홀해하고, 다른 남자는 불쾌해 하며, 또 다른 남자는 즐거워하고, 또 다른 남자는 고통스러워한다.

그 후 종소리가 계속 들리는 가운데 광장 뒤쪽에서 두 명이 보이지 않는 배를 타고 상체만 드러내놓은 채 노를 젓는다. 그들은 아프리카의 화려한 민속의상을 입고 있는데 그렇게 배를 밀다가 잠깐 멈추더니 커다란 몸짓으로 말없이 배에 무언가를 선적하는 시늉을 한다. 그러는 동안 광장에 있던 다른 사람들 모두 다시 번갈아가며 부르르 하고 몸을 떨었지만 두 사람 중 누구도 그것을 따라하지 않는다.

그들은 계속해서 저 이래쪽에서 들려오는 종소리가 울려 퍼지는 가운데 그렇게 노를 저으며 간다.

마지막 순간에 푸른색 견습생 복장을 한 남자가 그들을

따라 급하게 서둘러 떠나면서 시끄러운 소리를 내자 어떤 남자가 그의 발을 걸어 넘어뜨린다. 종소리가 그치고 꿈도 끝이 난다.

한 사람이 퇴장 신호를 보내자 이어 다른 사람이, 연이어 또 다른 사람이, 마지막에는 전체가 퇴장 신호를 보낸다.

사이.

광장, 조명, 아우트라인.

매우 늙은 한 남자가 눈을 크게 뜨고 나타나자 나머지 사람들이 그에게 몸을 돌려 멀리서부터 그를 쳐다보면서 다가온다.

그러자 그는 갑자기 그 사람들을 향해 미소를 보낸다.

정적.

이어 그가 금세 말하기 시작하면서 그의 몸 여러 부위도 따라서 움직이기 시작한다. 그는 말의 강약에 따라 일정하게 손을 움직이기도 하고, 공중으로 팔을 뻗기도 하며, 어깨를 빠르게 움직이기도 하고, 머리를 흔들기도 하며, 입술로 소리 없이 장단을 맞추기도 하고, 콧구멍을 벌름거리기도 하며, 눈썹을 아치형으로 만들기도 하고, 게다가 그 사이 허리까지 흔들기도 하면서 자신의 이야기에 여러 가지 제스처로 그림을 그려 넣는다.

가장 멀리 떨어진 사람들까지도 그의 말에 주의를 기울인다.

관객들 중 몇몇 사람들은 그를 미리 이해하고 있었던 듯 고개를 한 번 끄덕이고 다시 끄덕인 다음, 그가 말한 어떤 단어를 한 자 한 자 읽다가 처음 부분만 계속해서 다양한 어조로 웅얼거린다.

그 후 그는 갑자기 마치 최후의 연설을 앞둔 것처럼 입을 다문 채 아무 말 없이 무표정한 표정으로 그렇게 서 있다.

그러자 한 여자가 갓 태어난 젖먹이를 싼 포대기를 들고 노인에게 다가와서 그의 뻗은 팔에 건네준다. 그는 포대기를 한 번 보고 다시 하늘 쪽으로 시선을 돌리더니 아무 말 없이 뭐라고 웅얼거리다가 이내 큰 소리로 환호성을 터뜨린다.

다시 그의 관객들 중 몇몇 사람들이 고개를 끄덕인다. 그들은 마치 교리에 따라 그러는 듯 머리를 끄덕인다. 몇몇 사람들이 벌써 일어나 그를 지나치면서 고개를 끄덕인다.

그 사람들은 광장 중앙에 있던 노인이 한 번 그리고 다시 한 번 손뼉을 치자 광장 주위로 큰 원을 그리며 점차 얼추 하나의 행렬을 만들어낸다. 그러자 노인도 짧게 환호성을 터트리며 팔에 젖먹이를 안고 그 행렬에 합류한다. 그 사이 그 포대기로부터 젖먹이가 우는 소리가 계속해서 구슬프게 점점 더 크게 들려온다. 그 소리는 마치 버림 받은 새끼 새들의 울음소리 같다. 젖먹이가 우는 소리에 이어 다시 광장 주변에서 쏴쏴 하고 바람 부는 소리가 들려온다. 그 전에 이미 그 노인과 거의 나이가 같은 노파가 그를 기분 좋게 해주기 위해 그의 관자놀이 부근을 마사지해준다.

그 후 모든 것이 빨리 진행된다. 작별 인사를 하기 위해 다시 한 번 들길의 풀밭을 스쳐 지나갔던 그 사람 뒤에서 이 들길이 재빨리 둘둘 말아졌고, 나무 그루터기도 여러 사람들이 지나치면서 그들의 손과 발에 의해 무대 뒤로 밀쳐져 굴러 떨어진다. 어깨 너머로 돌아보며 길 가장자리에서 다시 한 번 주저하는 사람은 바로 다음 사람의 발에 엉덩이를 걷어차이며 빨리 가라는 재촉을 받는다. 떨어지는 종이들을 낚아채려고 하는 사람은 달리면서 그런 행동을 한다. 일종의 등산용 아이젠을 차고 있는 사람은 그것을 착용하고도 더욱 더 빨리 달려간다.

그들은 사방으로 뿔뿔이 흩어지면서 분명하게 서로 다른 모습을 보인다. 어떤 사람은 화나고 실망하여 혀를 내밀고 침을 뱉으면서 가고, 어떤 사람은 기쁘고 실망하여 어깨를 들썩이면서 가며, 어떤 사람들은 꿈에서 깨어나서 한결 가벼운 마음으로 가고, 다른 사람들은 아직도 이 꿈을 쫓아가듯 천천히 가며, 어떤 사람은 울면서 가고, 어떤 사람은 폭소를 터뜨리며 가며, 어떤 사람은 바닥에 키스를 하고 가고, 어떤 사람은 마치 슬라롬스키 주자가 출발 전에 그러는 것처럼 허공에 길을 그리면서 가며, 어떤 사람은 마라톤 선수처럼 제대로 뛰어가고, 어떤 사람은 역기를 들 준비를 하는 역도 선수처럼 손을 펼친 채 간다. 그들은 또한 자신의 물건들을 모두 챙겨 가는데 특이한 점은 각자 혼자서 뿔뿔이 흩어진다는 점이다. 그들은 여름바람에 옷자락을 나부끼며 사라진다. 그와 동시에 종잇조각, 비닐봉지, 석탄가루 먼지 같은 것이 바람에 흩날린다. 그 사이 광장 저편 그 어딘가 여러 곳으로부터 폭죽이 터지는 소리가 나기 시작하더니 화음을 이루어 울리다가 사라진다.

사이.
밝고 텅 빈 광장. 예전의 조명을 그대로 받고 있다.
잠시 나비(혹은 나방)가 돌아다닌다.
끈으로 동여맨 어떤 물건이 소형 낙하산에 묶여 둥실둥실 떠서 무대 안으로 들어온다.
그 뒤를 소위 광장 청소부라고도 하는 광장 관리인이 바싹 따라 들어온다. 그는 한 손으로 자신의 뒤로 쓰레기통을 포함해 시장에서 쓰는 막대기 다발이 실려 있는 수레를 하나 끌고 있다. 그는 다른 손에 들고 있는 싸리비로 땅바닥의 물건들을(소형 낙하산도 함께) 일부는 자기 앞으로 밀어놓고, 일부는 싸리비를 거꾸로 돌려 뾰족한 끝으로 찔러 쓰레기통에 집어 올려 넣는다. 그것들은 바로 대형 딸기 하나를 비롯하여 몇 개의 과일들, 책 한 권, 새의 시체 하나, 생선 대가리 하나 등이다. 그는 물건들을 앞으로 밀다가 잠깐 서서는 싸리비로 자기 신발의 먼지를 털어낸다.

그 사이 무대 앞쪽에서는 다시 미인 하나가 광장을 지나간다. 그녀는 틀어진 스타킹을 바로잡으면서도 광장을 걸어가는 내내 안으로 잦아든 미소를 유지하고 있다. 무대 뒤쪽에서는 사다리를 든 남자 하나가 광장을 지나간다. 그는 너무 연약한 나머지 그의 뒤에 있는 사다리가 거의 그의 앞쪽 시야를 가릴 지경이다. 그 사이 다시 술에 취하거나 혹은 부상당한 남자 하나가 비틀거리며 길을 가고 있는데, 그의 기다란 구두끈이 풀려 있다. 다시 한 남자가 책을 펼쳐 들고 읽으면서 빙글빙글 돌며 가는 동안, 다른 남자 하나가 그의 옆을 따라가며 같이 책을 읽으면서 책장을 넘겨주고, 다른 곳에서는 몇몇 사람들이 막대기에 매단 허수아비를 하늘 높이 들고 지나가다가 그것을 곧 화형에 처한다.

밝은 대낮에 올빼미 우는 소리가 들린다. 걸어가면서

우리가 서로 알지 못했던 시간

조용히 울고 있던 남자가 그 다음에는 주먹을 마구 휘두르며 흑흑 흐느껴 운다. 무거운 짐을 지고 있는 남자 하나가 점점 더 많은 짐이 얹어지는데도 편안한 미소를 지으며 지나간다. 한 남자가 다리 사이에 나뭇가지를 갖고 등장했다가 사라진다. 한 남자가 다리 모형을 들고 지나가다가 그것을 광장과 비교한다. 들것에 죽음이 실려 나간다. 사냥꾼이 '백설공주의 심장'을 유리잔에 넣어 운반한다. '장화 신은 고양이'가 거만하게 지나간다. 새까맣게 탄 종잇조각이 하늘에서 내려온다. 여자 하나가 비닐봉지에 옷들을 넣어서 세탁소에서 나온다. 고무장화를 신은 양치기가 집으로 돌아간다. 한 남자가 해바라기를 들고 간다. 한 여자가 지나가면서 열쇠꾸러미를 하늘에 높은 포물선을 그리며 던진다. 미녀 하나가 개암나무 지팡이를 짚고 간다. 어떤 괴물이 거칠게 숨을 몰아쉬는 소리가 들리더니 아주 작은 주자 하나가 지나간다. 위쪽이 꽃으로 장식된 문 하나가 운반된다. 장군 하나가 어린이용 신발을 앞에 들고 지나간다. 성도(星圖)를 든 남자 하나가 지나가고, 코에 종이 딱지를 붙인 남자 하나가 지나간다. 광장의 관리인 혹은 광장의 파수꾼이 다시 수레를 밀면서 지나가는데, 이 수레에는 광장의 바보가 빗자루와 삽을 왕홀처럼 들고 의자에 앉아 있다. 남자 하나가 카누를 머리에 이고 가고 있으며, 남자 하나가 눈이 가려진 채 형장으로 끌려가고 있으며, 여자 하나가 커다란 메뉴판을 들고 이리저리 왔다 갔다 한다. 한 난민 가족이 지나가는데, 그들의 쇼핑백 밖으로 어린아이의 머리가 드러나 보인다. 유산을 불법으로 상속받은 여자 하나가 자신에게 유산을 상속한 이모와 함께 지나간다. 절뚝거리는 개 한 마리가 절뚝거리는 남자가 끄는 끈에 묶여 지나간다. 축제극 연극단원들이 기다란 야회복을 입고 몸을 뻣뻣이 세운 채 길을 가고 있다. 달리기 선수 하나가 얼굴에 희색이 만면한 채 뛰어가고 있다. 도박사 하나가 지나가면서 카드를 펼쳐 보인다. 두 사람이 걸으면서 전광석화처럼 무엇인가를 서로 교환한다. 사방을 사다리처럼 둘러친 건초 마차가 가면과 인형을 가득 싣고 끌려 지나간다. 한 그룹의 사람들이 차에서 함께 내리더니 각자 흩어져서 광장을 빠르게 지나간다. 숨겨진 미인 하나가 광장을 지나면서 공개된 미인이 된다. 젊은이 하나가 어떤 노인의 촛불을 입김을 불어 꺼준다. 등대지기가 성큼성큼 광장을 지나간다. 야간 순찰대가 수갑과 곤봉을 휘두르며 지나간다. 방랑자 하나가 수북이 쌓인 나뭇잎들을 밟을 때 나는 소리를 내며 지나간다. 할아버지가 막대기 끝 갈라진 틈에 몸을 친친 감고 있는 뱀을 들고 간다. 포르투갈 여자 하나가 등장한다. 마르세유 출신의 여자 하나가 선창에 들어선다. 헤르츨리야

우리가 서로 알지 못했던 시간

출신의 유대인 여자가 골목에 가스마스크를 던진다. 몽고 여자가 자신의 매를 데리고 광장을 지나간다. 톨레도 시의 여성 후원자가 사자 가죽을 끌며 지나간다.

결국 이제 모두가 함께 광장을 이리저리 왔다 갔다 하는 상황이 펼쳐진다. 식당 종업원처럼 보이는 남자 하나가 재빨리 광장에 재떨이를 비우고, 샴페인 쟁반을 든 여자 하나가 어떤 골목에서 나와 다른 골목으로 어슬렁거리며 들어가며, 한가로운 사업가이거나 기상청 예보관처럼 보이는 남자 하나가 나타나서 하늘을 쳐다보고, 아울러 찰리 채플린으로 분장한 사람이 산보하며 그 옆을 지나간다. 그들은 가자 천천히 무대 이쪽저쪽을 그냥 걸어 다니는 것 이외에는 아무것도 하지 않는다. 그들은 걸을 때 가령 팔을 흔들기도 하면서 어쨌든 걷고 있다는 것을 연기해 보인다. (그러는 동안 달리기 선수 하나가 앞으로 뻗은 손에 어떤 아이가 만든 진흙작품을 들고 숨을 몰아쉬는 것이 보인다.) 마치 광장을 지나가는 모든 사람들이 동시에 함께 어디론가 가고 있는 것처럼 보인다.

바로 그 순간 아래쪽에서 첫 번째 관객이 자리를 박차고 일어나 무대 위로 올라와 그 행렬에 합류한다. 그는 한동안 마치 축구장에 뛰어든 개나 토끼처럼 무대를 이리저리 헤매다가 재빨리 도망친다.

이제 두 번째 관객이 비호처럼 무대로 날아들어 무대 위 사람들과 같이 가려고 시도를 해보지만, 곧 빨래를 가득 넌 장대를 들고 가던 두 여자들에 의해 길이 막히자 멈추어 선다. 이에 비해 다른 사람들은 그 두 여자를 능수능란하게 잘도 피한다.

　　그러자 마지막으로 세 번째 관객이 무대에 등장한다. 그는 즉시 아주 자연스럽게 끝없이 움직이는 이 행렬에 완벽하게 합류해 긴 꼬리를 그리며 사람들과 함께 걷는다.

　　사람들이 오고 가고, 또 오고 간다.

　　그 후 광장이 어두워진다.

우리가 서로 알지 못했던 시간

1942년 12월 6일 오스트리아 케른텐 주 그리펜에서 출생.

1961년 그라츠 대학교 법학과 입학.

1965년 연극배우 립가르츠 슈바르츠와 결혼. 첫 소설
《말벌들》(*Die Hornissen*). 작품 활동에 전념하
기 위해 대학 공부 중단.

1966년 미국 프린스턴에서 개최된 '47 그룹' 모임에 참
석. 《관객모독과 구변극 모음집》(*Publikumsbe-
schimpfung und andere Sprechstucke*).

1967년 《카스파》(*Kaspar*). '게하르트 하우프트만 상' 수
상. 이후 '쉴러 상' '게오르크 뷔히너 상' 등 독일
과 오스트리아의 수많은 문학상 수상.

1968년 베를린으로 이주.

1969년 한트케에게 "아주 중요하고 사랑스러운 체험"이
        된 딸 아미나 탄생.

1970년 파리로 이주. 결혼생활 파경, 아내가 연극에 전
        념하기 위해 가족을 떠나자 한트케 혼자서 딸을
        돌보기 시작. 《페널티킥 앞에 선 골키퍼의 불
        안》(*Die Angst des Tormanns beim Elfmeter*).

1971년 쾰른으로 이주, 한트케의 어머니 자살.

1972년 《긴 이별을 위한 짧은 편지》(*Der kurze Brief
        zum langen Abschied*), 《소망 없는 불행》
        (*Wunschloses Unglück*).

1973년 다시 파리로 이주.

1975년 《진정한 느낌의 시간》(*Die Stunde der wahren
        Empfindung*).

1976년 《왼손잡이 여인》(*Die linkshändige Frau*).

1987년 《어느 작가의 오후》(*Nachmittag eines Schrif-
        stellers*). 영화감독 빔 벤더스와 영화 〈베를린 천
        사의 시〉(*Der Himmel über Berlin*) 시나리오 공
        동작업.

1991년 유고슬라비아 내전이 일어나자 세르비아와 세르
        비아 국수주의자들을 옹호.

1992년 무언극 《우리가 서로 알지 못했던 시간》(*Die Stunde da wir nichts voneinander wußten*).

2004년 《돈 후안》(*Don Juan*).

2006년 '하인리히 하이네 문학상'에 지명되었으나 한트케의 정치적 성향을 이유로 뒤셀도르프 시의회가 거세게 반대하자 수상을 거절.

2007년 《시 없는 삶》(*Leben ohne Poesie*).

2008년 자신에게 세르비아 국적이 있다면 대통령 선거에서 국수주의자 토미슬라브 니콜리치를 찍겠다고 공언.

2019년 총 90여 편 이상의 소설 등 산문과 연극작품 출간. 노벨문학상 수상. 현재 파리 근교 샤빌 거주.

역자 후기

《진정한 느낌의 시간》은 라이너 마리아 릴케의 《말테의 수기》를 강하게 연상시킨다. 우선 두 작품의 무대가 똑같이 프랑스 파리다. 또한 《말테의 수기》의 주인공 말테가 '사물을 보는 것'을 배우는 것처럼 《진정한 느낌의 시간》의 주인공 코위쉬니히는 '사물을 관찰하는 것'을 배운다. 코위쉬니히가 "이런 식으로 옛날 것이라고 치부해버린 채 구역질을 느끼며 외면하지 않고 살펴볼 것이 얼마나 많았는지!"라고 하는 것은 바로 그 때문이다. 게다가 《진정한 느낌의 시간》은 《말테의 수기》처럼 흰 행을 띄워 장과 장 사이를 구분한다.

두 작품이 장을 구분하는 방법에는 약간의 차이가 있

다. 《말테의 수기》는 전혀 숫자를 쓰지 않고 한 행을 띄워 총 71개의 장으로 구분하지만, 《진정한 느낌의 시간》은 숫자로 크게 8장으로 구분한 뒤 각 장을 다시 총 163개 장으로 세분화할 때 한 행을 띄운다. 특히 《진정한 느낌의 시간》의 장은 아주 긴 것은 4페이지에 달하는 것도 있지만 가장 짧은 것은 네 줄짜리도 있다. 두 작가는 왜 이렇게 작품을 크고 작은 장으로 구분한 것일까? 그것은 총체적으로 조망할 수 없는 파편화된 삶에 대한 일종의 상징이 아닐까?

그래서 한트케의 코위쉬니히는 릴케의 말테의 후예라고 해도 과언이 아니다. 물론 두 주인공은 64년의 나이 차이가 나는 만큼 핏줄(!)은 같아도 사고방식은 사뭇 다를 수밖에 없다. 1910년생 말테는 시골에서 살다가 대도시 파리로 이주한 젊은 무명작가다. 그는 파리의 거리에서 수많은 환자와 가난한 사람을 목도하고 죽음의 냄새를 맡으며 불안에 휩싸인다. 그는 심지어 시골의 느린 풍경과는 너무 다르게 획획 지나가는 도시의 빠른 풍경에 적응하지 못하고 서술의 위기를 느낀다. 바로 이런 주인공 말테의 불안과 서술의 위기를 릴케는 《말테의 수기》를 71개 장으로 구분함으로써 표현한 것이다.

이에 비해 1974년생 코위쉬니히는 오스트리아의 파리

주재 대사관의 언론 담당 직원으로서 파리의 낯선 환경 때문이 아니라 원초적이고 실존적인 불안에 휩싸여 있다. 아마 말테 세대의 불안이 64년의 세월이 흐르며 심화되고 내면화되었으리라. 코위쉬니히는 그 누구와도 제대로 소통하지 못한 채 늘 사방에서 죽음의 '징후'를 보며 마치 "페널티킥 앞에 선 골키퍼"처럼 불안해한다. 한트케가 《진정한 느낌의 시간》를 163개의 짧은 장으로 구분한 것은 바로 주인공 코위쉬니히의 불안을 형식미학적으로 형상화한 것이다.

코위쉬니히의 불안은 그의 일관되지 못한 의식에서도 드러난다. 그는 문맥에 전혀 맞지 않는 말을 불쑥불쑥 내뱉어 독자들을 혼란스럽게 한다. 가령 그는 헨리 제임스의 책을 읽다가 갑자기 "얼굴 화장하기, 당장! 그리고 머리 자르기!"라고 말하거나, 샌디에이고를 회상하며 "도대체 누가 이 세상은 이미 발견되었다고 말했더라?" 하고 중얼거린다. 독자들은 이런 대목을 자주 접하게 되는데, 참 난감하고 당황스럽지 않을 수 없다.

그렇다면 코위쉬니히의 가장 큰 불안은 어디에서 기인한 것일까? 그것은 그가 지금까지 살아오면서 한 번도 '진정한 느낌이 시간'을 누린 적이 없다는 것이다. 그래서 그는 이렇게 말한다.

"몇 년 전 신생아실 간호사가 창문을 통해 처음 아이를 보여주었을 때, 그는 아이 스스로가 생채기를 낸 얼굴을 보고 마음속에서 무엇인가 뭉클했던가? 그는 그때 행복감을 느꼈다. 그건 분명하다. 그러나 그것이 정말 어땠더라? 그는 그때의 느낌이 아니라 자신이 행복했다는 사실만을 기억했다. 그 사실이 물론 그의 마음을 아프게 했다. 그러나 눈을 감고 아무리 생각해봐도 그는 그때의 상황을 똑같이 느낄 수 없었다."

코위쉬니히는 릴케의 말테가 새롭게 보는 법을 터득한 것처럼 과연 사물을 관찰하는 것을 배운 결과 '진정한 느낌의 시간'을 갖게 될까? 이것이 바로 한트케의 《진정한 느낌의 시간》의 핵심 주제다.

이와 밀접한 연관을 맺으면서 그에 못지않은 또 다른 주제도 있다. 이 세상을 관찰하고 느끼는 데는 각자의 독특한 방식이 있을 뿐이지 왕도가 없다는 것이다. 그래서 코위쉬니히는 "도대체 누가 이 세상은 이미 발견되었다고 말했더라?"를 되뇌고 자신이 '세상'이라고 주장하는 것이다.

페터 한트케의 단막극 《우리가 서로 알지 못했던 시간》(1992)은 그의 열두 번째 드라마이자 두 번째 무언극이다. 그의 첫 번째 무언극은 《피후견인이 후견인이 되려고 하다》(*Das Mündel will Vormund sein*, 1969)이다.

《우리가 서로 알지 못했던 시간》의 무대는 사람들이 많이 오가는 임의의 광장이다. 이곳으로 총 450여 명의 인물들이 등장해 각각 다른 행동을 하며 오고 간다. 그들은 혼자이기도 하고 부부나 두 사람의 친구이기도 하며 세 사람이기도 하고 그 이상으로 이루어진 그룹이기도 하다. 이 무언극은 바로 하루 동안 이들이 이 광장을 오고 가면서 보인 행동을 자세히 관찰해 기록한 것이다.

등장인물 중에는 우리가 일상생활에서 볼 수 있는 남녀노소를 망라한 평범한 사람들뿐 아니라 모세나 아브라함과 같은 성경 속 인물, 모차르트의 〈마술피리〉에 등장하는 새잡이 파파게노, 영화 〈하이눈〉의 주인공 보안관 윌 케인, 찰리 채플린 등도 있다. 특히 다른 인물들과 달리 광장의 바보는 계속해서 등장해 마치 어릿광대처럼 온갖 익살을 떨며 관객의 시선을 끈다.

이 드라마는 분명 주인공도 없고 조연도 없다. 등장하는 인물 하나하나가 모두 주인공이다. 또한 등장인물 개개인의 행동을 에피소드 형식으로 서술해 마치 줄거리가 없는 것처럼 보인다. 관객들도 처음에는 전체 내용을 종잡을 수 없어 당황할 수 있다. 하지만 시간이 지날수록 관객들은 점점 등장인물들에게 매료되면서 미로 같은 수많은 에피소드 속에 꽁꽁 숨어 있는 주제도 찾아낼 수 있다.

이 작품의 묘미는 바로 그것이다. 관객들이 성찰을 통해 마지막 부분에 가서 수많은 에피소드를 관통하는 주제를 추론해낼 수 있다는 점이다. 그렇다면 이 드라마의 주제는 무엇일까? 그것은 바로 화합과 화해다. '우리가 서로 알지 못했던 시간'이 지양되고 서로 알고 보듬어주는 시간을 함께 만들어가자는 것이다. 그래서 이 드라마는 '철학 드라마'이자 '사색 드라마'라고 할 수 있다.

이 드라마의 주제가 확연히 드러나는 곳은 마지막 부분이다. 앞부분에 등장하는 인물들은 하나같이 고독하고 쓸쓸한 모습이다. 슬프고 우울한 모습이다. 그들 사이에 높은 장벽이 세워져 있어 서로 소통을 하지 못한다. 그런데 마지막 부분에서 인물들 사이의 장벽이 와르르 무너지고 서로 마음을 나누는 장면이 연출된다. 그것은 서로 "많이 바라봄"으로 시작된다.

광장에 있던 사람들이 점점 더 많이 서로를 바라본다. 아니, 그들은 '더 많이'가 아니라 '너무 많이' 서로를 바라본다. 단순히 이렇게 서로 바라보는 것만으로 갑자기 미친 듯이 소리를 지르며 질주하던 남자뿐 아니라 갑자기 큰 소리로 훌쩍거리던 여자, 슬픔에 잠겨 휘파람을 불던 남자도 안정을 찾는다. 서로 바라보던 사람들이 동시에 서로 다가간다. 그와 동시에 그들 모두가 그냥 단순히 그렇게 서서, 어떤 사람들은 서로의 눈을, 다른 사람들은 서로의 귀를 바라보면서 각각 다른 사람으로 변하는 일이 광장 전체에 걸쳐 벌어진다.

한 남자가 인식표, 꽃, 책, 사진 등을 들고 사람들이 늘어선 줄을 지나간다. 그는 계속 고개를 가로저으면서 가다가 마지막에 비로소 딱 한 번 머리를 가로젓더니 갑자기 소리 없이 긍정의 몸짓을 하며 앞에 있는 상대와 어색한 포옹을 나눈다.

이런 화합과 화해는 등장인물들 사이에서뿐 아니라 관객과 등장인물들 사이에서도 이루어진다. 이 드라마의 거의 마지막 부분에서 관객 중 세 사람이 차례로 무대로 뛰어 올라간다. 그중 첫 번째와 두 번째 관객은 등장인물들과 하나가 되지 못하고 망설이고 멈칫거리다가 무대에서 다시 관객석으로 내려온다. 하지만 세 번째 사람은 마침내 등장인물들의 대열에 합류해 그들과 하나가 된다.

광장이라는 공간에서 마침내 등장인물과 등장인물이 화해하고, 관객과 등장인물의 소통이 이루어진다. 이 짧은 작품이 그려내는 것은 '우리가 서로 알 수 있는 시간'까지의 어쩌면 영원할 수도 있는 공간과 시간의 여행이 아닐까?